# Muérdeme

# *Muérdeme*

*Nina Bangs*

Traducción de Victoria Martín

Talismán

Título original inglés: *Night Bites*


Primera edición: marzo de 2007

Peu de la Creu, 4 , 08001 Barcelona
correu@grup62.com
grup62.com

Fotocompuesto en Víctor Igual, S.L.
Impreso en Artes Gráficas Mármol, S.L.
Depósito legal: B. 436-2007
ISBN: 978-84-96787-04-9

Para Alicia Condon,
Gracias por darle esta oportunidad a una escritora recién iniciada como yo y por arriesgarte a editar este delirante y particular libro. Desde el principio has acogido con entusiasmo todas mis ideas, por muy alocadas que parecieran. Un abrazo de parte de Ganímedes, Chispa de Estrellas y yo misma.

# Introducción

—No hay nada más sensual que la caída masiva de hojas secas y el ruido del crujido incisivo del otoño en el aire. —Chispa de Estrellas inspiró el mes de octubre mientras saboreaba su esencia erótica—. El otoño es una estación muy sensual.

Chispa ascendió por la cuesta del bosque, se detuvo ante la luz de la entrada del viejo hostal victoriano y se dio la vuelta para contemplar el abrazo de la noche que envolvía a los Pine Barrens, salvajes bosques de pinos amenizados con una danza de sombras nocturnas.

—Grrrr, hssss —el gato gordinflón que llevaba sujeto al pecho expresaba su punto de vista.

—¿Hmmm? —Bajó la mirada hacia él—. ¿Me dices algo, bonito?

—Para ti, todas las estaciones son eróticas. Y no es nada sensual ni Nueva Jersey ni la caída masiva de hojas resecas. Ahora, déjame en el suelo. —Se meneaba con la vana intención de poder saltar de sus brazos—. Y yo soy un ser comunicativo, así que hablaré en voz alta. Odio esta asquerosa comunicación telepática.

Ella le acarició la cabeza. Fue un momento de ternura y confusión. Él era un ser incapaz de hablar y no la arañaría ni aunque lo hubiese tirado al suelo después de asustarse con un ruidito lúgubre. Por supuesto, con un poco de cinismo ella habría llegado sola a la conclusión de que él no quería que lo tiraran al suelo.

Medes seguía probando la veracidad de la creencia general según la cual todos los gatos caen siempre de pie.

—Te equivocas. Nueva Jersey es como un enorme patio de colegio de juegos sexuales. Me acuerdo una vez, en la montaña rusa de Wildwood—.

—Nena, ¿lo has hecho en una montaña rusa? —la miró, horrorizado—. Estás de broma, ¿no?

—No tienes nada de imaginación, Medes. ¿Nunca te has revolcado sobre un manto de hojas con una mujer cachonda por ti y has empezado a agitarte salvajemente con ella mientras las hojas crujían y crepitaban bajo vuestros cuerpos húmedos? —Chispa pensó un momento en lo que había dicho—. En tu forma humana, claro. —Se pasó la lengua por el labio inferior mientras rememoraba un recuerdo particularmente sabroso—. A poder ser, tu torso moreno de humano.

—Pues no. Enrollarme encima de unas hojas muertas espinosas y enganchosas no me seduce lo más mínimo. Y déjame en el suelo ya. Necesito sentirme libre y expresarme por mí mismo. —Volvió a menearse, inquieto—.

—No, no puedo, bonito. El papel de gato exige una importante tarea de fisgón. No nos saldrá bien si no te mantienes en tu rol y, a parte de eso, nadie me puede ver hablando contigo. —Era muy necio por su parte, pero se permitió el lujo de lanzarle una sentencia triunfadora—. Además, tú no me dejabas hablar cuando yo era la gata. —Intentó mostrarse estricta.

—Déjame en el suelo ¡ya! —la miró rabiosamente con sus enormes ojos anaranjados.

—Mmmm —Chispa le sonrió. La furia masculina era tan… excitante. Aunque él tampoco había logrado el efecto deseado—. Esto es un hostal, Medes. Los gatos no pueden campar a sus anchas. O eso o la caja de transporte.

Entornó los ojos hasta convertirlos en dos rayitas amenazadoras.

—Méteme en la jaula esa y Nueva Jersey será una enorme bola de humo sobre Pennsilvania.

Chispa se dio cuenta de que estaba acabando con la paciencia del gato.

—Vale, nada de jaulas. Este es el plan: entramos en el Siniestro Hostal y les digo que yo soy una bruja y tú eres mi familiar. —Advirtió el ruido del motor de un coche acercándose.

—No. —La seguía mirando mientras las luces del coche les alcanzaban después de bordear la última curva de la carretera alineada de árboles—. Diles lo que somos. Perturbadores cósmicos y a mucha honra.

Chispa suspiró. Medes podía llegar a ser tan cabezota...

—No se lo van a creer. Las brujas forman parte de la cultura. Nadie ha oído hablar nunca de «perturbadores cósmicos».

—¿Y qué es lo que pretendes? —Estaba asqueado—. Este es el Siniestro Hostal, aquí viene la gente más rara y desquiciada y a nadie le importará un comino cómo nos apodemos. —Levantó la vista para mirarla y, por primera vez, Chispa vio un atisbo de humor en sus ojos de gato—. Y no soy cabezota.

Chispa no lo pudo evitar; cedió y le sonrió. Ya lo había vuelto a hacer: Medes siempre conseguía que Chispa le perdonara sus malas artes, por muy irritante que llegase a ser. Por supuesto, él también manejaba muy bien los juegos sexuales cuando adquiría forma humana. Y, para Chispa, el sexo estaba siempre por encima de los cabreos.

Medes miró hacia la carretera.

—Es Thrain. Está aparcando el coche. Tenemos que inventarnos los nombres.

—¿Inventarnos los nombres? —Frunció el ceño. Chispa era Chispa; no tenía por qué inventarse otro nombre más elegante que el suyo—. Han pasado doscientos años. Thrain no se acordará de nuestros nombres.

—Pero, ¡vamos a ver! Yo soy Ganímedes y tú, Chispa de Estrellas. Se acordará seguro. Tenemos que buscarnos nombres más corrientes y ordinarios. —Entornó los ojos anaranjados con el mismo desagrado que ella sentía hacia la palabra «ordinario».

—Venga, llámame Troyano mientras estemos en el hostal.

—¿Troyano? Eso aquí es una marca de condones. —Se mordió los labios para reprimir la risa. Medes no soportaba que se riesen de él.

Movió los bigotes con gesto irritado.

—Es un nombre masculino y contundente; si me hubiera puesto otro, lo habrías asociado igualmente con el sexo.

—Bueno, pues yo seré Prada. —Como su marca preferida de zapatos.

—¿Prada? Nunca he oído un nombre así. No me suena nada corriente. —Ahora movía nerviosamente bigotes y orejas.

«Mira que eres gruñón».

—Vale, pues Prada Smith. ¿Suficientemente vulgar para ti? —Reflexionó un momento sobre la situación—. Y sugiero que nos identifiquemos totalmente con los nombres. Incluso cuando estemos pensando. Thrain tiene el suficiente poder como para derribar nuestras barreras de pensamiento si bajamos la guardia.

Chispa examinó a ese hombre mientras salía del coche.

—¿Crees que intuirá quienes somos, por mucho que nos hayamos cambiado los nombres?

—Imposible. La última vez que lo vimos, tú eras la gata y yo tenía forma de hombre. Además, eso fue en el mil setecientos noventa y cinco y ya estamos en el dos mil cinco.

Prada le sonrió.

—Te parecías a Gulliver cuando se convierte en gigante.

Le lanzó un bufido envenenado.

—Me parecía a un terrateniente escocés poderoso y no sé por qué he querido hacer esta misión contigo.

—La has querido hacer conmigo porque te he sobornado, mi bolita rabiosa. —Intentó mostrarle una sonrisa dulce. Bueno, no se le daba muy bien—. Te lo cambié por un mes de excesos sexuales en una isla exótica. Por supuesto, tendrás que volver a ese cuerpo castizo y dorado. ¿Te acuerdas de la última vez que lo hicimos? Qué recuerdos. —Se estremeció ante la imagen excitante.

Él decidió no hacer ningún comentario sobre ese placentero recuerdo.

—¿Por qué has querido venir esta vez?

Chispa se fijaba ahora en ese hombre que recogía su bolsa del maletero.

—Por lo mismo que tú. Si esta Cindy Harper es la persona que creemos que es, quiero asegurarme de que Thrain yerra lo suficiente con ella. Errar con lascivia y tentación sexual. —Se volvió para mirar a Medes y le sonrió—. Por supuesto, tanto trabajo duro para la pobrecita Chispa me va a convertir en una perturbadora demasiado auto-exigente, así que voy a jugar un poco con las diferentes formas de excitación sexual en el viejo Siniestro Hostal.

Cargado con una pequeña bolsa de viaje, el hombre caminó hacia ellos. Una bolsa muy pequeña para un hombre tan grande. «Grande». Un adjetivo a tener en cuenta. Le encantaba la palabra «grande».

Subió los escalones de la entrada y se detuvo delante de ellos. Chispa se quedó un largo instante mirándolo mientras él la escudriñaba. Sólo había visto a dos hombres en la vida con esos ojos azules arrebatadores. Uno de ellos era el hombre que tenía delante y, el otro, Darach Mackenzie. Thrain no les reconoció.

—Hola, soy Thrain Davis. ¿Nos conocemos de algo?

—No, de nada. —Ruborizada, Chispa notó cómo le observaba la mente, pero ella ya se había protegido, de modo que él no encontraría nada. Sin embargo, el hecho de que le inspeccionara la mente ya era una alerta para ella. No podía ignorar que él también era un inmortal y que había sobrevivido a tantos años gracias a su sentido de cautela. —De lo contrario, me acordaría perfectamente de usted—. Le ofreció la más sexy de sus sonrisas, la sonrisa que conseguía someter a los hombres rebosantes de testosterona. —Soy Prada Smith. —Bajó la mirada hacia Medes—. Y él es Troyano.

Thrain le devolvió la sonrisa y Chispa pestañeó varias veces. La última vez que había visto a Thrain ella no estaba en su mejor momento y no se había dado cuenta de su enorme potencial sexual. Era un vampiro de alta cilindrada. Los vampiros eran criaturas sexuales por naturaleza, pero esta elevaba el nivel hasta el infinito.

—Encantado. —Thrain le saludó con la cabeza y empujó la puerta para entrar en el Siniestro Hostal.

—Guau. Vaya agujero más erótico. ¿Lo notas? ¿Eh? —bajó la mirada para ver a un contrariado Troyano.

—No —le devolvió la mirada.

—Estás celoso. —Le sonrió—. Oye, no hay ninguna criatura más sensual que tú, bolita. Eso no quita que Thrain sea muy especial.

La «bolita» se relajó un poco.

—¡Cómo me voy a divertir aquí...! Entrometerme en la vida sexual de los humanos me causa mucho placer. —Se quedó pensativa un instante—. Y, con el gran talento que poseo, sería un desperdicio limitarme a los humanos. Estoy abierta a la manipulación de la vida sexual de las entidades no-humanas.

Medes hizo un ruido cercano al rugido.

—¿Has metido en la bolsa todas esas latas de salmón? Empiezo a tener retortijones de hambre.

# Capítulo 1

Cindy Harper aborrecía a los hombres lobo. Se habían alojado ya seis en lo que llevábamos de semana y siempre dejaban los muebles llenos de pelo. ¿Por qué siempre tenían que ser hombre lobo? ¿Por qué no «hombres-pato» u «hombres-conejo»?

Allí estaba ella, delante de la entrada, con la sonrisa a punto y enganchada a su agenda electrónica mientras esperaba a los últimos huéspedes que debían llegar. Sabía que esta agenda contrastaba fuertemente con el aire anticuado del hostal, pero no podía evitar usarla. Era adicta a la tecnología. Los aparatos electrónicos simbolizaban el presente y su lema era mirar siempre hacia delante; nunca hacia atrás. Mirar hacia atrás es inútil y así nunca se encuentran las respuestas.

A Cindy le encantaba conocer a los huéspedes que se alojaban con la puesta de sol, pero los que llegaban al caer la noche eran siempre los más interesantes. Se sabían el juego. Las puertas del hostal sólo se abrían cuando la neblina nocturna se contorneaba desde los confines del bosque hasta los muros de la vieja posada como los dedos sutiles de un fantasma. Los guías turísticos siempre recomendaban el Siniestro Hostal por sus bonitos parajes.

—Cindy, ¿me podría explicar cómo se llega al cementerio que menciona en el folleto? Ya es muy de noche, así que supongo que los espíritus se habrán levantado y estarán a punto de irse. —

Advirtió el huésped de la habitación Drácula esbozando una amplia sonrisa mientras dejaba ver sus largos y afilados colmillos.

«A punto de irse», como si los espíritus tuviesen conciencia. A Cindy le divertía mucho imaginarse qué le podría responder un dentista al paciente si éste le dijera: «Doctor, quiero ser vampiro». Sonrió al pensarlo.

—Desde luego, Latrienne —también conocido como Jim Kehoe tal y como constaba en su American Express—. Siga el camino que hay en el bosque justo detrás del hostal y está a cinco minutos. ¡Pero no olvide la linterna!

Frunció el ceño.

—¿Pero no asustaré a los espíritus con la luz?

Cindy se encogió de hombros.

—Es un cementerio muy antiguo, los espíritus están acostumbrados a la luz de los flashes. Además, hay enterrados un montón de asesinos, atracadores de banco y gente de peor calaña. Nada de angelitos.

—¿Gente peor? ¡Oh! —inspiró profundamente—. Creo que me llevaré a mi novia. Seguro que no se lo quiere perder —dijo esfumándose escaleras arriba mientras su capa negra golpeaba contra el aire.

¿Desde cuando una capa? Definitivamente tenía que asesorarle sobre últimas tendencias en moda vampírica.

Cindy sacudió la cabeza expresando su cansancio. ¿Es que esta gente no sabía que todo eso no existía? Desde luego que no, porque su hostal estaba siempre lleno. Si tuviese suficiente dinero para aplicar un poco su sentido del humor, renovaría este viejo edificio y lo diseñaría especialmente para todos los que se sienten atraídos por el misterio y los sucesos inexplicables; o para todos los que son, por méritos propios, extraños e incomprensibles.

Lo llamó Siniestro Hostal en un momento muy creativo de su vida y en el presente se había detenido un momento a medio camino para ver qué había ocurrido. Y lo que había ocurrido es que había cosechado un éxito arrollador.

Durante los primeros seis meses de negocio era muy fácil separar a los huéspedes en dos categorías: los interesantes y los chiflados. Algunos de ellos eran científicos y genetistas a los que había invitado especialmente para que…

Sus pensamientos se desvanecieron en cuanto entró uno de los últimos huéspedes que esperaba.

La sensación de ver a ese hombre caminando a grandes zancadas hacia ella hizo que se le entrecortara la respiración. Cada día trataba con la gente más rara, chiflada y extravagante, así que era inmune a la demencia de cualquier persona o cosa que traspasara las puertas del Siniestro Hostal. Pero ese hombre… Era como si las fantasías más sucias de toda mujer se hubiesen materializado en este macho alfa que penetraba en su rellano.

Le era imposible disimular. Era un hombre con quien disfrutar desde los instintos más primarios y Cindy les dejaba vía libre.

¿Cómo era a primera vista? Alto. Espaldas anchas. Chaqueta de cuero desabrochada hasta abajo. Tejanos (abrochados). ¡Dios! Camisa blanca (bien abrochada). Madre mía. Por supuesto, sus instintos primarios le impedían formular frases correctas, así que, después de perder su vista por ese cuello masculino, se atrevió a dar un paso a favor de la racionalidad del ser humano.

Si hubiese tenido que describir a cualquier otro hombre, habría dicho que tiene el pelo rubio. Pero en este hombre el rubio no adquiría sentido pleno. El rubio evocaba imágenes de entidades delicadas o blandas. Nada en este hombre era delicado o blando. El viento había arremolinado su pelo y lo había dejado posarse, enredado, sobre esos impresionantes hombros. Cada cabello era un rayo de sol ardiente sobre el helado Mar del Norte, el romper de una ola rebelde contra la proa de un barco, los gritos de pelea de unos invasores del agua. Era… vikingo. Era un guerrero de la noche fuese cual fuese su color de pelo.

«¿Guerrero de la noche?». Guau. Ahora ella se deslizaba por el hielo delicado de la prosa púrpura cuando siempre lo despachaba todo con cuatro palabras. Tenía un cuerpo escultural y un pelo increíblemente sexy. Y ya está.

—Usted es, si no me equivoco, Cindy Harper —se detuvo ante ella y le extendió la mano—. Thrain Davis.

Su voz encajaba perfectamente con toda su persona, tan ronca y llena de recovecos peligrosos y trampas eróticas para mujeres desprevenidas. Y definitivamente detectó una bruma escocesa en él, no tanto por sus palabras sino por la cadencia de sus frases. Cindy tuvo que aparcar toda su iconografía vikinga de montañas púrpura, cañadas ensombrecidas y guerreros sexys de las Tierras Altas de Escocia.

—¡Qué tal! —inmediatamente ella le tendió la mano sin dejar de observarlo, petrificada.

Sus ojos eran una mancha azul extraña y brillante. No, el azul es un color ambiguo. Eran como el corazón de una llama y el chorro de agua más frío del gélido invierno. Quizá las dos cosas a la vez.

Aaay, acababa de caer rendida en el hielo.

—Bienvenido al Siniestro Hostal.

Su mente se despejó.

—¡Ohhh sí! Ohg, Ohg, ¡Ohg! Ven aquí, ¡que te como! ¡Mi peluchito cachondo! —así le recibieron las putas que vivían en el sótano.

—Gracias —sonrió.

Si se le hubiesen abierto las puertas del infierno delante de las narices no se habría sentido tan sobrecogida. Por supuesto que tenía unos labios sensuales y unos dientes preciosos, pero su sonrisa era increíble. Su sonrisa era la tentación. Cualquier mujer que lo viera sonreír fantasearía inmediatamente con el placer que le podría dar su boca y de ahí se movería al resto de su cuerpo imaginando todo lo que podría hacer con él. Su intensa mirada azul y su sonrisa sensual eran una invitación que rezaba: «toca cualquier pliegue de mi ardiente cuerpo para que tengamos sexo salvaje». Cindy persiguió con la mirada cada centímetro de su interminable busto. Su instinto de mujer y su intelecto decidieron que no estaría mal explorar esos pliegues ardientes.

—Creo que en algún momento tendrá que pestañear —dijo con una amplia sonrisa.

Cindy pestañeó varias veces y rápidamente apartó la mano. ¿A qué venía eso? Desde muy jovencita había aprendido a ignorar a los hombres presuntuosos y hacía mucho tiempo que había dejado de tener dieciocho años. Pero también quería ser honesta consigo misma y no podía negar que había algo en él que había erizado todos los pelos de su piel.

—Es usted un hombre espectacular. Estoy segura de que todas las mujeres del mundo han sufrido taquicardias después de conocerle —le devolvió la sonrisa.

Ahora le tocaba a él pestañear. Estaba acostumbrado a tratar con mujeres remilgadas. Ella le decía lo que pensaba. Y con razón. No obstante, ella asumía tristemente que él no tendría las mismas fantasías con la jefa del hostal.

—¿Espectacular? No —frunció el ceño y se pasó la mano por el pelo—. Al menos, yo no me veo así; quiero pasar desapercibido entre los demás huéspedes.

Parecía preocupado.

—Es por el pelo, ¿no?

Cindy pensó en los demás huéspedes. No, definitivamente no pasaría desapercibido.

—No digas nada. Tengo el pelo muy abultado.

La modestia de Thrain le sorprendió. La mayoría de hombres que conocía tenían el ego por las nubes.

—Usted no se mira muy a menudo al espejo.

Una sonrisa empezó a dibujarse en la comisura de sus labios y Cindy tenía la sospecha de que se reía por algún pensamiento que a ella se le escapaba.

—No, no me miro mucho. Pero se equivoca, Cindy. Lo que ve ahora es mi «yo» normal y me guardo lo «espectacular» para las noches oscuras sin luna.

Cindy sintió el puñal del desengaño. Él era, al fin y al cabo, como los demás huéspedes, que fingían ser algo que no eran. Miró fijamente a la pantalla de la agenda. Por algún motivo, Hal no había introducido casi información al lado del nombre de Thrain. Miró atentamente.

—Bueno, entonces, ¿es usted vampiro, hombre lobo, demonio...? —dijo mientras esperaba su respuesta, preparada para escribir la información.

Se mofó de ella con una risita ligera.

—Nada de lo anterior. Sólo estoy aquí para observar. Los hechos paranormales me fascinan.

Cindy fue al encuentro de sus ojos sin dejarle tiempo a reaccionar. ¡Otra vez no! Volvió al estado de pestañeo congelado. Y ahora se sentía... diferente. No le había puesto una mano encima, pero era como si algo externo hubiera trastocado su mente. Fuese lo que fuese, la sensación se desvaneció antes de que pudiera analizarla. Quizá era sólo un principio de migraña. Ese día no había podido dormir bien y la falta de sueño siempre le daba dolor de cabeza.

—No crees en nada de esto, ¿verdad? —Thrain abrió los brazos para referirse a todo aquello en lo que ella no creía—. Y ¿por qué eres la dueña de este hostal si no crees en hechos paranormales?

Por alguna razón, se mostraba muy seguro de sus ideas.

¿Y él que sabía? Ella nunca hablaba de sus creencias. Cindy hizo un gesto benevolente antes de empezar a vacilar.

—No sé por qué dice eso si yo soy una observadora como usted. Soy una mujer con la mente abierta pero también necesito pruebas.

Y nadie había aportado ni una sola prueba.

No obstante, algún día entraría alguien en el hostal con las respuestas a todas sus preguntas y ella quería estar allí cuando eso ocurriese.

—Abrí este hostal porque quería invertir mi dinero en un negocio y este tipo de trabajo me parecía divertido.

No era el único motivo. Definitivamente, no era el único motivo.

Él sólo destacó, sin embargo, una parte de su respuesta.

—Creo que somos observadores totalmente diferentes.

Se sintió decepcionada ante su actitud reservada. Su rostro ya no expresaba nada. Como ella no tenía nada más coherente que decir, sencillamente se encogió de hombros.

—¿De verdad eres abierta de mente? ¿Aceptarías pruebas si te las pusiese delante de los ojos? —parecía muy interesado en su respuesta aunque sus ojos permanecieran impasibles.

Apartó suavemente sus ojos de ella.

—Claro.

Puede que sí. Desplazó la mirada hacia la pantalla y cuidadosamente empezó a escribir el perfil de observador vehemente en su ficha.

—Voy a mandar a alguien para que le lleve la…

—Puedo llevar mi maleta perfectamente.

Cindy en seguida levantó la mirada ante este comentario descortés. Estaba claro que había dicho algo que le había molestado. No había empezado con buen pie. Le sonrió con la esperanza de cambiar su gesto.

—Como quieras. Mandaré a alguien para que le acompañe a…

—Puedo ir a la habitación yo solo —alargó la mano para tomar la llave.

En ese momento empezaba a ponerse nerviosa. Él agarró la llave con cierta brusquedad.

—Muy bien. Se aloja en la habitación del Íncubo. Segundo

piso a la derecha. El desayuno estará listo en media hora y después puede elegir diferentes actividades. Hay un folleto informativo en la habitación con más detalles.

Ella hacía el esfuerzo de hablar con un tono agradable. Por muy raros que fuesen los huéspedes, siempre pagaban bien por vivir una experiencia excitante e iba a continuar jugando a ser la azafata simpática aunque la situación acabara con ella.

Cindy intentaba darle la espalda para dedicarse a otras cosas, pero él seguía plantado delante de ella, bloqueando la visión de la entrada. Impaciente, se volvió para mirarle.

—¿¡Qué pasa!?

Una sonrisa repentina suavizó su boca y contagió a los ojos.

—Te mereces que todo el mundo se acuerde de ti. Yo tengo muy buena memoria.

¿«Buena memoria»? Y ¿qué tenía que ver ahora eso? Se fue retirando mientras ella observaba cómo subía por las escaleras poco a poco. Mmmm. Se fue tan arrebatador como cuando había entrado. Ella sonrió. Es una bestia sexual. En ese momento entendió perfectamente la frase sobre la buena memoria.

Sólo cuando él se apartó totalmente de su campo de visión volvió a retomar el control de la entrada. ¿Pero qué había pasado? Porque algo había pasado.

De acuerdo, no le iba a dar más vueltas. Como mínimo tenía algo muy claro: ningún huésped podría superar a Thrain Davis.

Una mujer empujó la puerta y caminó decidida hacia ella. No, «caminó» no es la palabra correcta. Repiqueteó el suelo con un paso suntuoso que gritaba a los cuatro vientos «soy una bestia sexual».

Cindy suspiró. Bueno, puede que sí haya alguien que lo supere.

Observó a su último huésped. ¿Estilo? Pantalones de cuero negro. Top de seda negro; chaqueta de piel hasta la cintura; llevaba un gato en sus brazos. Hummm. ¿Bruja? Quizá. ¿Súcubo? Más probable. Fuese cual fuese el ser no-humano o semi-humano al que esta mujer quería emular, resultaba convincente. Alta. Con un cuerpo que parecía estar especialmente tallado para cualquier hombre, esta mujer tenía unos rasgos perfectos y los ojos anaranjados más impresionantes que Cindy había visto nunca.

Mientras Cindy se entretenía mirándola, la mujer se apartó bruscamente el largo cabello de color rojo fuego hacia atrás y le sonrió.

—Creo que mi hermana me ha hecho una reserva.

Cindy miró la agenda.

—Sí, la señorita de Estrellas hizo la reserva pero no le dio su nombre a mi empleado.

Eso no podía ser. Siempre iba detrás de Hal para recordarle que apuntase los nombres, pero, ¿de Estrellas? ¿Alguien podía tener un apellido así?

—Mi hermana se llama Chispa de Estrellas. La familia de Estrellas es muy conocida.

La sonrisa de la mujer era sempiterna.

—Soy Prada Smith.

Cindy hizo un gesto de extrañeza. ¿Había dicho en voz alta lo del apellido? No. Y, ahora, Prada. ¡Como la marca de zapatos!

—Bienvenida al Siniestro Hostal, señorita Smith. Deseo que…

—Llámame Prada. —Bajó la mirada hacia el gato que sostenía en brazos—. Se llama Troyano.

Por primera vez, Cindy se fijó en el gato. Grande. Gris. Acechante. ¿Acechante? ¿De dónde había sacado este pensamiento? Alargó la mano para acariciarle la cabeza.

—Hola, gatito.

Cualquier gato habría levantado la cabeza para oler la mano. Troyano no. Sus enormes ojos ámbar no dejaban de mirarla.

—Troyano. ¿Es por el caballo de Troya?

Cindy sonrió en seguida para dejar claro que era una broma. La sonrisa de Prada se volvió un poco tensa.

—Bueno, el caballo de Troya era bastante falso. Creo que le has ofendido.

¿Que lo había ofendido? ¿Por qué? Bueno, esto formaba parte de la normalidad. Siempre había huéspedes que la desconcertaban. De nuevo, miró a la pantalla para ver su ficha.

—Hal no anotó si usted es un ser no-humano o si, sencillamente, le interesa ver cosas paranormales.

Hal tendría que responder a muchas preguntas cuando se reincorporase al día siguiente. Se había lucido con estas dos últimas reservas. Cindy dormía durante el día porque tenía que estar despierta por la noche mientras los huéspedes exploraban los secretos del más allá y no había tenido ningún problema con Hal hasta ese momento.

—Somos perturbadores cósmicos. Aplicamos los influjos del infierno en cualquier parte del universo. Yo estoy más especializada que Troyano. Provoco deseos sexuales que siempre acaban en situaciones placenteras. Troyano trabaja más en el caos y la destrucción, aunque ahora se está tranquilizando bastante con la edad. —Suspiró y posó su mirada sobre el gato—. Pobrecito. Su ternura no es ni la mitad de excitante que su maldad.

—Fascinante.

No lo decía por su trabajo de perturbadores cósmicos (ya estaba acostumbrada a gente rara), sino por la provocación de deseos sexuales y situaciones placenteras. Este era un concepto a tener en cuenta. Además, últimamente no solía experimentar mucho placer. Por tanto, estaba abierta a tal posibilidad. Por un momento, divagó con el pensamiento de Thrain Davis y su habilidad de generar placer hasta el mismísimo clímax. «¡Déjalo!».

Cindy releyó toda la información. Había una categoría para cada tipo de huésped y todavía no existía ninguna categoría llamada «perturbador cósmico». Escribió rápidamente una nueva entrada. Prada y Troyano habían inaugurado una nueva categoría.

—Voy a mandar a alguien para que le lleve la...

Troyano le bufó. Miró a Prada y le lanzó un pequeño gruñido. Cindy se quedó muda.

Prada lo miró, afectuosa.

—No te asustes. Sólo me está diciendo que me deje de charlas y que coja la llave de la habitación.

Se inclinó un poco hacia Cindy y le hizo un gesto afable con la cabeza. Cindy ya no tenía ganas de hablar con ella.

—Típica actitud masculina. Troyano está enfadado porque esta vez le ha tocado a él ser el gato. Hay que ser justo. La última vez fui yo el gato. ¿No crees que es lo lógico? —buscó un gesto de complicidad en Cindy.

—Sí, sí. Es lo lógico.

Muy lógico. ¿Hasta dónde llegaba su locura?

Prada se encogió de hombros para expresar su incomprensión hacia la actitud masculina.

—Una vez fue gato negro y fue una experiencia muy buena para él, por eso quería volver a ser negro —le sonrió a Troyano y le gruñó un poco entre dientes—. Puedo entender su predilección por el negro porque esta ausencia de tono simboliza todo lo que somos.

Le lanzó a Cindy una sonrisa juguetona.

—Vale, admito que me cabreé bastante porque la última vez me vi forzada a ser una gata blanca y no me pegaba nada. El blanco me hace el culo gordo. Discutimos mucho sobre este color y al final nos decidimos por un término medio entre blanco y negro. Gris.

Cindy fue incapaz de pronunciar otra palabra que no fuese:

—¿Maletas?

Prada rebuscó en el bolsillo de su chaqueta; sacó las llaves del coche y se las dio a Cindy.

—Es un Porsche. Me acabo de sacar el carnet. ¿En qué habitación nos alojamos?

Cindy arrugó la frente mientras miraba la nueva casilla que

había abierto en la agenda. Le gustaba que todo estuviese ordenado: la nueva casilla de «perturbadores cósmicos» quedaba aislada e independiente del resto y eso le molestaba. Respiró profundamente y volvió a recuperar la voz.

—Les pongo en la habitación del Troll. Con su explicación, creo que encajan bien en la categoría de metamorfos.

Le gustaba llevar un orden de grupos para cada tipo de ser y así podía planear actividades específicas dependiendo de cada uno. ¿Qué podía organizar para un nuevo grupo de seres formado sólo por dos personas? Eliminó la entrada.

—No —Prada le rozó la muñeca con la punta de su uña roja y afilada y Cindy notó cómo la sangre se le congelaba por momentos.

Cindy levantó la vista de la agenda y se topó con los ojos enfurecidos de Prada y Troyano. La intensidad de ambos casi le hace retroceder un paso. No, no podía ser. Se empezaba a sentir intimidada por la locura demente de Prada.

—Somos algo más que seres metamorfos, guapa. Vuelve a escribir esa entrada porque no hay nadie que pertenezca a nuestro clan. —Prada le sonrió y apartó el dedo de su muñeca.

—Muy bien, no hay problema.

Al menos no los volvería a ver en cuanto se fueran hacia la habitación.

Le hizo una seña a Tom, que había estado deambulando por allí.

—Tom le acompañará a la habitación y le llevará las maletas. Le paso un horario de actividades interesantes que se hacen en el hostal y de lugares para visitar que quedan cerca de aquí. Todas las actividades del hostal se realizan durante la noche, así que le recomiendo que duerma por el día —Cindy forzó una sonrisa sincera—. Para cualquier cosa, estoy aquí.

—¿La habitación del Troll? Qué inapropiado.

El rostro serio de Prada fue mudándose en sonrisa.

—Nunca he conocido personalmente a un Troll. Pero he oído hablar de su gran herramienta —ladeó la cabeza hacia Troyano como si lo estuviera escuchando—. Quiere saber cuándo se come.

—El desayuno estará listo en media hora.

Cindy ya no se esforzaba por sonreír.

Prada se despidió con la cabeza y empezó a seguir a Tom por las escaleras.

Tras un largo suspiro, salió un momento para ir hacia su piso, que quedaba detrás del hostal. Necesitaba algo de paracetamol para pasar la noche. Aunque hayas sobrevivido a setecientos años de existencia, a veces necesitas alguna que otra pastilla para acabar con el dolor de cabeza.

Thrain todavía seguía sentado al pie de la cama de baldaquín. Había llegado la hora de bajar para conocer a la gente y unirse a ellos. Se duchó y se cambió de ropa, aunque no consiguió sentirse más despejado. Había esperado más de setecientos años a que llegase este momento y ahora no sabía cómo enfrentarse a la situación.

Durante todos esos años había seguido a Cindy por todos los continentes, volviéndola a encontrar después de sus cambios de identidad, preguntándose si esta mujer a la que tanto perseguía era de verdad la hija de Darach Mackenzie.

Había llegado el momento. Era la primera noche en que la vería cara a cara y ella lo miraría con esos ojos de su padre. Los ojos azules que tenían todos los del clan. Sin embargo, su tierna cara; con esa boca tan vulnerable y sensual, era herencia de su madre.

Thrain no quería que Cindy Harper fuese tan aparentemente vulnerable como su madre, Aesa. Él sabía, por culpa de sus amargas experiencias, que debajo de esa manifiesta debilidad de Aesa yacía la determinación más implacable de sus antepasados vikingos.

¿Cindy sospechaba algo de él? Probablemente no. Había estado demasiado centrada en su «pelo abultado».

Thrain sonrió. Muchas vampiresas le daban placer, pero ninguna le había parecido especial. La mentalidad de Cindy era un soplo de aire fresco.

Si ella hubiese tenido la habilidad de adentrarse en los pensamientos ajenos, le habría gustado saber que él también pensaba que su «pelo abultado» era bastante interesante. Desde las raíces de su cabello largo y negro (otro de los legados de su padre), pasando por la sinuosidad de sus curvas, ella era la tentación sexual personificada.

Una tentación a la que Thrain no podía someterse, pues su mutua unión inhabilitaría otras necesidades más importantes y sería como volver a traicionar a su amigo Darach. Ya lo había traicionado bastante cuando ayudó a una embarazada Aesa a huir de su marido, el mismo Darach. Desenterrar los sufrimientos pasados nunca deja atender a los nuevos objetivos. Tenía que hacerle saber de alguna manera a Cindy que ella era la hija de un vampiro muy influyente. Y tenía que convencerla antes de que Darach abandonara el castillo de sus ancestros, en Escocia. Tenía dos semanas. No sería fácil teniendo en cuenta el fuerte carácter que había intuido en Cindy durante su breve interacción.

Así que, ¿qué le podía decir?: «Vamos a fijarnos en tu árbol genealógico, Cindy. Muchas de las ramas se dividen. Por ejemplo, por la influencia de tu padre, formas parte de un clan de vampiros y posees rasgos familiares muy singulares. Todos nacemos humanos pero nos convertimos en vampiros hacia los treinta años. Tampoco hay que darle mucha importancia, porque no tenemos que alimentarnos constantemente o acabaremos contaminando la pureza de nuestra sangre y convirtiéndonos en monstruos inconscientes y depravados con gula a los que se impone cazar y aniquilar. Estoy seguro de que prefieres que sea sincero contigo. Bienvenida al clan».

Sí, ¡funcionaría!

«Puedes hacerlo».

Él tenía el poder y escuchaba su alarma interna. Cada ser del clan desarrollaba las habilidades que creía más oportunas. Cautivado por sus propios recuerdos, Thrain había refinado su capacidad de cambiar los recuerdos de los demás. Si quería, podía eliminar los recuerdos de Cindy de su pasado real y, en su lugar, insertar en su mente recuerdos felices de una infancia al lado de Darach; recuerdos de una niña que creyese en vampiros.

Pero eso no estaba bien y Darach no aceptaría ganarse a una hija por haber manipulado su mente. Era una lástima, porque Thrain pensaba que era lo mejor que le podía funcionar a Cindy. De repente, se dejó herir por un pensamiento amargo: Ojalá pudiese cambiar sus propios recuerdos.

Se levantó y fue a abrir la puerta. Miró el reloj de la mesita de noche. Todos tendrían que haber desayunado ya y estar esperando en el centro del salón a que empezase la reunión nocturna descrita en el folleto de Cindy. Estarían compartiendo experiencias nocturnas de la noche anterior.

Sonrió al bajar por las escaleras: ya empezaba a oírse el murmullo de voces entremezcladas que procedían del salón. Alguna fuerza maligna le forzaba a alzar la voz y anunciar que él era un vampiro centenario. Y tenía hambre. Nunca se saltaba el desayuno.

Pero se controló a sí mismo. A Cindy no le hubiera gustado que asustase a todos los huéspedes.

Atravesó el marco de la entrada y entró en el salón de reuniones. Estaba atestado de seres. Se detuvo un momento y se quedó absorto. Una ola de poder lo invadía; un poder que una parte de los allí presentes se esforzaban en manifestar, pues estos seres especiales no sabían que él llegaría y estaban muy ocupados intentado impresionarse los unos a los otros.

Thrain se quedó quieto delante de la entrada y notó la desconfianza en todos esos rostros. No lo conocían ni sabían el poder que tenía; sólo sabían que era un no-humano como ellos. Y los que vivían entre humanos habrían aprendido muy pronto que la suspicacia era la clave para una vida eterna.

Allí había un ser que no era, sin embargo, ajeno; que tenía los mismos poderes que él. Los agudos sentidos de Thrain recibieron, de golpe, una energía brutal y en seguida supo que los demás no-humanos no tenían la capacidad de notar la fuerza del ser que tenían al lado.

Thrain sí que tenía esta capacidad. Analizó detenidamente los rostros que se habían dado la vuelta para mirarlo e intentó aislar la fuente de todo ese poder concentrado. Confundido, les devolvió la mirada a modo de respuesta. Fijó la vista en el rincón más alejado de la chimenea.

Cuatro cazadores nocturnos le miraban desde la sombra. Thrain frunció el ceño. ¿Qué estaban haciendo allí? Una pequeña turba de los vampiros más viciosos, hematófagos que sólo vivían para capturar y cazar. Por separado, no impresionaban en absoluto, por eso viajaban en conjunto para conseguir su comida. Odiaban al clan de Thrain pero no eran lo bastante fuertes para combatirlos. Su presencia incomodaba a los humanos, así que tendría que vigilarlos.

Pero todavía no había encontrado ese ente poderoso que estaba en el salón. Desconcertado, continuó observando. Nada. Prada Smith le sonrió y le saludó suavemente con la mano.

¿Dónde estaba esa puñetera fuente de poder? Tenía que estar en... su mirada recayó en el enorme gato gris que Prada sostenía. El gato le devolvió la mirada con sus enormes ojos enigmáticos.

El gato. ¿Cómo lo había llamado Prada? Troyano ¿Cómo iba a acordarse? Thrain le sonrió mientras intentaba penetrar en su mente, pero cesó en su empeño porque el gato impidió su intromisión con la misma fuerza de un portazo. Thrain entornó los ojos. No sabía qué era el gato, pero ya lo descubriría. Su carácter norteño le daba garra para buscar e indagar tal y como había hecho durante setecientos años.

Alguien le tocó el brazo. Era Cindy. No le hacía falta mirarla para saber que estaba a su lado. La reconocía con los sentidos (el aroma a lavanda, la suavidad de su respiración y la calidez de sus dedos al tocarle). Y el latido de su corazón. En su mente penetró un influjo oscuro, primario y lujurioso que le turbó un poco el pensamiento. No, no iba a dejar que su deseo vicioso de sexo ni su hambre vampírica le alejaran de su misión.

Cindy se topó con su mirada y vio cómo él recorría cada centímetro de su cuerpo con los ojos. Ella llevaba unos pantalones desgastados que moldeaban la curva de sus caderas y abrigaban unas piernas delgadas que no acababan nunca. Thrain sentía cómo se iban destapando sus deseos primarios de hombre viril. El top rojo se ceñía a todo el óvalo de sus pechos. Tragó saliva. Todos los demás eran como una gran mancha negra; seguro que pensaron que el negro era súper ideal para su misión de cazadores nocturnos. Y, él, siendo cazador nocturno, se impresionaba viendo un top rojo.

—Hola a todos; escuchad —ella retiró los dedos de su brazo y se colocó justo en el centro del salón—. Tenemos otro nuevo invitado en el Siniestro Hostal —se volvió y le sonrió—. Se llama Thrain Davis y es un observador vehemente. Estoy segura de que disfrutará mucho uniéndose a vuestros grupos de tertulia sobre hechos paranormales. Espero que le deis la bienvenida como se merece.

Los humanos concentrados en el salón le recibieron con murmullos de saludo. Los no-humanos, se limitaban a observarlo. Prada, como de costumbre, no se sentía amenazada por su presencia. Le lanzó un beso al aire. Troyano miró a Thrain y gruñó a Prada. «Interesante. Está celoso». Thrain se guardó este detalle para el futuro.

—Bueno, siéntate donde puedas. —Cindy caminó hacia un

sofá situado cerca de la chimenea y se sentó entre un hombre mayor con chaqueta de lana y una mujer que observaba a Thrain con ojos enormes de depredadora. Thrain la siguió inútilmente, pues no había sitio para él—. Primero, nos pondremos al día con lo que ha pasado la noche anterior.

Thrain le sonrió y desvió el paso hacia el sofá de Prada. Se escurrió y quedó atrapado entre Prada y un hombre pálido y medio calvo que parecía un corriente y vulgar empleado de clase media. Pero Thrain sabía que era mucho más que eso.

Un bufido de rabia parecía provenir de Troyano. El gato lo miraba con aire hostil. Thrain le dedicó una amplia sonrisa; se introdujo en su mente y comenzó a hablarle: «Si quieres que te entienda, tendrás que utilizar otros medios de expresión que no sean gruñidos o bufidos».

Troyano quería expresarse, pero, como siempre, se decantó por el silencio. Thrain dejó de pensar en lo misterioso que era ese gato para pasar a temas más interesantes, como el sofá donde estaba sentada Cindy. Estaba embutida entre el hombre mayor y la mujer y lo había hecho a propósito para que Thrain no se sentase a su lado. Interesante. La ponía nerviosa y, aunque sus nervios fueran una traba para alcanzar los objetivos de Thrain, este se sentía muy satisfecho a nivel masculino.

—... muy bien ¿quién quiere empezar?

La voz de Cindy sonaba alegre y espontánea, pero Thrain no dejaba de mirar la arruga entre sus ojos. ¿Le dolía la cabeza? Tenía que ayudarla.

—Yo empiezo —se levantó un hombre sentado en una de las sillas laterales. Su cara y barriga orondas testimoniaban una vida de excesos alimenticios—. La noche de ayer, después de nuestra salida, los hombres lobo nos sentamos a discutir cuál de nuestras apariencias es la más peligrosa: si la de lobo o la de semi-humano.

Se balanceaba sobre los talones, como dándose importancia.

—Al final llegamos a la conclusión de que la forma semi-humana es la más peligrosa porque es más voluminosa y cuenta con la ventaja de la inteligencia humana.

Thrain observó a la mujer de ojos cristalinos. Su mirada era tan fría como inexpresiva y la curiosa curva de su labio superior podía ser una muestra de simpatía o un gesto de hastío. No parecía tener ganas de levantarse y rebatir a este humano estúpido y a sus amigos, que estaban desprestigiando la figura del hombre lobo.

Thrain pensó que este tipo, que se mostraba tan relajado y apoltronado en la silla, necesitaba que alguien lo dejara en ridículo.

—Eso no es verdad.

Sorprendido, el hombre se incorporó y se levantó.

—No hay nada más terrorífico que la anatomía de un lobo. Caza a las víctimas con una eficiencia intuitiva, salvaje y cruel.

El hombre escudriñó a Thrain. Sus cejas casi se chocaron.

—¿Cómo lo sabes?

Thrain respiró profundamente. «Recuerda que estás aquí para pasar desapercibido».

—¿Que cómo lo sé?

El hombre se volvió a sentar, más relajado.

—Eso es muy interesante, Clark. Thrain, gracias por tu aportación.

Cindy parecía muy cansada y la arruga en el entrecejo no dejaba de crecer.

—Ah, Clark, por cierto. Cuando vuelvas de las salidas con tus compañeros y os subáis por los muebles, tened cuidado con los pelos —le dijo con una sonrisa—. O también estaría bien que os cambiaseis antes de entrar.

Clark parecía confuso.

—Pero entonces nos quedaremos desnudos.

Thrain podía deducir, por la expresión horrorizada de Cindy, que Clark ya se había desnudado suficiente como persona.

—¿Alguien más quiere decir algo? —ella seguía luciendo una sonrisa intacta, pero sus ojos aclamaban que todo el mundo se callara de una vez para poder dejar de sentir ese dolor de cabeza martilleante.

—Yo, yo misma —una veinteañera delgadita que agitaba la mano se levantó de un salto—. La noche de ayer fue luna llena y ya sabéis todos que a los vampiros les encanta cazar en luna llena. Bueno, pues yo me convertí en murciélago y me pasé toda la noche cazando —arrugó la nariz—. He tenido que recorrer volando bastantes kilómetros para encontrar alguna vaca porque no me alimento de humanos. —Adquirió una expresión tosca—. Los vampiros no se tendrían que alimentar de humanos. Yo pertenezco a la Asociación de Vampiros contra el Consumo de Carne Humana y queremos llevar al campo legislativo...

Thrain estaba a punto de arder en ira. «¿Sangre de vaca?». No podía seguir escuchando ni un segundo más todas esas tonterías. Se olvidó de la importancia de pasar desapercibido.

—Eso es una idiotez. ¿Cómo va a convertirse un vampiro en murciélago? Si me permites, la metamorfosis es algo muy serio, así que, si vas a enredarlo todo, al menos hazlo con cierto rigor. Si quieres volar, conviértete en pájaro depredador y, si no, entérate de que son todos carnívoros. Y respecto a lo de la sangre de vaca...

¡Por las barbas de Odin! ¿Qué estaba diciendo?

Cindy le clavó una mirada de estupefacción y pudo sentir la tensión de algunos de los huéspedes. Su juventud como vikingo y posteriormente como soldado de las Tierras Altas de Escocia le había enseñado que el que más habla, más peligro tiene de morir. ¿Por qué no lo tenía presente? La vida en la era moderna le estaba reblandeciendo el cerebro.

Es igual. No soportaba callarse las cosas, si bien durante todos los siglos había visto a muchos inmortales aniquilados por no saber callar.

Algunos humanos se levantaron y empezaron a intercambiar opiniones, pero Thrain les ignoró deliberadamente. No quería volver a escuchar ningún prejuicio que le hiciera saltar en honor a la verdad. Se percató de que los no-humanos permanecían sentados y serenos sin decir nada. Astutos. Si hubiera seguido la misma estrategia, ahora Cindy no lo estaría mirando así. Su mirada contenía una mezcla de curiosidad e incredulidad. Eso le desconcertaba. Ella tenía más de setecientos años y todavía seguía descartando la posibilidad de que cualquiera de sus huéspedes pudiese pertenecer a la dimensión de lo no-humano. Cindy pensó que todo eso era muy extraño. ¿Qué le estaba ocurriendo?

El hombre sentado al lado de Thrain se le acercó.

—Eh, tío, lo que necesitas es descargar un poco la tensión. Me voy a cazar (pero no una vaca), ¿quieres venir?

Thrain tomó aire lentamente.

—Gracias, pero esta noche no me va bien.

El vampiro no era de su clan, pero tampoco habría pasado nada por irse con él en lugar de merodear cerca de Cindy para arrancarle algunas palabras a esta incrédula.

—Ayer me alimenté; no necesito cazar durante algunas semanas.

El vampiro levantó una ceja.

—Eres muy adulto, ¿no? Me lo había imaginado.

Le sonrió y se levantó.

—Bueno, en cualquier caso, yo soy Stan. Estaré hasta finales de semana. Los otros dos de nuestra especie siempre cazan juntos. Ya sabes, la juventud, el amor y todas esas historias. No tienen más de cien años —miró a los cazadores nocturnos e hizo una mueca desagradable—. Yo no los considero de mi especie.

Thrain observó a Stan mientras se marchaba y miró a Prada, que seguía sentada cerca de él.

—Tu gato qué es cuando no se comporta como un gato y por qué estáis aquí.

—Mmmm me encantan los hombres tan directos. Es un rasgo de macho alfa tan sensual —le dedicó una sonrisa provocadora—. Estamos aquí por la misma razón que los no-humanos. Este es un santuario en el que podemos relajarnos y ser nosotros mismos sin miedo a ser descubiertos. Aquí nos sentimos hasta normales —bajó la mirada hacia Troyano, que en ese momento estaba cabreado para variar—. Y, si a Troyano le apetece, algún día te dirá qué es.

Ella no iba a revelar nada más, así que Thrain se despidió con la cabeza y fue en busca de Cindy. Se la encontró enviando a la panda de falsos hombres lobo a aullar a la luna. Justo detrás iba la vampiresa farsante con sus dos amigas igualmente farsantes. Todas lo ignoraron. Fantástico.

Finalmente, Cindy cerró la puerta después de que saliera el último individuo deseoso de aventuras nocturnas. Thrain escuchó cómo respiraba aliviada y dejaba caer los hombros.

—Menos mal que estamos lejos del pueblo, porque los de fuera están totalmente chalados.

Le encantaba estar cerca de ella y rozarle el hombro con el brazo sólo por el puro placer de verla ruborizada. Se alejó un poco de él.

Cindy se volvió para examinarlo.

—No lo entiendo. Antes estabas defendiendo con tanta pasión tu discurso sobre los mitos y ahora dices que están todos locos.

Ella seguía con la arruga entre los ojos.

Por un momento se sintió culpable de estarle causando más dolor de cabeza. Y su culpa crecía cuando se acordaba de lo mucho que ella renegaba de su identidad.

—Mira, los que están fuera sólo son chavales que juegan a ser mayores, pero aquí hay muchos seres con poderes reales. ¡Ah! Y ten cuidado con los que estaban sentados en la esquina. Son peligrosos. —Cuanto más se alejaba de él, más cercano se sentía de ella—. No notas el poder de los seres que están aquí, ¿Cindy? ¿O no lo quieres notar?

Lo miraba con todo el recelo que podían evocar sus grandes ojos azules. Thrain intentaba canalizar la excesiva tensión masculina de su cuerpo al verse atrapado por su penetrante mirada. Quería retener para siempre el recuerdo de esa nuca aterciopelada rebosante de vida y estaba convencido de que lamer la cálida piel de su cuello le haría sentir un placer extremo. Después de tantos siglos de vida, ella tenía que saber a vino dulce y reposado. Por suerte, el juicio de Thrain aplacó sus impulsos. La estaba poniendo nerviosa y él sabía que, si la acechaba y se abalanzaba sobre su cuello, deslizando su lengua por toda su extensión, la frontera del dolor guardaría para siempre un recuerdo en cierto órgano particularmente abultado.

Durante todos estos siglos siempre había pensado que su encuentro sería la parte más desagradable de su vida. Después de conocerla, este pensamiento se empezaba a disipar.

Ella levantó la barbilla y le dedicó una mirada de furia perfectamente ensayada, aunque habría sido más efectiva si hubiese inflado el pecho.

—No sé qué eres, Thrain Davis. Pero, desde luego, no eres el observador imparcial que decías —su mirada desafiante le retaba a una réplica—. No sé qué eres.

Aaay, pero yo si sé quién eres tú, Elina Mackenzie.

ella—. No notas el [illegible] de [illegible] que [illegible]
no lo quería [illegible].

[illegible] con [illegible] por [illegible] grande [illegible] [illegible] [illegible] [illegible] [illegible] Quería [illegible] de [illegible] [illegible] [illegible] de [illegible] [illegible] [illegible] [illegible] [illegible] [illegible] [illegible] [illegible] [illegible] la cabal [illegible] [illegible] [illegible] [illegible] [illegible] [illegible] [illegible] [illegible] [illegible] [illegible] [illegible] [illegible] [illegible] [illegible] [illegible] [illegible] [illegible] [illegible] [illegible] [illegible] [illegible] [illegible] [illegible] [illegible] [illegible] [illegible] [illegible] [illegible] [illegible] [illegible] [illegible] [illegible] [illegible] [illegible] [illegible] [illegible] [illegible] [illegible] [illegible] [illegible] [illegible] [illegible] [illegible] [illegible] [illegible] [illegible] [illegible] [illegible] [illegible] [illegible] [illegible] [illegible] [illegible] [illegible] [illegible] [illegible] [illegible] [illegible] [illegible] [illegible] [illegible] [illegible] [illegible] [illegible] [illegible] [illegible].

Durante todo este [illegible] [illegible] [illegible] [illegible] que [illegible] [illegible] [illegible] [illegible] [illegible] [illegible] [illegible] [illegible] [illegible] [illegible] [illegible] [illegible] [illegible] [illegible] [illegible] [illegible] [illegible].

[illegible] [illegible] [illegible] [illegible] [illegible] [illegible] [illegible] [illegible] [illegible] [illegible] [illegible] [illegible] [illegible] [illegible] [illegible] [illegible] [illegible] [illegible].

[illegible] [illegible] [illegible] [illegible] [illegible] [illegible] [illegible] [illegible] [illegible] [illegible] [illegible] [illegible] [illegible] [illegible] [illegible] [illegible] [illegible] [illegible] [illegible] [illegible] [illegible].

Hay pero [illegible] [illegible] [illegible] [illegible].

# Capítulo 2

—Bueno, ¿y qué te parece el Siniestro Hostal? —Cindy captó en seguida la atención de Thrain al cambiar de tema descaradamente. Tampoco quería utilizar su dolor de cabeza como pretexto para hacerle preguntas así. No podía cuestionar si le gustaba o le dejaba de gustar el hostal.

—Has soltado a un puñado de idiotas que están corriendo por la oscuridad y están exhibiendo sus grandes poderes. Esto está abocado al desastre.

Bajó la vista y se fijó en sus labios; fue como si los hubiera tocado con la punta de los dedos. Era una sensación tan real y tan intensa que le hacía sentirse incómodo. Cindy reaccionó ante él con un gesto de extrañeza; la misma extrañeza que estaba dominando la noche. Incómoda, se apartó de él.

—Y nunca he dicho que fuera imparcial, sino vehemente.

Thrain torció un poco el labio, dolido ante la perspectiva de su rechazo. Pero sus ojos anunciaban que no se rendiría tan fácilmente.

«Vale, tranquilízate». Estaba siendo muy suspicaz y, al fin y al cabo, Thrain sólo era un hombre guapísimo con algunos defectos. Si no existieran personajes como Thrain, su negocio se iría a pique. Tenía que tomarse las cosas de otra manera.

—Quizá me equivoco, pero me ha parecido que tenías algo de acento escocés —ella no sabía explicarse a qué venía esa sensación, pues, aparentemente, su deje era americano— ¿Alguna vez has vivido en Escocia?

«Venga, dame alguna pista o detalle de tu vida para poderte borrar de mi ranking de tíos raros y pasarte a mi lista de chicos normales».

—Muy intuitiva —sus ojos se llenaron de una alegría desnuda—. Me fui de Escocia cuando era joven y no he vuelto nunca más. Pensaba que ya no se notaba mi origen escocés.

Cindy agradeció mucho esta pizca de información. Al menos ya sabía que no había salido de ninguna cueva. Sin embargo, justo cuando quería seguir hurgando en su vida, el trabajo se lo impidió.

—Tengo que empezar las rondas de discusión, ¿por qué no te apuntas? Quizá encuentras un tema que te guste.

En cuanto se pudiese sentar con alguno de los grupos, cerraría los ojos, se relajaría por unos minutos y, con suerte, podría olvidarse de su dolor de cabeza. Se dio la vuelta para caminar hacia el salón.

—Ya he encontrado un tema que me interesa.

El susurro de su voz la hizo detenerse con la misma contundencia que el tacto firme de su mano encima de su hombro.

—Siéntate.

Sorprendida, se dejó caer sobre la silla de la mesa de recepción. Su obediencia tenía más que ver con la emoción de su tacto que con su palabra.

Lo que había sentido cuando él le tocó hombro iba mucho más allá de la atracción sexual. Era una sensación que la había impregnado desde el primer momento en que entró en la recepción. El impacto de su mano encima de su hombro semi-desnudo (aunque también le había tocado el tirante) y la sensación inmediata de calor y deseo eran tan intensos que no parecían ser propios de ella aunque era innegable que había tenido estas sensaciones, a no ser que el dolor de cabeza le estuviese produciendo delirios.

—Te duele la cabeza —Thrain se movía detrás de ella—. Déjame calmarte el dolor.

Le tocó las sienes con la punta de los dedos.

—Relájate.

Sí. «Relájate». Como si fuese tan fácil relajarse con sus manos sueltas por su cuerpo.

—¿Cómo sabes que me duele la cabeza?

Su sonrisa tierna y provocadora empezaba a estimular cada uno de sus sentidos. ¿Se puede probar el sabor de los placeres ocultos y sentir que roza tus emociones? Seguramente, no. Pero, fuese cual fuese el efecto que inducía su sonrisa, estaba segura de que le era imposible estar tranquila si la tocaba.

—Tienes una arruga gigantesca entre los ojos. —Empezó a masajear sus sienes y desplazó los dedos hacia la frente.

Cindy notaba que los ojos se le cerraban sin su permiso. No se podía relajar. No se iba a relajar. Se relajaría.

En algún lugar de su mente, su intuición femenina afloraba, se movía libremente y fabricaba palabras como «cuidado», «alerta» y «peligro». Pero su instinto no podía competir con la destreza mágica de sus dedos amasando su piel. Todo su cuerpo empezaba a aletargarse y cada vértice de su carne sucumbía a sus falanges y se debilitaba lentamente.

—¿Qué sabes de tu familia por parte de madre, Cindy?

Debía estar muy cerca de su cara, porque pudo sentir sus palabras acariciando su cabello, entrometiéndose en su cabeza para buscar una respuesta. Él la estaba induciendo a responder y utilizaba unos medios sospechosos, pero estaba demasiado relajarla como para darle vueltas.

—Pues no mucho. Mi madre nunca me ha hablado de su vida antes de casarse con mi padre. De pequeña, vivíamos en Inglaterra, pero sé que mi madre no era de allí —arrugó el entrecejo, intentando recuperar el recuerdo de todos esos años; todos esos siglos—. Mi madre nunca me dijo nada, pero yo tengo la impresión de que era de origen escandinavo. Tampoco recuerdo cómo llegué a esa conclusión; seguramente sería por su acento.

Y por Loki. Su madre le explicó una vez el mito de Loki, el dios del engaño. Un dios nórdico que se portó mal con los demás dioses. A su madre le encantaba explicar los cuentos de Loki y en estas contadas ocasiones Cindy sentía que su madre estaba compartiendo un pequeño trozo de su pasado con ella, así que, cuando le regaló un pequeño cuervo herido, decidió llamarlo Loki.

Cindy sonreía al recordar todo esto. Recordaba la leyenda según la cual deben posarse, al menos, seis cuervos encima de la Torre de Londres o la torre y la monarquía se derrocarán. De joven creía tanto en esta leyenda que quería tener Lokis para poder darle un sentido de continuidad a su vida.

Se aferró a esta idea durante cien años. Durante todo ese tiempo, tuvo cuatro Lokis. Cada vez que se moría uno de viejo, cazaba otro y lo volvía a adoptar, obsesionándose con la creencia de que era siempre el mismo porque todos compartían el mismo nombre.

Llegó un momento en el que, abatida por la tristeza de enterrar a otro Loki, a otro amigo que la mantenía unida a todas las personas a quienes quería, sencillamente dejó de reemplazarlos. No volvió a tener ningún animal a partir de ese momento.

—¿Y qué me puedes explicar de tu padre? —sus dedos continuaban esparciendo su magia, dejando un rastro de energía por todos los caminos de dolor de su cabeza y aliviando el malestar ligado a la tensión.

—Es raro, pero no recuerdo casi nada de él. Creo que limpiaba la cuadra de la casa solariega de algún noble que vivía en Inglaterra —dijo, algo confusa, pero el esfuerzo era demasiado grande—. Nunca tuvimos una relación muy íntima.

Thrain hundió los dedos en su piel de manera inquisitiva.

—No era mi padre biológico. No lo conocí. Mi madre nunca me habló de él.

—¿Alguna vez has querido saber quién es tu padre de verdad? —sus dedos se detuvieron un instante, como si esa respuesta fuese importante para él. Tampoco le importaba tanto.

«No pares. No quiero que esto acabe nunca». La suave presión sobre su cabeza era como un flujo incesante de perlas deshinibidoras. Arrugó la frente. ¡Pero qué pensamiento más tonto! Desinhibirse con un hombre como Thrain Davis era como caminar de noche por un callejón con un billete de cien dólares en el bolsillo.

Ella notaba su goce y casi su burla mientras los dedos proseguían su danza rítmica de caricias. Bueno, tenía que ser coherente. En primer lugar, no podía estar burlándose de ella porque en ningún momento había dicho nada cursi ni disparatado. En segundo lugar, no podía notar de ninguna manera su alegría. Él no tenía nada que ver con la historia de su familia. Pero aún y así, ¿sabía él algo de su familia? Tenía la sospecha de que había muchos cabos sueltos en su estirpe.

Cindy intentó despertar su mente aletargada para arrojar algo de coherencia a todo lo que había sentido desde el primer momento en que Thrain pisó el suelo de la recepción. Demasiado complicado. Ya pensaría en eso más tarde.

—Todavía no me has respondido. —Debió acercarse aún más a ella, porque su cálido aliento le acariciaba, también, la mejilla—. ¿Quieres saber más cosas de tu padre biológico?

El único rincón desconfiado de su mente que todavía no había sucumbido a este ensimismamiento le ordenó que se mantuviera callada. No pensaba hablar de su familia con nadie.

Pero, ¿por qué no? El dolor de cabeza se le había ido y se sentía bien con la humanidad. Ya sacaría el escudo más tarde.

—Pues no. Mi madre sólo me habló de él una vez. Habían pensado en casarse cuando ella se dio cuenta de que estaba embarazada. Él la abandonó y su familia la deshonró por esta infamia. ¿Por qué tengo que interesarme por ese imbécil?

—¿Por qué no, Elina? —sus palabras se resbalaron de su boca a modo de susurro.

El nombre que creía haber oído acabó con su estado de euforia. Se volvió para mirarlo mientras sus manos se iban alejando de ella.

—¿Cómo me has llamado?

La sonrisa de Thrain era el equilibrio exacto entre la curiosidad inocente y la sabia serenidad.

—No te he llamado de ninguna manera. ¿Por qué lo dices?

Ella sacudió la cabeza para deshacerse de toda esta confusión. Al menos ya no tenía la sensación de que un martillo le golpeaba la cabeza al más mínimo movimiento. A lo mejor se lo había imaginado. Al hablar de su pasado, había vuelto a rememorar un nombre guardado en lo más recóndito de su pensamiento.

—Por nada, es igual. —Se levantó y se tocó la cabeza—. Gracias; ya sé a quien acudir cuando me duela la cabeza.

—Alivio todo tipo de achaques —hizo una pausa y la escrutó con la mirada de arriba a abajo—. En cualquier lugar.

A sus ojos se asomaba todo el descaro de sus intenciones sexuales por si ella no había captado el mensaje.

Mensaje recibido. Cindy inspiró lenta y profundamente. Su cuerpo sentía la necesidad impetuosa de experimentar. ¿Qué podrían hacer sus dedos con el dolor insondable y candente que provenía de debajo de su vientre?

Pestañeó varias veces y le dio la espalda. Uff, eso estaba yendo demasiado rápido y era demasiado raro.

—Muy bien, lo tendré en cuenta.

¿Cómo podía escapar de allí sin que pareciese que estaba huyendo del diablo? ¿Y por qué sentía la necesidad de huir? Muchos hombres la habían marcado, pero nunca había sentido el ímpetu de escapar de ellos.

Cindy ya no tuvo más tiempo de pensar si él era o no la reencarnación de un demonio sexual porque en ese mismo instante Latrienne abrió la puerta de golpe y corrió hacia ella. Cindy se vio contra el muro inamovible de la espalda de Thrain Davis, que la sostenía firmemente con los brazos para sujetarla mientras el eco de su risa hacía vibrar todos los huecos interesantes de su cuerpo de mujer.

—¡Lo he visto! Madre mía, ¡lo he visto! —Latrienne se agitaba en todas las direcciones como un canguro poseído —. He visto al Diablo de Jersey. Su capa se sacudía a cada salto y los polvos de maquillaje blanco se deshacían bajo el sudor.

—Siéntate, cálmate. —Ella lo hizo sentar en su silla y él se dejó caer pesadamente— ¿Me puedes tra...? —Cindy volvió la mirada hacia Thrain y lo vio sujetando el vaso de agua que estaba a punto de pedirle.

Prefirió no indagar sobre su extraordinaria rapidez y le pasó el vaso a Latrienne.

—Bueno, ahora dinos qué ha pasado.

Las manos temblorosas sostenían el vaso y la miraba horrorizado. Tenía la cara ardiendo y respiraba con dificultad.

—Yo estaba mirando una de las lápidas del cementerio y vino hacia mí. Vino del cielo y se abatió sobre nosotros.

Cindy intentó justificar sus palabras. La gente iba al Siniestro Hostal condicionada a ver seres sobrenaturales y un perro callejero en la oscuridad podía ser perfectamente un hombre lobo, un búho podía convertirse en vampiro y algo tan insignificante como una hoja de papel blanca enganchada en la rama de un árbol podía ser un fantasma. Ya no le quedaba nada por oír y, aunque no le gustaba ver a sus clientes asustados, este era el tipo de historia que atraía a hornadas de clientes nuevos cada año al hostal. A la gente le encantaba sentir miedo.

—¿Crees que esta es la descripción de lo que has visto? —Le ofreció la sonrisa más comprensiva que pudo poner mientras él se bebía toda el agua de un trago y le devolvía el vaso.

Latrienne asintió y volvió a tomar otra bocanada de aire para recuperar fuerzas.

—Medía unos tres metros y tenía una cabeza parecida a la de un caballo. Pero cuando abrió la boca, vi que tenía dientes enormes y afilados en lugar de dentadura de caballo. —Volvió a mirar a Cindy, con la imagen de la criatura reciente en su cerebro—. Tenía un cuello largo y fino y se sostenía sobre las patas traseras. Las patas delanteras eran muy cortas, como las de un tiranosaurus rex, y tenía alas enormes de murciélago y unas pezuñas desgarradoras.

Se mordió el labio inferior y entornó los ojos como si quisiese atrapar cualquier detalle importante que se hubiese dejado.

—... los ojos de esa bestia brillaban y parecía muy cabreado. Tiene usted que encontrar a Patty.

—¿Patty? —dijeron Cindy y Thrain al unísono.

Latrienne asintió.

—Sí, mi novia. Está allá fuera.

—¿Por qué? —Cindy se deshizo ya totalmente de su aturdimiento.

—No corre tan rápido como yo. —Pestañeó mientras analizaba cómo había sonado esto—. Quiero decir, que siempre el más rápido es el que va a buscar ayuda y no teníamos ninguna pistola u otra arma para defendernos.

El siseo de rabia de Thrain pareció contagiársele, también, a Cindy. Latrienne miró a Thrain y se empezó a marchitar debajo de esa capa negra.

—Mira, iré contigo allá fuera, pero que sepas que estoy molido, tío.

Latrienne levantó torpemente los pies y se escabulló escaleras arriba. Pese a lo que había dicho, Thrain no parecía muy cansado para Cindy.

—Si el *letrina* este fuera un vampiro de verdad, no habría echado a correr como un descosido para dejar a su compañera abandonada. —Thrain estaba considerando la posibilidad de *coserle* la cara a porrazos por fingir ser un vampiro.

De entre toda la amalgama de sensaciones que había experimentado esa noche, Cindy sentía que algo de lo que había dicho Thrain le había dolido. De repente, su discurso había cambiado para empezar a preguntarle detalles de su pasado. Y ¿todavía había gente que, en lugar de decir «novia», decía «compañera»? Era otra duda más para apartar y analizar cuando tuviese tiempo de pensar con más calma. En ese momento, tenía que atender a un cliente descontento.

—No pronuncies mal su nombre, se llama Latrienne. Y tengo que encontrar yo a su novia. Es bastante fácil perderse en ese bosque en cuanto empiezas a caminar. —No cayó en la cuenta de que se podrían encontrar al Diablo de Jersey. La leyenda del diablo nació de la histeria colectiva y de las reacciones en cadena de la población. La última aparición databa del año 1909 y, aunque un cameo le podría resultar muy rentable para su negocio, Cindy dudaba que la pareja hubiera visto algo demoníaco más allá del tronco de un árbol viejo o el cráneo de una grulla. La oscuridad de la noche solía engañar a la vista de los transeúntes.

Thrain mostraba una expresión sombría.

—Una letrina es sucia y repugnante. El nombre le pega —se volvió hacia las escaleras—. Espérame aquí mientras voy por el arma y vamos juntos.

¿Un arma? ¿Qué tipo de arma? ¿Y por qué había colado un arma en su hostal? La certeza de que un huésped estuviera armado era, para ella, mucho más terrorífica que la visión de ningún diablo. Ella tenía una pistola pequeña para protegerse, pero nunca la llevaba encima cuando iba a buscar a un cliente extraviado. No había ningún depredador peligroso en los Pine Barrens; sólo eran bosques salvajes de pinos.

O quizá sí. El miedo penetró en su cuerpo por primera vez. ¿Qué más sabía de Thrain Davis, a parte de que era el número uno en su lista de adquisiciones sexuales? Cindy corrió hacia su piso, se puso el abrigo y se guardó el móvil en el bolsillo. No pudo menos que abrir tímidamente el cajón de la cocina, agarrar el arma y guardarla en el otro bolsillo del abrigo. Quizá estaba exagerando, pero precisamente había sobrevivido a tantos siglos siendo muy cauta. De camino a la puerta, cogió la linterna.

Al volver a la recepción, Thrain la estaba esperando. Le había dado tiempo de volverse a poner la chaqueta. Ella le hizo un examen anatómico completo. No le veía ningún bulto de pistola en la chaqueta. Cindy podría haber salido tranquilamente sola, pero su curiosidad le corroía.

—Oye, ¿llevas la pistola? —Demasiado tarde para acordarse de que la curiosidad mató al gato y a las incautas de lengua rápida—.

«No se lo digas». «No te querrá responder».

—¿Cuál de las dos? Especifica.

Haciendo gala de su surtido de expresiones de indignación, se dio la vuelta y caminó hacia la puerta. Él llegó antes que ella y se la abrió. Cindy salió a grandes zancadas sin mirarle, pero él ya se había zambullido en su mente desde el mismo momento en que traspasó la puerta. Él sabía que sus insinuaciones sexuales todavía no habían hecho mella en Cindy, pues su sonrisa era como la de un depredador hambriento. Ella se lo estaba pensando. Así era él.

Iluminando el camino con la linterna, Cindy encabezaba el paso mientras atravesaban un sendero arbolado. De tanto en tanto, Cindy llamaba a Patty y su grito rebotaba en la oscuridad. Las pequeñas nubes de neblina rodeaban las siluetas negras de los árboles. De repente, Thrain notó algo extraño en el bosque. Aparte del crujir de las hojas secas al pisarlas, sólo se oía el coro estridente de búhos temblorosos.

—¿Eso no es…? —El ruido de los búhos le erizaba los pelos como si una docena de uñas estuvieran arañando una pizarra.

Había momentos en que sólo se escuchaba este estruendo. A Thrain le pareció ver una sombra de sonrisa en su rostro.

—Sí, es nuestro grupo de hombres lobo serenando a la luna. Si no fuera por el pequeño detalle de que hoy no se ve la luna...

No hizo falta leerle la mente para intuir la pregunta que iba a hacerle, pero él se lo preguntó primero.

—¿Qué crees que le ha pasado a Patty? Aunque se hubiese parado a esperar, ya la tendríamos que haber encontrado.

«Tú pregúntame y yo siempre te diré la verdad».

Bueno, quizá en este momento no era muy conveniente decirle la verdad. Si le decía que su padre era un viejo vampiro legendario y que él había sido su entrañable amigo, inmediatamente ella soltaría una carcajada o le diría cuatro improperios. Pero dentro de muy poco le creería.

—Si le ha entrado el miedo, seguramente se ha desviado del camino. Cuando ha parado de correr, se habrá visto perdida. Si no la encontramos ya, tendremos que ir a buscar al grupo de hombres lobo para preguntarles si la han visto. O incluso puede haber regresado ya al hostal. —Lo miró de reojo—. ¿Por qué llevas una pistola? ¿Te piensas que la vas a utilizar aquí?

No quiso mirarlo más; prefirió seguir iluminando el camino que se abría ante sus pasos.

Thrain arrugó el entrecejo. Ella estaba incómoda con él porque llevaba una pistola, pero ignoraba que una pistola era algo nimio comparado con la peligrosidad potencial de alguno de sus huéspedes.

—No llevo pistola. —Algo perturbaba sus sentidos, algo que le forzaba a protegerse—. Y, en cambio, tú sí.

Desconcertada, se volvió para mirarle y se fijó, otra vez, en el camino.

—¿Cómo lo sabes?

—Tienes un bulto en cada bolsillo. Eso significa que llevas el móvil en un bolsillo y la linterna la llevas en la mano. Teniendo en cuenta que sospechas de mí porque crees que llevo pistola, me imagino que en el otro bolsillo llevarás la tuya propia.

La sensación que lo incomodaba era cada vez más intensa. Aunque se protegiera, el poder de esa entidad estaba a punto de rozarle.

—Tienes razón. —Admitió con naturalidad—. No creo que haya ningún poder sobrenatural merodeando por estos bosques, pero definitivamente creo en la maldad del ser humano. Y no quería jugármela estando a solas con un hombre que lleva pistola. O si no, ¿qué llevas?, ¿espray de pimienta o algo así?

—Algo así. —Si ese ente que les seguía se acercaba un poco más, Cindy en seguida sabría lo que llevaba—. ¿La gente de esta zona no se queja de los aullidos y de las correrías de tus clientes?

Ella se encogió de hombros.

—No tenemos vecinos; el pueblo más cercano está a ocho kilómetros. He tenido mucha suerte de encontrar este lugar. Sólo hay una iglesia abandonada que queda cerca del cementerio y algunas casas desocupadas que siempre digo que están encantadas. A todo el mundo le encanta este lugar. Es abominable.

A propósito de hechos abominables: la cosa esa que les seguía estaba invadiendo el espacio personal de Thrain. Ese ente debía encontrarse muy a gusto, pues todavía no se había manifestado. Utilizando un flujo vertical de energía, se apartó rápidamente la chaqueta para desenvainar la espada de su cadera izquierda en un único movimiento. Lo había visto.

Cindy soltó un alarido de terror que retumbó en la densa niebla mientras Thrain se mantenía erguido con la espada firme. Bajó la vista poco a poco y era... Troyano.

—¿Una espada? —La voz de Cindy era más bien un chillido de espanto—. ¿Has llevado una espada todo el rato? ¡Me lo quieres explicar! ¿Pero de dónde has salido tú, Lancelot? —Cindy tomó aire para lanzarle más munición—. Además, ¿qué tienes en contra del espray de pimienta?

Bajó la cabeza para mirar al gato.

—¡Y por qué nos sigue el gato de Prada!

Buena pregunta. Aunque hubiese dado con el ente que los seguía, Thrain reconocía que la postura del gato no era precisamente amenazante. Al menos no en ese momento. Troyano no era peligroso, si bien su espada era una advertencia no-verbal por si el ente iba vestido de piel de gato.

Thrain intentó hacer un esfuerzo por no reír; sabía que ella se enfadaría aún más, pero no se aguantaba más. Cindy estaba tan guapa cuando se cabreaba...

Se paró en seco, con las piernas separadas, una mano en la cadera, escudriñándolo con fiereza.

—Por ahí no paso. Aquí nadie lleva espada. Me la llevo. El primer mes que abrí el hostal vino un cliente que se creía soldado de las Tierras Altas de Escocia. No soporto la idea de que lleves pistola, pero algo de sentido, tiene. ¡Pero una espada! ¿Qué puede hacer una espada que no haga una pistola?

—Puede separar la cabeza del cuerpo.

—Vale. —Respiró hondo.

Thrain echó por tierra su discurso.

—Una bala no les hace nada a tus clientes; ya han perdido demasiados tornillos. —Thrain se encogió de hombros—. Además, es el arma que siempre he usado.

—Sí, sí, por supuesto. Es un arma fantástica. ¿Por qué no la tiras?

Al ver cómo se apartaba de él supo que lo había incluido en la lista de los hombres lobo más desquiciados. Un desastre. Porque, si sólo ver su espada le hacía subir la tensión hasta límites insospechados, todavía le quedaba un largo camino de sufrimiento.

Se enfundó la espada en la vaina.

—Vamos a movernos. Si no vemos a Patty de aquí a unos minutos, llama al hostal para pedir refuerzos.

Thrain dudaba que los huéspedes no-humanos fuesen a estropear su agradable velada hiriendo a un humano, pero con los cuatro cazadores nocturnos nunca se sabía.

—De acuerdo. —Cindy se apartó el pelo de la cara. Thrain observaba cómo le seguían temblando los dedos—. ¿Y Troyano? ¿No tendríamos que...?

Se quedó muda al irrumpir una mujer en la escena. Thrain resolvió que era la escurridiza Patty. A parte de ir forrada de hojas de pino y de mirarlos con pavor, estaba bien.

—Ay, dios mío, pensaba que ya nunca más volvería a ver a nadie. —La mujer se detuvo ante Cindy y tomó aire—. ¿Te puedes creer que ese idiota ha salido corriendo con la linterna y me ha dejado sola para que me comiera el monstruo?

Ah, el idiota. También conocido como el intrépido Letrina.

Thrain no reparó en la mirada enfurecida de Cindy; una mirada que le auguraba consecuencias desastrosas para su integridad física si se le ocurría reírse.

—¿El monstruo te empezó a... perseguir? —Se olvidó de la risa en cuanto vio el bulto que le sobresalía de la frente—.

—¿Qué te ha pasado en la frente?

La mujer se la tocó e hizo una mueca de dolor.

—Estaba mirando para atrás para ver si nos perseguía y me estampé contra un árbol. Me desmayé y estuve unos minutos inconsciente porque el golpe fue tan tonto como tremendo. Y Jim ni siquiera se volvió para ver qué había pasado. Cuando me levanté, todavía seguía atontada y me perdí. Me estaba muriendo de miedo cuando vi la luz de la linterna. —Nerviosa por recordar lo sucedido, se sacudió las hojas y enseñó los dientes, rabiosa—. Volvamos al hostal para que pueda ver a Jim y le voy a estrangular ese cuello de ganso con su propia capa hasta que se ponga morado.

Thrain supo que el espectáculo de Patty cargándose a Jim «el idiota» sería lo más divertido de la noche. O quizá no. Se quedó fascinado al mirar cómo se contorneaban sus pequeñas y redondas posaderas al ritmo de sus caderas mientras volvían al hostal, acompañados de Patty. Como recompensa por todo lo que les había pasado esa noche, dejó volar por un instante sus deseos sexuales para jugar un poco con la imaginación en la oscuridad. Por desgracia, sobraba una persona.

Sintió la intempestiva salida de sus colmillos empujados por una necesidad no estrictamente alimenticia. Era un ímpetu de goce sexual, el anhelo de colmar los sentidos y ahora que lo había liberado no quería volverlo a encerrar.

—Ahora no, chupasangre. Deja su trasero en paz. Venga, piensa en algo asqueroso: gusanos, ratas, atún al horno.

Una voz masculina entró en su mente y le sobresaltó, aunque era bastante predecible. Thrain sabía que Troyano no iba a guardarse sus pensamientos para siempre.

Thrain observó al gato, caminando elegante a su lado, y a las dos mujeres que iban delante. Cindy y Patty no estaban tan cerca como para oír su conversación.

—... Bueno. Supongo que hacer todo el rato el papel de tío cachas e interesante acaba siendo un aburrimiento.

Troyano tenía razón. No más distracciones por hoy. No se podía permitir que Cindy se diera la vuelta y lo viese convertido en vampiro. Todavía no estaba preparada. ¿Pero algún día estaría preparada? Tenía muy claros sus propósitos, aunque de vez en cuando deseaba volver a ser humano. Tenía que ayudarla a aceptar quién era ella de verdad y quién era su padre. Thrain se lo debía a Darach.

—¿Por qué no me dices quién eres? Veo que tu presencia es clandestina y por eso tus labios están sellados.

El gato lo miraba fijamente con sus ojos anaranjados y misteriosos, transmitiendo un destello que iluminaba la neblina grisácea, la oscuridad e incluso su propio cuerpo.

—No, no. No soy nadie especial, sólo el demonio de siempre que le ayuda a conseguir a esta mujer.

—Eso es una gilipollez. Conozco a muchos demonios y ninguno detenta ese poder.

¿Y qué pasaba con la voz de Troyano? ¿Le resultaba familiar? ¿O no? No tenía respuesta. Después de más de setecientos años de vida, le costaba recordar las voces.

—¿Seguro que no os conozco a ti y a Prada?

—Segurísimo. Nunca te he visto. —Troyano desvió la mirada para fijarse en el camino que habían dejado atrás—. ¿No notas algo?

Detuvieron el paso. Thrain vio que Cindy y Patty desaparecían tras una curva y volvió a mirar hacia atrás.

De repente, la oscuridad se cargó de energía como la electricidad estática que precede a una tormenta. Thrain había vivido lo suficiente como para saber que una fuerza estaba llegando y deseaba que, fuese lo que fuese, no se adentrara en su mente para tener que hablar con él.

—Tómame. Vamos a unir nuestros poderes. —Ya no había rastro del carácter seco y arisco del gato; parecía un ser con una inteligencia pura y clara.

Thrain rescató a Troyano del suelo y lo cogió en brazos. El resplandor se convirtió en olas de furia que golpeaban su mente tentándole a levantar las vallas psíquicas de su cerebro. Pero en ese momento necesitaba proyectar su fuerza y no podía quedarse inamovible. Troyano y él eran las dos únicas fuerzas que se podían interponer entre el ente que estaba llegando y las dos mujeres.

De repente, notó a Troyano; notó cómo su inmenso poder penetraba en él. Thrain intentaba concentrarse en su propio poder y controlar la increíble energía de ese ser llamado Troyano. Intuitivamente supo que la parte de Troyano que lo había abordado tenía miles de años de vida. Quizá debía temer a Troyano mucho más de lo que se pensaba. Pasara lo que pasara, al menos ahora podía atacar con una fuerza desbordante y mucho más poderosa que dos fuentes de poder separadas.

El aire que los rodeaba se levantó y explotó como una mezcla de viento y sonido. Las copas de los árboles se sacudían adelante y atrás justo cuando unos chillidos tan agudos como imperceptibles para el oído humano ascendían de tal modo que Thrain tuvo que taparse las orejas. Sólo deseaba, con todas sus fuerzas, que fueran lobos sumidos en el frenesí. De repente, pensó en sacar la espada, pero abandonó la idea. Primero tenía que ver a qué se enfrentaban.

Estaba allí, encima de ellos. Se dejó caer desde lo alto de los árboles portando sus alas de murciélago, imponiendo su envergadura de más de medio metro. Con esos ojos centelleantes y una boca que mostraba la capacidad de desgarramiento que tenían sus dientes afilados, era un ser de pesadilla que helaba la sangre a cualquiera.

No obstante, Thrain necesitaba algo más que una chulesca presentación para asustarse. Tenía la suficiente experiencia como para saber que no es el aspecto fiero lo que importa, sino el poder interno. En un combate cara a cara, confiaba mucho más en Troyano, con su entrañable aspecto, que en todo el ruido y la furia que pudiese desplegar el ser que los estaba amenazando.

Thrain se concentró y proyectó la fuerza de las dos energías contra esta criatura cercana a un ave de rapiña. La explosión de luz cegadora y el calor ardiente que se condensó en ese mismo momento eran tan sólo una advertencia de lo que iba a venir más tarde. Thrain no quería matarlo a no ser que no le quedase otra alternativa. La criatura detuvo su descenso en picado para observarlos desde la distancia.

Thrain abrió su mente para dejar entrar a la criatura, pero sólo percibió señales primitivas de rabia y confusión (como muchas criaturas desconocidas que defienden su territorio). Thrain entendía su instinto territorial porque en su clan también estaba muy arraigado el sentido de pertenencia al castillo de Escocia. Su intuición le dijo que este era un ser salvaje que normalmente campaba a sus anchas con tranquilidad, contento por mantenerse separado de los humanos. Pero el Siniestro estaba atrayendo a una mezcla peligrosa de entes poderosos y seres humanos chiflados que se concentraban en un único punto y ahora los autóctonos de los Pine Barrens se estaban alzando en protesta para proteger su hogar. Thrain no le podía echar la culpa.

La criatura rezumaba peligro, pero detrás de su aspecto agresivo, Thrain vio cierta inseguridad. Finalmente, tras el último alarido desafiante, surcó el aire desapareciendo entre los árboles. Thrain se esperó unos minutos para asegurarse de que se iba por donde había venido y resopló aliviado.

Volvió a recuperar el aliento justo cuando Troyano le reclamó su imprescindible poder. Thrain miró al gato que sostenía entre los brazos.

El gato le miró, amenazante.

—Como me tires al suelo, no vivirás para soplar mil velas. Déjame en el suelo con cuidado.

Thrain se mordió el labio para reprimir una sonrisa mientras dejaba a Troyano en el suelo y flexionó el brazo con el que lo había sostenido.

—Entiendo por qué no quieres que te tire al suelo; con lo que pesas, seguramente te caerías al suelo como una avioneta destartalada y sin ruedas.

—Eres muy avispado, vampiro. —Troyano recuperó su paso elegante al lado de Thrain mientras se dirigían hacia el hostal—. Y no estoy gordo, es todo músculo.

—Si tú lo dices. —Los pensamientos de Thrain viajaron hacia Cindy ¿Cómo decirle que había molestado al Diablo de Jersey y que, durante un tiempo, no podría dejar que sus clientes saliesen a la oscuridad?

—Ha sido divertido, chupasangre. —Troyano escrutó a Thrain mientras sus ojos malévolos brillaban de gozo—. Tú y yo hacemos un equipo de la leche. Prada se estará riendo entre dientes por haberse ganado el infierno desde su púlpito de reina sexual, así que, mientras trabaje en este asunto (o consiga que tú te trabajes a la chica, también), las cosas van a ir muy bien. —Se paró un momento a pensar—. O no.

Otra ronda de gritos estridentes viajó desde la distancia donde se encontraba el grupo de hombres lobo. Troyano resopló y espetó:

—¡No tendremos la suerte de que se los meriende el Diablo!

Thrain sacudió la cabeza.

—No digas eso. El pelo de los disfraces se le atragantaría —ironizó disfrutando de la crueldad con Troyano.

—Supongo que tienes razón. Y seguramente no se hospedarán muchos días más. —Los ojos de Troyano desvelaban que iba a hacer todo lo que estuviese en su mano para conseguir que este grupo se fuera lo antes posible—. De todas formas, podemos trabajar juntos para remover un poco los cimientos del Siniestro Hostal. Podríamos generar un poco de caos y destrucción por el puro goce que eso produce.

Thrain bajó la mirada hacia su nuevo mini-compañero dotado de un potencial enérgico increíble y de una sed de mal insaciable.

—Caos y destrucción. Genial.

# Capítulo 3

Para Cindy Harper, cada emoción era un sabor de helado. En ese mismo momento, sentada en la recepción mientras pensaba cuánto tiempo aguantaría antes de ir a buscar a Thrain por el bosque, saboreaba una deliciosa y enorme tarrina de helado de dulce de leche. El sabor aplacaba un poco su preocupación. Era muy simbólico. La leche le daba seguridad mientras las pequeñas olas de saliva azucarada le devolvían cierto aire de melancolía. Le gustaba pensar que, con un atracón de helado, los problemas se resolvían mejor. Por supuesto, comerse a su objetivo sexual no le haría engordar.

Vale, se había puesto un poco nerviosa al llegar al hostal y ver que Thrain no venía detrás de ella, pero se imaginó que habría salido corriendo detrás de Troyano o habría decidido espiar la escena de gritos de Jim y Patty. No había nada que temer. Todavía.

—Nos vamos. Este sitio es como muy raro. —Jim Kehoe, alias Latrienne, se plantó delante de la recepción y le lanzó la llave a la mesa. Una silenciosa Patty permanecía detrás de él atravesándolo con la mirada.

Cindy detuvo por un momento su ritualizada danza del helado en la boca. Tenía que contener la textura pastosa exacta para empujarle a expresar su incomodidad.

Percibió su sonrisa tenue, sus dientes afilados, las grietas del maquillaje blanco creando dibujos interesantes en su cara y la capa negra que aún no se había quitado. Su hostal no era lo único que era «como muy raro».

Pese a todo, Jim y Patty eran clientes del Siniestro Hostal. No podía dejarlos ir sin lamentar profundamente las molestias ocasionadas.

—Lamento mucho que no se hayan podido quedar más. Les echaremos de menos.

«Mentira».

—Es una pena que se les haya estropeado la visita. No les voy a cobrar por la estancia y espero que vuelvan a confiar en nosotros.

El eximirlos de los gastos dolía mucho, pero era beneficioso para el negocio.

—Ah, ¿no hay que pagar? —La cara de Jim se iluminó de repente—. Bueno, gracias.

Les despidió con la mano mientras abrían la puerta.

—Cuando le explique a sus amigos la aventura con el Diablo de Jersey, no se olvide de decirles que me encantaría atenderles. —El boca a boca era la mejor publicidad.

Casi no le dio tiempo a saborear la primera cucharada de helado verdaderamente grande cuando Thrain empujó la puerta e irrumpió en la escena seguido del paso elegante de Troyano.

Sintió tanto alivio como sorpresa. Empujó la silla hacia atrás y fue a su encuentro.

—¿Dónde estabas? He estado a punto de salir a buscarte. ¿Por qué no me has llamado al móvil? —La alegría siempre se resumía en una bronca dirigida al objeto de sus semi-preocupaciones.

—No tengo móvil —parecía distraído—. Tenemos que hablar.

—¿Y por qué no tienes móvil? ¡Todo el mundo tiene móvil! Te puede pasar algo por el camino o en medio del bosque. Podrías tener un accidente o…

—Shhh. —Le rozó el labio con los dedos—. He vivido mucho y no hay nada en tu pequeño bosquecito a lo que no me pueda enfrentar. Y tenemos que hablar.

El tacto de su dedo sobre sus labios desmoronó su discurso airado. Había pasado de la metáfora del helado a otro tipo de metáfora. ¿Qué pasaría si abría los labios, fortificados hasta ese momento por la presencia de sus dedos? ¿Qué pasaría si deslizaba su lengua suave y juguetonamente alrededor de su dedo? ¿Y si...? Se topó con su mirada.

Él lo sabía. Ella observaba sus pupilas dilatarse en la ahora tenue luz de la entrada y, si es cierto que los ojos son el espejo del alma, entonces sus ojos reflejaban a un hombre sexualmente excitado esperando a ser probado.

Cindy suspiró mientras él retiraba los dedos de sus labios (pero no su invitación sexual). Ella aceptaría esta invitación. Al final, sí. Hacía mucho tiempo que ella no sentía ese anhelo de unión física y emocional. Los siglos pasaban y cada vez menos hombres eran capaces de sofocar su intensa llama azul de deseo sexual. Y ella ardía cuando estaba con Thrain. No cabía duda.

Él exhaló una gran bocanada de aire y se quedó pensativo.

—Vamos a hablar al salón.

¿Hablar? ¿Por qué? Bueno, de acuerdo. Acababa de perder a dos clientes y, por la expresión de su rostro, Thrain parecía haber encontrado algo terrorífico en el bosque. Lo primero es el negocio y la diversión ya llegará más tarde.

—Vale, bueno, me llevo el helado... —Se detuvo para agarrar el helado.

No estaba. En realidad, la tarrina sí que estaba, pero el helado se había esfumado y en su lugar sólo había restos de saliva.

—¡Se ha comido mi tarrina entera de helado! Y yo sólo he probado una cucharada.

Él estaba sentado en la mesa al lado de la tarrina vacía. El dulce de leche supuraba de su boca y había salpicado sus bigotes. En ese momento, Troyano era el gato más feliz del mundo.

Cindy se le acercó hasta casi rozar su cara borrosa y gris con la nariz.

—Eres un glotón, minino. Mira tu barriguita. Si yo fuese tú, me iría corriendo al Centro de Adelgazamiento Gatuno más cercano. —Se llevó la tarrina de la mesa y la fue a tirar a la cocina.

Se fue refunfuñando por el camino y volvió a la recepción. Thrain seguía allí y Troyano hizo un mutis por el foro. Cindy le lanzó a Thrain una mirada de advertencia al empezar a ver la sonrisa que ya se dibujaba en la comisura de sus labios.

—Ni se te ocurra reírte. El helado es mi vicio y no muestro ninguna compasión ante los ladrones de helado.

Thrain fue caminando con ella hacia la sala.

—Te has ganado a un ferviente admirador. Para Troyano, eres la reina del helado y está convencido de que los que comparten su gusto por el helado son seres especiales. —La miró con una sonrisa sutil.

Ella levantó una ceja mientras buscaba con la mirada una silla suelta.

—Así que Troyano te ha dicho eso…

—Sí, de verdad. —Thrain arrastraba dos sillas hacia una esquina—. Yo… — Se detuvo para observar al grupo de mujeres reunidas en torno a la chimenea. Su rostro palideció— ¿Quiénes son esas?

—¿Cómo? —Cindy miró hacia el grupo—. Ah, son un grupo de científicas que estudian la longevidad de la mujer. No es un hecho paranormal, pero me interesa mucho. Las invité a quedarse aquí unos días para que pudieran relajarse e investigar el tema con otras mujeres de su mismo campo. —Se sentó y le señaló la otra silla —. Siéntate aquí.

Es como si no la hubiese oído. Sus ojos se quedaron clavados en las mujeres. Cindy notó cómo un escalofrío recorría su espalda y, aunque no era portadora de ningún tipo de habilidad o poder, notaba el peligro que irradiaba Thrain.

—¿De dónde vienen? —Preguntó silencioso, sin apartar la mirada de las mujeres.

Cindy se lo imaginó como un depredador apunto de saltar. Abandonó el pensamiento.

—No lo sé, supongo que cada una de un lugar.

Pero, ¿qué le estaba pasando a Thrain?

La perplejidad de Cindy creció aún más cuando vio que los ojos de Thrain empezaban a cambiar. Fríos e inexpresivos, parecían proceder de un extraño. ¡Ay! Es que él es un extraño, ¿te acuerdas? Ella conocía tanto a Thrain como a los demás huéspedes.

—Estoy contenta de que estéis aquí —dijo Cindy mostrando una sonrisa sincera. Jane era su amiga. Cuando Cindy empezó a estudiar los descubrimientos científicos sobre el alargamiento de vida, quiso conocer a los mejores expertos en el sector. Y Jane era la mejor científica. Las unía un interés común y Cindy también valoraba mucho su amistad.

—Jane, te presento a Thrain Davis. También está aquí para participar en los debates sobre hechos paranormales.

Cindy miró a Thrain con la esperanza de que le dedicara una sonrisa amable a Jane.

—Thrain, Jane es una de las científicas más prestigiosas en el ámbito de la longevidad. Gracias a su trabajo, algún día los humanos podrán llegar a vivir cientos de años.

«Sí, a algunas nos pasa lo mismo y nos gustaría saber por qué».

Thrain sonrió y, al ver que Jane le extendía la mano, se la estrechó aunque sus ojos permanecían fríos y distantes.

—Parece muy interesante. ¿Cuánto tiempo llevas trabajando en este tema?

—No menos de treinta años. —Le dedicó una sonrisa juguetona a Cindy—. Y dentro de poco tendré que experimentar con Cindy. La conozco desde hace diez años y no ha envejecido nada.

—Jane volvió a mirar al grupo—. Encantada de conocerte, Thrain. Espero que encuentres aquí lo que estás buscando.

—Sí, ya lo he encontrado. —Thrain la siguió con la mirada mientras Jane volvía con sus colegas.

Cindy ni siquiera reparó en la respuesta de Thrain. Estaba demasiado ocupada con su propia tristeza. Siempre le pasaba lo mismo. Jane estaba empezando a notar que Cindy no envejecía y era el momento de terminar con la relación. Cindy tendría que empezar a ponerle excusas para dejar de verla.

Por primera vez en su vida, Cindy pensó en contarle la verdad a Jane. Quizá ella podría encontrar una respuesta a sus 738 años de edad. Pero el miedo todavía estaba allí: el miedo a que Jane pensara que estaba loca; el miedo a convertirse en un conejillo de indias rodeado de hordas de científicos; el miedo de desvelar lo que era de verdad. Cindy no quiso volver a pensar en eso nunca más; sencillamente, era un ser humano con una inusual mutación genética.

Y por eso iba a hacer lo de siempre: romper la amistad. Sin embargo, se sentía infinitamente sola al no poder mantener una amistad sólida con nadie, al no poder tener a alguien con quien compartir sus siglos de vida.

—Ahora no es un buen momento para hablar. Ya hablaremos más tarde. —Thrain se volvió sin mayor explicación y se fue de la sala a grandes zancadas.

Cindy pestañeó varias veces, desconcertada. ¿Qué estaba pasando?

Sin darle tiempo a reaccionar, entró Prada con paso sugerente en la sala. Todas las conversaciones se congelaron para contemplar su gran sensualidad y se volvieron a retomar como si nada. Prada caminaba hacia Cindy y se sentó en la silla que había ocupado Thrain. De repente, Cindy advirtió que Troyano no estaba. ¿Lo había dejando suelto por el hostal? Lo único que esperaba es que no estuviese husmeándolo todo. Cindy nunca dejaba sueltos a los animales. Pensó en un momento en los hombres lobo. Bueno, quizá sí.

Prada suspiró como si se le cayese el mundo encima.

—Mira guapa, ya te he dicho que, si no pones de tu parte, no vas a conseguir nada con él.

—¿Qué significa que «no voy a conseguir nada»? ¿Y a quién te refieres? —Respondió Cindy mientras miraba, perpleja, el medallón de oro que le caía casi hasta el ombligo. Guau, vaya vestido de infarto. Negro y de seda.

Cindy volvió a mirarle a la cara y Prada le dedicó una sonrisa sensual.

—Si no sabes a quién me refiero, estás peor de lo que pensaba.

Si esta conversación hubiera tenido lugar siglos atrás, Cindy se habría sentido muy dolida y desconcertada. No es que Prada fuese de lo más normal, pero Cindy no estaba dispuesta a dejarse herir por nadie.

—Te has sentado aquí para decirme algo —dijo, sonriéndole—. Déjame adivinar; tiene que ver con el sexo.

—Todo tiene que ver con el sexo. —Prada cruzó las piernas y el vestido corto le resbaló por toda la superficie de sus tersos muslos.

Cindy pensó en la poca distancia que había entre su escote de vértigo y la falda de su vestidito.

—¿Y esto a qué viene?

Prada era un cliente, así que tenía que esforzarse en sonreír y escucharla aunque estuviese deseando desaparecer de allí e ir en busca de Thrain para averiguar por qué Jane y el grupo de científicas le habían incomodado.

—Viene por ti. —Prada se enfurecía mientras examinaba su uña perfecta—. Ohg, se me va a romper. Odio que se me rompan las uñas. Me siento… incompleta. —Recuperó la atención hacia Cindy y levantó la ceja—. Bueno, igualmente, Troyano y yo nos quedaremos por aquí hasta que descubras tus raíces. Yo te ayudaré en el proceso de descubrimiento, aunque no es algo que suela hacer.

Un escalofrío de pánico atravesó el cuerpo de Cindy. Nadie conocía sus raíces. Nadie.

—¿Cómo? Explícate.

Prada hizo una pequeña mueca de arrepentimiento.

—Me parece que no tendría que haber dicho nada. Nada, no he dicho nada. Olvídalo. —Ensayó una sonrisa perfecta.

Una sonrisa perfecta que rezaba: «Espero que no seas tan estúpida para pensar que no pasa nada».

Prada se acercó a Cindy para tocarle la rodilla nacida para los tejanos.

—Ey, me parece que nos estamos poniendo un poco tensas. Hablemos de tu vida sexual.

—¿De mi vida sexual?

Los pensamientos de Prada eran como liebres que salen disparadas y se dispersan hacia mil caminos inhóspitos.

—Exacto. —Prada la miró como si Cindy hubiese dado una respuesta brillante—. Vale, no tienes vida sexual. Te puedo ayudar. A eso me dedico. Le dio un codazo de complicidad y señaló a dos personas arrinconadas en un extremo oscuro del salón—. Me encantan los retos sexuales. ¿Ves a esos dos de la esquina?

Sintiéndose aludidos, los dos se volvieron a mirarlas. Cindy reconoció a la mujer de ojos claros, Andrea Combs. Su acompañante era Darren Henson, un hombre alto y de apariencia frágil con unos ojos demasiado penetrantes como para aguantarle la mirada.

—Sí. Y qué.

—Andrea es una mujer lobo y Darren es un félido. Según las fases naturales del deseo sexual, Andrea está esperando pacientemente al macho alfa de su grupo, que llegará mañana. Y el pobre Darren no tiene a nadie. —Prada intentó simular un gesto de pena, pero su aire triunfal se lo impidió—. No puedo permitir que le pase esto a Darren, ¿a que no?

—Claro, claro que no.

—Así que he estirado un poco de los hilos y ahora los dos disfrutarán de una semana erótica colmada de placer sexual. —Volvió a mirarse la uña, como si la voluntad le bastase para mantenerla dura—. Esta uña me saca de quicio.

Cindy no se creía ni una de las hilarantes palabras de Prada. Y tampoco quería conocer el final de la historia. Y, desde luego, no le iba a preguntar. Pero se lo acabó preguntando.

—¿Y qué pasará cuando llegue mañana el macho alfa de su grupo y se encuentre con esto? ¿No se atreverá a hacerle daño a Darren, que es un gatito inocente?

«Cuidado con lo que preguntas».

Prada hizo una caída de párpados para que Cindy no viera su expresión y le brindó una sonrisa astuta.

—No, Cindy. Es un gato grande. Darren es un gato grande y malo.

—Oh.

«Calla, es capaz de destrozarte la habitación, ingenua. Al menos los hombres lobo no destrozaban muebles».

—Sólo por curiosidad, aunque sé que no debería preguntarlo. Pero, ¿Andrea y Darren pueden estar juntos aunque sean de especies diferentes?

Prada se reclinó en la silla, pensativa.

—Todo se desarrolla de forma humana, aunque las formas canina y felina podrían entrar en conflicto.

Ahora Cindy entendía por qué las personas que visitaban el Siniestro estaban tan fascinadas con las historias fantásticas. Con las explicaciones de Prada, todo parecía absolutamente lógico y real. Era buena, muy buena.

—Muy interesante todo. Tengo que...

—Siéntate.

Prada no alzó la voz; ni siquiera la tocó, pero Cindy sintió de repente una pérdida de fuerza que la hacía mantenerse pegada a la silla.

—Yo diría que tu vida sexual ha sido bastante penosa durante muchos años. —Prada la examinaba como si tuviese que hacer una reforma completa de su aspecto.

—Tantos años no, que no soy una anciana.

No era justo. Prada le estaba tocando donde más le dolía. Y sí, su vida sexual había sido lamentable durante los últimos cincuenta años.

Prada arqueó las cejas.

—Si tú lo dices... No he venido a discutir contigo. Sólo quiero que satisfagas tu potencial como ser dotado de sexualidad. Y tendremos que colaborar juntas para conseguirlo.

Contra todo pronóstico, Cindy se sintió fascinada. Y no le desconcertó imaginarse a Thrain cuando Prada le hablaba de su potencial sexual.

—De acuerdo, si admito que tienes razón en algo, ¿qué me propones para mejorar las cosas?

Prada era la mujer más sexy que había conocido nunca. Cindy estaba dispuesta a dejarse aconsejar.

Los ojos anaranjados de Prada brillaban con la intensidad de un faro en plena noche.

—Tienes que pensar en sexo a todas horas, abrir tus sentidos al mayor de los goces y desinhibirte totalmente hasta que sólo perdure en tu mente la contemplación del desnudo.

Cindy se mordió el labio inferior.

—¿Todo eso? Suena complicado.

Cindy todavía no había pasado por el razonamiento todos esos deberes de desinhibición sexual. Sentía un irreprimible deseo hacia Thrain cuando todos los demás hombres habían sido simples chispas en el fuego de su cueva, pero eso tampoco le daba derecho a actuar como una loca. De hecho, Cindy estaba segura de que había límites en la relación con un cliente, tal y como constaba en el reglamento de todo buen posadero. Se trataba, sencillamente, de una gran traba profesional.

—Estás pensando. No pienses. Siente. —La voz de Prada vibraba con un fervor angelical—. Visualiza a Thrain desnudo, estirado en tu cama o en otro lugar que te guste. Todos esos músculos vigorosos envueltos en su piel tostada, ese hombre ardiente de necesidad llamándote, ese...

—Vale, vale. He captado la idea.

Sobrecogedor. Su deseo sexual empezaba a arder con la imagen de Thrain en su cama; en su bañera; en la mesa de la cocina... y estaba empezando a pensar como Prada. ¿Como Prada? Eso sí que fue una buena bofetada de realidad.

Por muy rara que fuese, Cindy no era como Prada. Siempre se había tomado las cosas con perspectiva, sin dejar que un aspecto de su vida gobernara el resto, y por eso había sobrevivido a tantos siglos. Porque dejarte llevar por el sexo siempre te hace descuidar otras prioridades. Y, como Cindy no tenía amigos o familia a quien acudir, siempre tenía que cuidar de sí misma.

—¡Hombre, chica! —Prada empezó a hacer aspavientos con las manos, haciendo sonar sus pulseras espectaculares y mostrando un anillo con diamante del tamaño de una isla—. Mira, vas a tener que matizar todos esos pensamientos. Cuando veas a ese hombre macizo y sexy acechándote, será mejor que lo agarres del pescuezo porque, si no, te vas a ir calentita a la cama.

Cindy se retocó el pelo. Prada era tan agotadora que debía dosificar sus encuentros con ella.

—Mira, de verdad aprecio tus ganas de ayudarme, pero me parece que estos «deberes de desinhibición sexual» me van a costar mucho más de lo que yo creía. Cuando conocí a Thrain, mi primer impulso fue ir a por él. —Le sonrió, pero Prada no quiso devolverle el gesto—. Pero yo no soy una mujer impulsiva y siempre me pienso bien las cosas. Mi manera de ser me ha salvado la vida en más de una ocasión.

Prada sacudió la cabeza.

—El placer sexual último es siempre impulsivo, cariño. Es la naturaleza de la bestia. Lo tendrías que saber. —Se agachó y cogió una caja de terciopelo rojo que había dejado al lado de la silla.

Cindy frunció el ceño. Cuando Prada se hospedó, no llevaba ninguna caja roja, pero quizá no se había fijado por estar pensando en Thrain.

Prada le dio la caja.

—Toma. Contiene unos enseres muy útiles que te van a dar mucha satisfacción mientras practiquemos la lección de los impulsos.

Cindy tomó la caja. No pensaba abrirla. Viendo por dónde iba Prada, no estaba segura de la peligrosidad de esa caja.

—Gracias, después la abro. —Se levantó e hizo el ademán de irse hacia la puerta.

Prada la estaba forzando a reconocer sus debilidades.

—Te crees que no la vas a abrir, pero la acabarás abriendo. Todas las mujeres la acaban abriendo. Yo la llamo «el kit de ayuda para mujeres mojigatas». Diviértete con él hasta que tengas que aplicarte de verdad.

—Uyuyuy, me muero por abrir esta caja.

Nunca abriría esta caja. Ahora se sentía fuera de lugar. Sin embargo, no le hizo falta huir de Prada porque ella se acercó voluntariamente al grupo de científicas. Probablemente apuntando a su siguiente víctima.

Cindy suspiró, aliviada, mientras caminaba a otra sala de reuniones. Organizaría rondas de conversación y, después, se conformaría con volver a su piso y meterse en la cama. Sencillamente, se relajaría y no pensaría en nada.

«¿En nada? ¡Qué mentirosa eres!».

Thrain se negaba a admitir que había huido de un grupo de

mujeres, pero esta era una gran verdad. ¿Cuántos años tenían que pasar para que lo olvidase? ¿mil, dos mil? ¿Qué poder necesitaría para sentirse invencible? ¿El poder de la verdad? No había poder, por intenso que fuera, que le pudiese liberar de ese sentimiento de angustia y sufrimiento cuando se sabía observado por un grupo de mujeres. Y, en su mente, esta traba eclipsaba a todas las demás habilidades que había ido adquiriendo a lo largo de los siglos.

—¡Eh, chupasangre! Aquíí.

Fantástico. Era Troyano. El gato impertinente; ¡justo lo que necesitaba! Thrain se detuvo un momento a pensar qué entendía el gato por «aquí» y cuántas tonterías tendría que aguantarle si intentaba ignorarlo.

—Muchas tonterías. Y estoy en la cocina.

Demasiado tarde para borrar el pensamiento. Lo mejor sería hacerle caso si no quería que lo persiguiese hasta el fin de los días.

Entró en la cocina y se encontró con una escena dantesca. El gato estaba colgado del asa de la nevera, columpiándose adelante y atrás como un péndulo felino.

—¡¿Pero qué haces?!

—Tengo hambre y no puedo abrir este puñetero frigorífico. —El gato bufó de rabia por la injusticia de no poder abrir la puerta—. Ya ves, mientras Prada está por ahí convenciendo a Cindy para hacer manualidades contigo, yo aquí pasando hambre.

—Quizá estoy desvariando, pero creo que te he visto usurpar y engullir una tarrina entera de helado. —Le lanzó una mirada agresiva a Troyano—. No puedes tener hambre.

—Soy de constitución ancha. Necesito comer mucho para mantenerme fuerte. Y ahora abre la nevera o me lanzó a tu tobillo.

—Uhh, qué miedo me das. —Lo mejor era no parar de hablar, porque, si se quedaba callado, en seguida se imaginaría el cuerpo desnudo de Cindy agitándose debajo del suyo. Y, ¿qué tipo de conversaciones tenía Cindy con Prada?

—Puedes abrir las puertas con tus poderes, ¿por qué esta no?

—Mírame bien, vampiro. Soy un gato. Por mucha hambre que tenga y no esté la cocinera aquí, no puedo arriesgarme a que entre alguien y me vea usando los poderes. Y ahora abre la puñetera puerta de una vez.

Troyano saltó al suelo y esperó a que Thrain cumpliera sus órdenes mientras sacudía nerviosamente la cola.

Thrain no lo podía evitar: Troyano le hacía mucha gracia. Y, como hacía tiempo que no se reía, accedió a abrirle la puerta e hizo el gesto de marcharse.

—Muy bien, buen chico. Espera. No has acabado aún. Quiero ese bistec jugoso y gordito de la primera estantería. Poco hecho.

Thrain le levantó una ceja.

—¿¡Tengo que freírtelo?!

Troyano se sentó en posición recta, enroscó la cola y lo miró con cara de pena.

—¿Tú me ves con pinta de poder freírme un bistec? Vamos a analizar la situación. Yo uso mi poder para colocar el bistec en la sartén y, justamente cuando este bistec gordito y sabroso está surcando los aires, Cindy entra. Fallo garrafal. —Troyano hizo una pausa para considerar las consecuencias de ser pillado y para recrearse en la imagen de ese «gordo y sabroso bistec»—. Es igual; Cindy se mosquearía mucho y querría saber qué está pasando. Entonces le tendría que explicar quién soy yo y quien eres tú porque tú eres mi compañero de filas. Y supongo que no quieres que sepa quién eres, ¿no?

—¿Me estás amenazando, gato? —La mirada sombría de Thrain tuvo un gran efecto.

—Eh, no te pongas así. Es un chantaje amigable. ¿Qué me dices? —Troyano le guiñó el ojo y, por primera vez, Thrain se dio cuenta de que tenía los ojos del mismo color que Prada.

Siendo lógicos, Thrain sabía que Troyano no le diría nada a Cindy. Porque Troyano seguía las directrices de un plan prediseñado. Prada y Troyano estaban cumpliendo según lo pactado al entablar relación con Cindy y con él. ¿Coincidencia? Thrain no estaba tan seguro. Con gesto pensativo, colocó el bistec en la sartén y encendió el fuego.

—Cuanto más hablo contigo, más me parece que hemos hablado antes. —Escudriñó al gato, intentando recordar.

—No lo creo. —Troyano levantó la vista hacia el microondas—. Oye, hay una bolsa de patatas de cocinar cerca del microondas. ¿Me las cueces al micro? Ponle toneladas de mantequilla. ¡Ah! Y saca el plato de nata agria de la nevera.

Thrain preparó las patatas sin rechistar. Troyano era un metamorfo y estaba seguro de que Prada también. Así que, si los había conocido antes, habría sido bajo otra apariencia distinta. Tenía que haber sido un encuentro puntual hace mucho tiempo porque le costaba mucho ubicarlos. Troyano habría ocultado sus poderes durante ese breve encuentro porque, en caso contrario, Thrain recordaría sus habilidades perfectamente. De repente, dio con el recuerdo. En cuanto ató cabos, ya supo cómo comportarse con Troyano.

Después de servir el bistec y las patatas, le dejó el plato en el suelo, detrás de la puerta para que no lo pudieran ver engullendo clandestinamente un manjar como ese.

—Cuanto quieras decirme qué has venido a hacer aquí, avísame. —Thrain no tardó en darse cuenta de su gran mano en la cocina. En ese momento, a Troyano sólo le preocupaba su plato.

Troyano lo miró fijamente y Thrain volvió a notar que algo bien distinto subyacía bajo esa apariencia de gato.

—Que sí, que sí. Déjame comer. —Devolvió su atención al bistec y Thrain sabía que ya no pintaba nada allí.

Cuando se disponía a abandonar la cocina, vio a Cindy saliendo hacia su piso. Tenía que hablar con ella sobre el Diablo de Jersey pero, aparte del diablo, tenía que darle un giro a su escepticismo. Y no se había planteado de qué manera lo haría. De nuevo, evitó la tentación de cambiar los recuerdos de Cindy.

Le concedió unos minutos de margen para ordenar sus pensamientos antes de llamar a su piso. Cindy respondió al cabo de unos minutos y, al abrir la puerta, lo único que hizo fue mirarlo.

—Ah, hola. ¿Necesitas algo? —Su sonrisa era amable, pero sus ojos, desconfiados.

¿Que «qué necesitaba»?, le llevaría varias horas explicárselo todo y ello implicaría una gran dosis de erotismo. Lo mejor era no pensar en sus necesidades.

—Tengo que hablar contigo sobre lo que ha pasado esta noche en el bosque.

Cindy llevaba un camisón liso color crema sin escote que le llegaba a los tobillos. Era el más implacable de los camisones. No enseñaba nada. Era, sin embargo, el camisón más sexy que había visto nunca porque cubría su cuerpo.

—Si tú crees que es importante, hablemos. —Ella le abrió la puerta, pero su gesto seguía siendo incrédulo, demostrándole, así, que no creía en extraños habitantes del bosque—. Siéntate.

Ella se sentó sobre sus pies en una silla de piel muy moderna de manera que sólo se le veían manos, cuello y cabeza.

La mirada de Thrain se deslizó por su suave cuello. Pensó en que era extraño, para él, que no se hubiera tapado también el cuello con lo sensual y seductor que era. Mientras Cindy apagaba la televisión con el mando, Thrain intentaba borrar de su mente las incansables escenas eróticas que le estaban llegando y se imaginaba el calor de su garganta femenina contra su lengua en un sinfín de planos de placer orgásmico.

Thrain miró a su alrededor, evitando su cuello.

—¿El hostal está diseñado por la misma persona? —Su piso era un escaparate de cristal, color y nuevas tecnologías.

Thrain se sorprendió de que Cindy hubiera escogido algo tan delicado y clásico como la piel. Se sentó en el sillón gris de piel y, con disimulo, deslizó los dedos por la superficie para asegurarse de que no era un tejido moderno y sintético imitación de piel.

—¿Es que no hay nada mínimamente antiguo en este piso? —dijo, mientras estudiaba, al mismo tiempo, los cuadros abstractos de la pared blanca.

—Sí.

Él escuchó un «yo» alto y claro en su mente. Cindy se sentía contenta. En breve arruinaría su felicidad.

—Yo diseñé el hostal con muebles antiguos que le daban un aire cómodo y hogareño y también compré algunas antiguallas, que es lo que le gusta a los clientes. —Hizo un gesto con la mano para abarcar toda la habitación—. Pero el piso refleja mi personalidad. No me gusta mirar al pasado. Me gusta pensar en el presente.

—Hombre, no es muy cálido. —No se refería sólo a los muebles y a los cuadros; era la sensación general de que toda la decoración era nueva y pulcra, de que necesitaba colocar objetos perecederos que no tuvieran pasado—. Me gustan las ventanas.

—Me gusta que te guste algo. —Giró la cabeza para ver la puerta del balcón—. Me gusta abrir las ventanas de noche; hay algo en el bosque que me llama.

«Lo has heredado de tu familia paterna, preciosa».

—Bueno, después de que te explique lo de esta noche, ya no las querrás tener abiertas.

Ella lo miró y lanzó un suspiro al aire.

—Vale, dispara. Pero no me lo voy a creer si es algo que te ha explicado Jim o Patty. He salido a dar paseos por ese bosque todas las noches durante seis meses seguidos y nunca me he encontrado nada terrorífico.

Thrain frunció el ceño. Iba a ser una sesión dura.

—Jim y Patty no son los únicos que han visto al Diablo de Jersey esta noche. Yo también lo he visto.

Él notó su resistencia a creerlo, a creerse que hubiese nada que no se adecuase a los parámetros de su pequeña parcela de realidad.

—No me crees, ¿verdad?

Ella sacudió la cabeza mientras él se deleitaba con la caída de su pelo negro contra los hombros y dejaba que su pensamiento construyera imágenes de la caída de sus cuerpos contra una cama.

Thrain sacudió todas esas imágenes sexuales de su mente. Tenía que estar centrado. Como ella no iba a cooperar en su proceso de auto-descubrimiento, dependía de él que el curso de los hechos cambiara. No le gustaba obligarla a nada, pero tenía que conseguir que ella admitiera algunas realidades para empezar a encauzar la conversación.

De repente, ella cambió de actitud, como si temiera que había algo extraño y alienado en su mente que era incapaz de identificar.

—Míralo desde mi punto de vista, Thrain. ¿Cómo te quedarías si te digo que tengo setecientos treinta y ocho años? Dirías que estoy majara, ¿no? —Cindy abrió los ojos mientras asumía lo que acababa de decir.

Thrain lamentó profundamente su expresión de sorpresa e incredulidad. Ella no sabía que él la podía forzar a decir cosas. Y no reconocía su presencia en su mente. Al final lo acabaría reconociendo. Pero en ese preciso momento, ella ignoraba que él la estuviese manipulando. «Manipulando». Odiaba la manipulación, pero era la única alternativa.

—No, yo te diría: ¿le apetece ir a dar un paseo por el bosque con un hombre todavía más viejo que usted?

# Capítulo 4

—Eres una mujer honesta, Cindy Harper. —Thrain la miraba con expresión seria mientras ella colocaba bien su chaqueta que yacía tirada en el sillón—. Muchas mujeres quieren quitarse cientos de años de encima, pero tú no. Es de admirar.

Pero, ¿cómo había podido mencionar el secreto de tantos siglos? Había algo que no funcionaba, pero no tenía tiempo para analizarlo porque empezaba a sentirse dolida.

Cindy se esforzó por sonreír mientras él le daba su chaqueta.

—Era una broma. Ríete y ya está.

Pero Thrain no se rió.

—Mira, como has sido honesta conmigo, yo también me voy a portar bien. —Se acercó a ella, con ese rostro severo acentuado por su melena y sus penetrantes ojos azules. Ojos que, para ella, mentían a menudo aunque formaran un tándem tan tentador con esa boca ardiente que engañaba a tantas mujeres.

—Si quieres, ponte la chaqueta y nos vamos a dar nuestro paseo por el bosque.

—Vale. —Ella se levantó, sin dejar de mirarle—. Pero que quede claro que no vamos a ver nada. —Mientras Thrain le ayudaba a ponerse la chaqueta, Cindy no percibió el destello perverso en sus ojos—. ¿Y qué has querido decir con «portarte bien»?

Cindy cogió la linterna y salieron juntos por la puerta que

daba a la terraza trasera. Caminaron por el patio y se adentraron en el bosque. Cindy tenía que romper el incómodo silencio.

—No me has respondido. —La neblina se había vuelto más espesa y Cindy sólo deseaba que los hombres lobo no se perdieran de vuelta al hostal.

—Si el Diablo de Jersey todavía está por aquí, la misma noche te responderá. Y, si no lo vemos, al menos descubriremos algunos secretos mutuos. —Él iba iluminando el camino con la luz de la linterna y los árboles laterales no eran más que siluetas en la penumbra.

—¿Secretos?, ¿como cuál? —Se acercó un poco a él.

Aunque estaba acostumbrada a pasear sola, esa noche la niebla inquietaba el ambiente del bosque. Quizá sí que había algo extraño en la atmósfera.

—Sé que de verdad tienes setecientos treinta y ocho años y…

Se detuvo un momento a pensar. A ella le pareció que no acababa de encontrar las palabras.

—Que sabes que de verdad tengo setecientos treinta y ocho años…

Thrain no quiso ver cómo le había sentado este comentario-bomba.

Aunque Cindy se lo estuviese tomando como una broma, le dio un vuelco el corazón.

—Sí. —Thrain se paró de repente, la miró y le dio la linterna—. Ilumíname la cara y sabrás si estoy mintiendo o no.

No había rastro de sorna en sus ojos y Cindy sintió un escalofrío inminente. Sintió más miedo que cuando sospechaba que iba armado.

—Te estás poniendo muy misterioso por segundos, Davis —dijo ella con una risa temblorosa.

—Nací en el año 1215. Primero fui vikingo. Asaltaba las costas de Escocia. Cuando mi clan se asentó en las Tierras Altas, tomé el nombre de MacKenzie. He sido vikingo, soldado de las Tierras Altas y muchas otras cosas más que todavía no puedes saber.

Hizo una pausa para darle tiempo a reaccionar.

Cindy era incapaz de pronunciar ni una sola palabra y sabía que estaba poniendo cara de búho asustado.

«No es verdad. No te creo».

—... Pero te llevo ventaja en una cosa, Cindy. Yo sé por qué sigo vivo y tú no. Supongo que por eso tienes alojadas en el hostal a ese grupo de investigadoras. Te gustaría que utilizaran sus recursos científicos para descubrir por qué nunca has envejecido.

Se acercó a Cindy y ella apartó rápidamente la linterna de su cara. La luz penetraba en el bosque nebuloso dibujando formas extrañas que crecían delante de su mano temblorosa. No quería descubrir la verdad en sus ojos. Quería que le mintiese. Era una locura, pues había pasado toda la vida adulta deseando encontrar a alguien parecido a ella, a alguien con quien poder hablar. Pero, ¿y si le decía algo que ella no quería oír?

Así que Cindy reaccionó como reaccionaba siempre cuando se tenía que enfrentar a las incertidumbres de su propio pasado: negándolo todo.

—Grábate esto a fuego porque no lo pienso repetir. Soy un ser humano, una mujer de veintiocho años y tú un hombre con dudoso sentido del humor. —Pero, ¿por qué tenía que insistir en que era humana?

Porque en el fondo, siempre te lo has preguntado. Odiaba auto-analizarse.

Él le quitó la linterna de las manos temblorosas y en el destello de la luz ella captó un gesto sombrío en su cara. La cosa no se iba a quedar ahí.

—Bueno, creo que, al final, ya he llegado a una conclusión. Aceptas tu edad, pero niegas todo lo que implica. No sólo tachas la idea de que existan entes no-humanos, sino que, además, eres incapaz de aceptar que puedas tener algo en común con ellos.

—Soy humana. —Se paró a pensar por un momento en lo absurda que sonaba esta justificación y en lo absurda que resultaría (más aún) su respuesta.

Su declaración de humanidad era demasiado contundente y revelaba una gran histeria. La palabra «humana» retumbó tenebrosamente en la inmensidad de la neblina fría que se contorneaba entre los árboles.

Sin previo aviso, penetró en su cabeza la misma sensación extraña que había precedido a su dolor de cabeza. Fantástico. Era justamente lo que necesitaba para poner fin a esa noche horrible: otro dolor de cabeza.

—Tienes miedo a no ser humana —le dijo, meditabundo—. Si tanto te asusta la idea de no ser humana, no sé por qué regentas un hostal que atrae a los clientes que temes.

Llegaron al cementerio y Thrain iluminó las viejas inscripciones de las lápidas.

—Mira, es la conversación más absurda que he tenido nunca.

El terror ahogaba su garganta. No quería que él supiese la verdad. Precisamente al verse tan diferente, Cindy sentía un intenso deseo de pertenencia al grupo.

Ella había vivido entre humanos toda la vida y el solo pensamiento de ser totalmente diferente le aterrorizaba. Regentaba el hostal por dos motivos. En primer lugar, confirmaba su teoría de que no existen fantasmas, espíritus malvados o criaturas nocturnas. ¿Quién se iba a tomar en serio a los hombres lobo o a los vampiros de pega que se presentaban en el hostal? Y trabajar en el hostal también le confirmaba que, al no comportarse como los llamados entes no-humanos, lo suyo era, sencillamente, una anomalía genética. De ahí la invitación de Jane y el grupo de científicas investigadoras de la longevidad.

Por supuesto, siempre albergaba la esperanza de conocer a alguien como ella; aunque sólo fuese para no sentirse tan sola en el universo.

En cuanto se le pasase el tembleque y el castañeo de dientes, estaba segura de que se echaría a reír por lo irónico que resultaba todo. Durante más de siete siglos había añorado a alguien que la comprendiera y, ahora que lo había encontrado, quería salir corriendo.

—Ah, ahora lo entiendo. —Empezó a caminar hacia ella y guardó silencio.

El silencio la inmovilizó. Se quedó rígida. Y en ese preciso instante, en su lugar, Cindy habría jurado que Thrain no latía ni respiraba. Era un silencio extraño. Por supuesto, él era un chico extraño.

Thrain examinó el sucio camino que se abría desde el cementerio. Si el sendero estrecho que habían tomado partía del hostal, a partir del cementerio se divisaba un camino inhóspito que desembocaba en una carretera; un camino tan angosto que sólo permitía pasar a un coche. Ya nadie pasaba por allí, pues no se enterraba a los muertos desde hacía más de cincuenta años. Y los familiares de las personas enterradas habían muerto, también. Los únicos que visitaban el cementerio eran los huéspedes de Cindy.

Cindy lo miró con actitud más relajada; él la sonrió mientras iluminaba el sendero sucio.

—Viene alguien. Vamos, rápido.

¿Cómo lo sabía? Ella no había oído nada y la linterna no ayudaba gran cosa dada la espesura de la niebla.

—No oigo…

No le dio tiempo a reaccionar cuando, de repente, oyó los gritos y alaridos de terror que viajaban desde una gran distancia y que no tardaron en convertirse en fuertes pasos angustiados.

De repente, seis hombres lobo con disfraces ridículos irrumpieron en la escena. Pasaron corriendo por delante de Cindy y Thrain y se apresuraron hacia el hostal.

Clark también pasó corriendo y les gritó:

—¡El diablo nos persigue! [jadeos] ¡Es enorme! [jadeos] ¡Hemos visto el brillo de sus ojos saliendo de una esquina! [jadeos] ¡Corred!

Cindy se quedó boquiabierta al ver cómo desaparecían entre la niebla. La risita jocosa de Thrain la hizo saltar.

—¿Se refieren al Diablo de Jersey que querías que viera?

—No. A no ser que el Diablo de Jersey sea un coche. —Su risita desembocó en una risotada abierta.

—¿Un coche? ¿Cómo iban a confundir a un diablo con un coche?

«¿Y por qué eres tan sabelotodo?».

—Ahora ya no hay neblina. Hay una niebla espesísima. Y la niebla ayuda a ver criaturas terroríficas; sobre todo los que están predispuestos. Ya lo dijiste tú. Además, estaban muy lejos del coche y no oían el motor. Yo sí lo he oído.

Debía tener un oído finísimo, porque ella no había oído absolutamente nada, aunque ya no dudaba de él porque acababa de escuchar el ronroneo suave de un motor.

—¿Quién puede visitar el cementerio a estas horas de la noche? —Si por ella fuese, ya no estaría dando vueltas por ahí a esas horas.

Pero Thrain y su pistola le daban tranquilidad.

El coche emergió finalmente de entre la niebla y se paró ante ellos. Era un coche de la policía. El fondo blanco del coche se confundía perfectamente con la niebla. Cindy reprimió un suspiro de alivio cuando vio a Terrell James salir del coche y caminar hacia ellos.

—Hola Cindy. ¿Se puede saber qué hacen corriendo seis tíos disfrazados de animal peludo? —Terrell miró a Thrain.

—Terrell, te presento a Thrain Davis. Es uno de mis huéspedes.

Se saludaron con la cabeza.

—Hemos salido a caminar por aquí porque un par de clientes me han comentado que han visto algo extraño. —Cindy le sonrió—. Esos animales peludos se supone que son hombres lobo.

—¿Hombres lobo? —La carcajada de Terrell retumbó en la quietud del bosque—. Yo habría jurado que eran administrativos, bibliotecarios o gente de a pie que está aburrida de la rutina. Tu negocio es ideal para desestresarse y dejar suelta la imaginación. De hecho, yo siempre he querido ser vampiro, ¿no hay nadie en el hostal que me pueda asesorar? —respondió, sonriendo abiertamente.

—Yo, si quieres.

La respuesta espontánea de Thrain volvió a captar su atención.

—¡Genial! Me lo apunto. —Su risa irónica desvelaba que se lo tomaba como una broma compartida.

Pero Cindy no estaba tan segura. Las palabras de Thrain habían sido muy sinceras. Sin embargo, cuando se volvió a mirarlo, se encontró con su risa burlona y ya no quiso mirarle a los ojos para ver si realmente iba en serio.

—¿Y qué haces por aquí? —Cindy no quiso añadir que sentía un alivio tan intenso como penoso por haberlo visto y, a su vez, haberle devuelto una pizca de realismo a la noche; una noche de lo más surrealista.

Terrell se entretuvo en frotar el polvo de la inscripción de una lápida.

—Es Joshua Clemmons. Ladrón de caballos. Cuentan que lo perseguía la mafia y se lo encontraron colgado de un árbol del cementerio. Fue un entierro muy práctico; lo descolgaron y ya está. —El policía parecía pensativo—. La leyenda cuenta que sale de vez en cuando de la lápida para robar otro caballo. No tendrás caballos en el hostal, ¿no?

Terrell sonrió de nuevo.

—Aaay. Josh era de ideas fijas. —Respiró profundamente antes de cambiar de tema—. De todos modos, no sé a qué viene esto. Dos de tus huéspedes, un tal Jim Kehoe y Patty Cole, vinieron a la comandancia para denunciar que habían visto al Diablo de Jersey. —Terrell soltó un suspiro de cansancio—. Entre tú y yo: en una competición de tíos raros este Kehoe le gana por goleada al Diablo de Jersey. En fin, Kehoe ha formalizado una denuncia y yo tengo que investigar. ¿Habéis visto algo?

Cindy sacudió la cabeza.

—Sólo a mis hombres lobo.

Terrell asintió.

—Pues entonces me vuelvo para la comandancia.

Se detuvo de camino hacia el coche.

—¿Por qué corrían tus hombres lobo como si hubieran visto al diablo?

Ella le sonrió.

—Porque pensaban que habían visto al Diablo.

El gesto resignado de Terrell advertía que, normalmente, no entendía las reacciones de la gente. Ella lo siguió con la mirada mientras regresaba al coche, retrocedía en el pequeño descampado para coches y se perdía entre la niebla.

Miró a Thrain con gesto de desconfianza. En su encuentro con Terrell, Cindy había conseguido olvidarse de su conversación previa. Ahora volvía a retomar el protagonismo.

—Escucha. Ha sido una noche agotadora. Me parece muy bien que tú tengas tus propias fantasías y creencias, pero a mí déjame aparte.

—Muy bien. —Le ofreció una sonrisa sincera, pero en sus ojos brillaba el mismo misterio de antes.

Cindy tuvo la fugaz impresión de que, debajo de la fachada de Thrain, se ocultaba una persona bien distinta. Una persona que no había podido conocer. Fuese como fuese, le daba la sensación de que no exteriorizaba su personalidad, aunque así tampoco estaba mal. Le gustaba esa apariencia de hombre viril.

Cindy inició el paso de vuelta al hostal y Thrain hizo lo propio sin despegarse de su lado.

—¿Sigues llevando la espada debajo de la chaqueta?

Muy buena manera de cambiar de tema, señora Harper.

Él asintió.

—Siempre llevo la espada conmigo.

La imagen de un Thrain desnudo y equipado con la espada penetró en su mente. Sus cálidos músculos y el frío acero. Guaau. Sería mejor hablar de algo antes de que la imagen se agarrara a su mente para siempre.

—Es muy vieja.

—Es que yo soy muy viejo. —Buscó su mirada y esta vez encontró una sonrisa—. Tú y yo no podríamos vivir juntos; a ti te gusta lo nuevo y en mi casa todo tiene como mínimo cien años.

—Claro, por eso. Al ser tan joven, me gustan las cosas nuevas e impecables. Mira, tú y yo no encajamos. Menos mal que nunca hemos vivido juntos.

Maldita sea. La imagen del guerrero escocés enfundado en una gran espada volvía a golpear su mente.

—Me parece que ya le has dado bastantes vueltas al tema de tu edad, así que déjalo. Ya me cansa. —Levantó la mano para enfatizar su réplica—. Te prometo que no vuelvo a tocar el tema de tu edad.

Ella se relajó.

—Vale.

Estaban casi llegando al hostal cuando a Cindy le entraron unas ganas tremendas de dejarlo y entrar corriendo, pero se castigó a sí misma pensando en lo cobarde que era.

Probablemente.

—Una de las ventajas de llegar a nuestra edad…

—A TU edad. —Intentó ignorar el brazo que le presionaba el hombro.

—Es que se desarrollan poderes.

—Yo no tengo poderes. —Intentó ignorar, también, el placer celestial que le producía su brazo encima del hombro.

—Ya, tú sólo tienes veintiocho años. Es normal que no tengas.

—Pues eso. —Intentó reprimir el anhelo de sentir cómo su brazo viajaba lentamente hasta su cintura y también se imaginaba que la apretaba contra él y le contagiaba todo ese calor ardiente.

—Pero, como yo soy mayor de veintiocho años, he reunido ciertas habilidades.

«No le preguntes. Te está manipulando con las manos. Quiere que le hagas la pregunta».

—¿Qué tipo de habilidades?

Durante más de setecientos años, el sentido común había sido su máximo aliado y la había salvado de muchos problemas. Pero, en una sola noche, estaba menospreciando al viejo sentido común para favorecer a la curiosidad insaciable. Esta curiosidad le había empujado a hacer esta pregunta sin recaer en un minuto en las consecuencias.

Llegaron a la terraza trasera y él apartó el brazo de su hombro. Cindy lamentó su pérdida. Thrain la miraba y la luz de la terraza parecía verse reflejada en sus ojos, haciéndolos brillar como los de un depredador en medio de la noche. Cindy temblaba. Deseaba que no fuesen los ojos de ese ser desconocido que se ocultaba tras su fachada.

—Quieres pruebas.

Thrain susurró estas palabras con una voz ronca que le revolucionó el pensamiento. A lo mejor esta era otra de sus habilidades.

Cindy se encogió de hombros.

—No especialmente.

Thrain sacudió la cabeza. Cindy contemplaba la caída de su cabello contra sus hombros musculosos, tan sensuales y espectaculares como vikingos.

—Podrás ser vieja y sabia, cariño, pero mientes fatal. —Le sonrió y marcó una línea serpenteante con el dedo desde su mejilla hasta el punto de su cuello donde latía tan fuerte su vida que podría haber vuelto a despertar al Diablo de Jersey. —Esto te delata.

De repente, Cindy se echó a reír y no podía parar.

—Te garantizo que el pulso no tiene nada que ver con mentir o no mentir.

Él parecía muy intrigado, pero Cindy ya no quería darle cancha para profundizar en ninguna otra cuestión.

—Bueno, ¿y cuál es la prueba que tienes tantas ganas de enseñarme? Te advierto que no soy fácil de impresionar.

—¿Qué tal algo sutil? Te podría mostrar algo espectacular, pero no creo que quiera volver el agente Terrell para revisar otro hecho paranormal. —Le dedicó una amplia sonrisa y Cindy (no lo pudo evitar), le sonrió, también. Estaba dispuesta a aplaudir todos los trucos de magia con chistera con tal de irse a la cama. Al menos no le había vuelto el dolor de cabeza.

La sonrisa de Thrain se desvaneció y la escrutó con los ojos.

—Puedo cambiar tus recuerdos, Cindy. Puedo otorgarte nuevos o borrar los antiguos. Si quiero, te puedo introducir cualquier recuerdo y te lo creerás durante el resto de tu vida, por muy inusual o raro que sea. No tengo que demostrarte nada. Si introduzco en tu mente el recuerdo de nuestra larga amistad, te lo creerás automáticamente. Pero eso no sería justo, ¿verdad?

Cindy sentía innumerables calambres nerviosos por todo su brazo como si la estuviesen picoteando gansos hambrientos.

—Mira, Davis, lo único que me he creído que eras un tipo original y que ibas a sacar un conejo de una chistera.

Él se encogió de hombros.

—No hay conejo, así que tendremos que pasar al tema de la mente.

Ella se relajó por un instante; era imposible hacer eso.

—Si me introduces un recuerdo, ¿cómo sabré que es el tuyo? Bueno, supongo que lo integraré en mi pasado.

Thrain estiró los labios y le dedicó una sonrisa tan sensual que la ruborizó de la cabeza a los pies.

—No te preocupes, sabrás que es mío.

Se dio la vuelta y desapareció en la oscuridad.

¿Cómo lo había hecho? No había oído sus pasos; se había evaporado entre la niebla. Pero ese era la última de sus preocupaciones. Todo lo que él le había contado de su vida y todo lo que parecía saber sobre ella estaban desquebrajando su sólida confianza en sí misma. Pero, con un poco de tiempo y descanso, volvería a retomar el control de la situación.

Cindy cruzó el patio y, antes de entrar en su apartamento, quería asegurarse de que todo el mundo había regresado al hostal. Por suerte para ella, los hombres lobo habían acabado exhaustos después de escapar del demonio y estaban todos acostados. ¡Demos las gracias a los diablos!

Por fin, llegó a su apartamento, dejó la ropa tirada, se puso el camisón y se arrellanó en el sillón. Como no le venía el sueño, decidió poner el DVD de las series de *Taken* para relajarse un poco. Estaba a punto de amanecer y necesitaba dormir bien durante el día antes de volver a enfrentarse a Thrain.

Sonrió al ver la escena del alien en la nave espacial. Guau, eso le traía recuerdos fascinantes. Hace unos años, estaba conduciendo por la carretera secundaria de East Texas cuando el coche se le caló. Salió del coche, se puso la capucha del abrigo y, cuando iba a llamar al teléfono de asistencia, advirtió la presencia de unas vacas en un campo de maíz.

Eran unas vacas extrañas y, cuando se acercó a la valla para verlas mejor, vio que estaban sembrando, formando círculos, lomo con lomo, mientras pisaban y cosechaban el maíz. Se quedó boquiabierta abierta y una de ellas se dio cuenta de su presencia.

Todavía recuerda el mensaje telepático que parecían enviarse: «Jolín, que mala suerte que usted se haya parado aquí. No podemos dejarla ir, porque se lo explicará a los demás». Eran de la raza Angus escocesa.

Antes de poder marcar el teléfono de emergencias para gritar que había visto a unas vacas sembrando, sintió el temblor de la llegada de una nave espacial con alienígenas y el destello cegador de su luz.

El comandante había ido con la nave para conocerla. El recuerdo le arrancó una sonrisa. Era Thrain, desnudo con su espada en la cadera.

Cindy tampoco era tan ignorante respecto a los hombres. La mejor manera de alcanzar la libertad es la seducción.

Se contorneaba delante de él con su body de seda rojo Victoria Secret. En verano, Cindy no llevaba más que un body cuando conducía por Texas, pues hacia un calor asfixiante.

Lo recordaba todo como si fuese ayer. Se acercó más a él y recorrió todo su cuerpo con la mirada hasta llegar a los ojos. Tampoco tenía que fijarse mucho para mirarle la... espada. Como él no decía nada, empezó ella la conversación.

—Tu espada es impresionante.

Su sonrisa contenía la fuerza y la perseverancia de una llama y aventuraba mil promesas.

—Es una espada muy dura destinada a usos peligrosos.

Mmmm, estaba claro que era un hombre sincero. Cindy se levantó; colocó la palma de su mano sobre su pecho desnudo y comenzó a dibujar círculos sobre su cálida piel. Él le sujetó la mano, deteniendo su suave masaje.

—Vamos a empezar por arriba y vayamos bajando, cariño. —Se dio la vuelta para ir a echar a la tripulación, que eran clones de Prada.

La rodeó con los brazos y la atrajo hacia él. Cindy suspiró profundamente para recuperar la compostura después de haber sentido el shock de su cuerpo caliente y desnudo.

Se estaba recuperando del primer contacto cuando él bajó la cabeza y la besó. Cindy había tenido la boca medio abierta para tomar el suficiente oxígeno para su cerebro semi-consciente y ahora él le estaba demandando la mayor parte. Los pilotos de naves eran insaciables.

Sus labios se aferraban ardientemente a su boca y cada ángulo era recorrido por su lengua. Él sabía a vida salvaje, a noches decadentes y le dejó un rastro de olor pecaminoso. Cindy le acariciaba los brazos arriba y abajo, advirtiendo la revelación de una piel suave que recubría unos bíceps poderosos. Ella cerró los ojos para gozar de todos los sentidos, pues la vista ya había disfrutado de sus cinco minutos de gloria al observar su... espada.

Pero... espera. ¿Qué pasa con el oído? Una exploración de los sentidos no podía ser completa si no jugaban todos (y los que acababa de descubrir).

Mientras le daba vueltas a esta pregunta, Thrain resolvió el dilema abandonando su boca para ir a besar toda la extensión de su cuello. En algún momento durante los besos, el body desapareció. Realmente no le importaba, porque ahora sí que estaba gimiendo de placer y colmando su necesidad de acatar los cinco sentidos en una sola experiencia.

—Quiero desabrocharte este cinturón grande y largo...

Era curioso como ciertas palabras, pronunciadas cerca del cuerpo de Thrain, adquirían su propio significado y a Cindy le resultaba imposible tener pensamientos normales.

—El cinturón interrumpe el desfile glorioso de tendones y músculos.

—Desabróchalo cariño; desabróchalo. —Él le acarició el pezón con la punta del dedo y lo rodeó, endurecido, con la boca.

Al desabrocharle el cinturón, dejó caer la espada al suelo y empujó la cabeza hacia atrás para intentar controlar el impulso de anticipación de su cuerpo. Muy pronto; demasiado pronto.

Se abrazó a él otra vez y lo agarró del pelo apretándole fuertemente contra su pecho mientras él le hacía todas esas maravillas a su pezón con los labios, la lengua y los dientes.

Pero la llevó a la locura al deslizar las manos por debajo de su cintura y apoyarla encima de un panel de mecanismos. Cindy leyó por casualidad las palabras «Transportador de episodios» encima del panel; pero ¿qué importan estas palabras cuando se acumulan por debajo del vientre la excitación sexual y el placer desenfrenado?

Él la besó por todo el cuerpo y abrió sus piernas con su rodilla.

—Quiero hacerlo lentamente, pero no puedo esperar. Eres la mujer que más me excita del mundo, mucho más que las mujeres Meevian de lengua alargada y labios carnosos. Pensaba que eran las reinas del placer sexual. —Se abalanzó sobre ella, con su cuerpo desnudo y musculoso brillando por el sudor—. Hasta que te conocí.

—Ya no puedo más. —Necesitaba demostrarle que era superior a las mujeres Meeevian en muchos sentidos. Bien, quizá le superaban en longitud de lengua. Lo agarró y lo atrajo hacia ella—. Ahora.

Él sofocó un rugido y, mientras ella empezaba a notar su sexo deslizándose dentro de su cuerpo, cerró los ojos y se entregó totalmente al orgasmo incipiente.

Todo iba perfectamente hasta que ella notó la presión de sus dientes contra su cuello. ¿Dientes? No, algo más grande. Era el roce de unos colmillos.

...Y la esperada llegada del orgasmo se truncó. Cindy abrió los ojos y miró a su alrededor para escapar. Le dejó la marca de un arañazo en la espalda desnuda para demostrarle lo poco que le estaba gustando el jueguecito perverso de colmillos.

—¡No me muerdas! ¡No me gusta que me muerdan! Déjame salir.

Se intentó incorporar agarrándose torpemente a todo lo que había a su alcance. Por accidente, pulsó la tecla del «Transportador de episodios» y, de repente, llegó otro destello de luz que la hizo aterrizar al lado del ganado de vacas, que todavía seguían ocupadas en la siembra.

Intentando pasar desapercibida, se arrastró hasta el coche, llamó al teléfono de emergencias y se tapó con el periódico *Wall Street Journal*. Maldita sea, se había dejado el body por el camino. Eso sí que la enervaba.

Cindy sonrió y paró el DVD. Qué recuerdos. Con el tiempo, le había ido dandovueltas y se había dado cuenta de que había exagerado. Tendría que haberle dicho que los mordiscos no le parecían estimulantes y, así, habría parado en lugar de encenderse de esa manera. Se puso de pie y fue bostezando hasta la habitación. Por supuesto, Thrain no sabía que a ella le aterrorizaba que la mordieran.

Se metió en la cama, se tapó con las mantas y se prometió a sí misma que al día siguiente le explicaría a Thrain los motivos de su histeria.

Mientras se rendía al sueño, sonrió con la idea de que los pensamientos pueden unir a las personas.

# Capítulo 5

—¡Es un asco no tener ni un mínimo margen de manipulación con nadie! ¿Dónde está la gracia de hundir la vida de los demás si ellos solos se bastan? Me esfuerzo por hacer que Thrain colabore en crear un poco de caos y él no parece nada motivado.

Troyano entornó los ojos y miró a Prada, que estaba apoyada en la encimera de la cocina, mirándolo fijamente. ¿Dónde narices se compraba esos vestidos? El que llevaba era una trampa sexual de color negro con un escote vertiginoso al que se arrojaban los hombres incautos y corrían el riesgo de quedar ahí atrapados.

—Bah, deja de mirarme con esos ojos de gato y explícame por qué me has traído aquí a las cuatro. El desayuno no se sirve hasta las siete y ahora mismo me estaría echando una siestecita hasta esa hora.

—Estoy deprimido. Y cuando estoy deprimido, como.

Sí, sí. También comía cuando estaba contento. Los chicos comen para sentirse bien siempre, así que ya podía guardarse un puñado de pensamientos agradables para cuando las cosas fueran de pena. Como ahora.

—Y tengo que bajar antes porque la cocinera estará aquí en una hora y no quiero que me pillen.

Sin molestarse a responder, Prada se incorporó y abrió la nevera.

—Lo siento por ti, bonito. Por suerte para mí, yo ya he dado con mis objetivos. Son muy sencillos y no me exigen mucho esfuerzo.

—No seas prepotente, sabes que lo odio. —Apoyó las patas delanteras en la parte inferior de la nevera y levantó la cabeza para mirarla—. Dame esa tarrina de helado; de cualquier sabor.

Prada acercó más la cabeza para ver bien lo que había en la nevera.

—Me acuerdo cuando me explicaste la última bronca que te echó el Gran Jefe cuando te descontrolaste. Venga, sé sincero. Tres erupciones volcánicas, un meteorito y una plaga de langostas sólo en una semana fue demasiado. No me extraña que se enfadara. ¡Con lo creativo que eres, podrías idear una pequeña perversión que pase inadvertida a los ojos del Gran Jefe!

Siguió rebuscando en la nevera y sacó una tarrina de helado. A Troyano le disgustó que la hubiese encontrado tan rápidamente, pues contemplar su perfecto culo sobresaliendo de ese vestido negro ceñido mientras buscaba en la nevera le hacía estar de mucho mejor humor.

—Ohh este helado está hecho para mí. —Ella lo miró, orgullosa—. Es el Karamel-Sutra. Me voy a servir yo también un poco.

Él la miró fijamente mientras se servía un plato, pero la detuvo en cuanto vio que sacaba otro plato para él.

—Eh, nada de platos. Deja la tarrina en el suelo. Y ayúdame a pensar en un pequeño acto perverso que pueda hacer sin que se entere el Gran Jefe.

Prada miró la tarrina de helado.

—¿Te vas a comer todo eso?

—Sí, qué pasa. —Siguió con la mirada el recorrido de la tarrina hasta que Prada la dejó en el suelo y pudo hundir su cara en ella. ¡Sí! Felicidad absoluta. Era muy importante la respuesta de Prada. Ella tenía una mente retorcida—. ¿Tossescago? —¡Ops! Se le había escapado esta frase en voz alta. Pero qué puñetas, tampoco había nadie cerca.

—¿Como? No he entendido nada, bolita. —Se detuvo con la cuchara en el aire—. ¿Qué has dicho?

Troyano levantó la cara de la tarrina.

—He dicho, «entonces, ¿qué hago?».

Prada entornó los ojos.

—Tienes helado por toda la cara. Eso es una guarrada. Y yo, de momento, empezaría por no hablar en voz alta. ¿No sabes que Hal siempre está por aquí?

—Vale, vale. —Se sentó y empezó a limpiarse la cara con la patita gris.

Prada saboreó la cuchara de helado entrecerrando los ojos y se pasó la lengua por encima del labio.

—Mmmm, ohhh. Caramelo. Chocolate. Ahhh.

Unos cuantos «ahh» y «ohh» más y mutaría en dios moreno y poderoso y la tumbaría allí mismo en el suelo del Siniestro Hostal.

—Deja de hacer ruiditos de orgasmo y ayúdame con mi problema.

Prada le guiñó el ojo con un destello anaranjado.

—Ay, perdona, ya sabes que tengo muy desarrollados los sentidos. Déjame pensar.

Mientras pensaba, se acabó el helado. Ya no hizo más ruidos de placer, pero él intuía el goce a través de sus ojos. Era capaz de hacer cualquier ruido excepto ronroneos. Prada tendría que haber sido gata porque era de naturaleza felina.

—Mmm, ya sé. —Lo miró con esa sonrisa malvada que le aventuraba mil infortunios a cualquier pobre desgraciado—. Si queremos causar problemas al máximo número de personas posible, tendremos que utilizar la leyenda que se oye por aquí.

Troyano sacudía la cola nerviosamente.

—Tiene que ser, entonces, la leyenda del Diablo de Jersey. —No parecía muy convencido con esta idea—. Mira, Thrain y yo le conocimos y no parece una criatura muy pacífica. De hecho, creo que Thrain y yo somos los únicos que lo podemos dominar. El Gran Jefe se cabreará un montón si hay humanos heridos por mi culpa y da la causalidad de que aprecio mi existencia.

—Es ideal. —No le prestaba mucha atención a sus réplicas—. Podrías entrometerte en la mente de algunos humanos y persuadirlos para que usen un hechizo e invocar al Diablo de Jersey; así, para entretenerte. Y, con su mentalidad de manada, se atreverán a hacerlo.

—Y, ¿cómo lo van a hacer? —Troyano mostraba su escepticismo para mantener su fachada, pero la idea tenía posibilidades. Ya se estaba imaginando a los humanos corriendo por todas partes mientras les perseguía el Diablo de Jersey y sembraba el miedo en todos los lugares. La clave era deshacerse de todos los seres no-humanos. Sería divertido.

—Voy a dejar algunos libros de hechizos en la biblioteca de Cindy; espero que algún humano sepa hacer un hechizo. —Miró a Troyano—. Tú podrías invocar, también, al diablo y nos deshacemos después de él.

Troyano asintió pero, en el mismo instante, frunció el ceño.

—¿Y qué pasa con Cindy y Thrain? Cindy nos querrá matar si se entera y Thrain tiene el suficiente poder para detenernos.

Prada se quedó pensativa.

—Mira, yo tranquilizo a los huéspedes y nos ocupamos de que Cindy y Thrain estén fuera toda la noche. No quiero correr el riesgo de que nos echen a patadas. —Le dedicó una suave sonrisa de complicidad—. Además, tengo pensada una aventura muy excitante para ellos.

Thrain no sabía cómo enfrentarse a la situación. Caminaba hacia el apartamento de Cindy con la pequeña grabadora en la mano. Decidió presentarse poco antes de que amaneciera para hablar con ella antes de que se fuera a trabajar. Todo iría bien. Había pensado en introducirle un recuerdo tan ridículo que, cuando se escuchara a sí misma explicándoselo, creería automáticamente en su poder.

Le desconcertaba pensar en lo que vendría después. Podían pasar dos cosas. Una vez se hubiese creído la edad y el poder de Thrain, él podía ir conduciéndola, poco a poco, hasta la aceptación total de sus raíces vampíricas. O podría horrorizarse de tal modo que ya no se creería absolutamente nada y lo echaría de su hostal.

Sus influencias guerreras y vikingas le impacientaban e intensificaban su furia ante la relativamente inofensiva misión que cumplía con Cindy. Todavía era un guerrero de la noche y haría lo que hiciese falta para convencerla.

Le echó valor y llamó a la puerta. Thrain tenía dos motivaciones. Con independencia de su reacción, él tenía que seguir luchando por el bienestar de Darach. Darach se merecía conocer a su hija. Y, más allá de su deuda con él, estaba, también, su propio interés en Cindy.

«Interés» era una palabra tan imprecisa... Lo que sentía por Cindy removía sus deseos oscuros y se entremezclaba con su necesidad de sexo. Pero no confiaba en que Cindy se sintiera excitada por este torrente de pensamientos.

Thrain había disfrutado de muchas vampiresas a lo largo de los siglos, pero, desde el 1785, quería mantenerse alejado de las humanas. Después de lo que le había hecho un grupo de mujeres mortales, ya no esperaba sentirse atraído por ninguna más. Se había equivocado.

Pero no podía menoscabar su lealtad hacia Darach por obedecer sus deseos sexuales. ¿Lograría convencer a su instinto insaciable de que tenía que abandonar el Siniestro Hostal antes de que sus ansias de pasión nublaran su sentido común? No estaba muy convencido. Antes de que pudiera analizar este pensamiento, Cindy abrió la puerta.

—Ah, hola. —Le dedicó una amplia sonrisa—. Pasa. No te imaginas de lo que me he acordado esta noche. —Se apartó un poco y lo dejó entrar.

Cindy no sabía a quién le había abierto la puerta de verdad (al deseo, al peligro y a la lujuria), cualidades que yacían, latentes, en Thrain. Desde el 1785, se había jactado de ser frío, analítico y moderado.

Sin embargo, su frialdad había empezado a agrietarse el día que llegó al hostal. Como vampiro, nunca soñaba, pero el día de antes Cindy había aparecido en sus sueños y se había despertado pensando en ella. Su respuesta física fue instantánea. ¿Conseguiría olvidarse del horror vivido con esas mujeres si conquistaba a Cindy?

No, nada podría borrar ese recuerdo. Se dio cuenta, también, de que su respuesta física ante Cindy no era el único estímulo que sentía al estar con ella. Cindy era una mujer muy fuerte y muy divertida. Al fin, consiguió apartar su deseo sexual y se centró en la idea de disfrutar de su compañía. De momento.

—Siéntate. ¿Quieres algo? —Se detuvo, esperando su respuesta.

Sí. Me gustaría unir nuestros cuerpos desnudos y empujar con fuerza dentro de ti. Me gustaría recorrer con mi boca tu cuello y succionar tu fortaleza vital. Me gustaría que me hicieses un hombre. Pero qué pensamiento más egoísta. Qué pensamiento más inapropiado. De nuevo, apartó sus deseos sexuales.

—Bueno, ¿te apetece tomar esto? —Cindy parecía impaciente.

Él sacudió la cabeza.

—No. De momento, no.

Thrain se centró en la gran cantidad de aparatos electrónicos que llenaban su casa, bastante parecida a una feria de informática. Cindy era una mujer de su tiempo, pero daba la sensación de que también le gustaba estar en casa por el gran volumen de accesorios tecnológicos que la acompañaban. Thrain, por su parte, disfrutaba mucho más viajando y haciendo otro tipo de actividades que aburriéndose con esos artilugios.

Vale, no estaba siendo muy honesto. Por mucho que criticase el apartamento de Cindy, él tenía muchos juguetes modernos que no necesitaba, como el coche o incluso la pequeña grabadora que llevaba en la mano. Sin embargo, cuando él estaba en su hogar, quería sentirse acompañado por los recuerdos del pasado, y esto sólo lo lograba en su propia casa. Y Thrain echaba de menos estos recuerdos, pero los maldecía al mismo tiempo. Si era sincero, podía llegar a la conclusión de que el pasado lo tenía cautivo.

Se dejó caer en el sillón gris de piel. El entorno de cristal y color era lo único que lo mantenía indiferente.

—Tienes un montón de pijadas. —Señaló hacia todos los modernos aparatos.

Cindy se sentó a su lado. Su largo vestido se retorcía en forma de espiral negra encima del sofá. Esa noche se había puesto una indumentaria parecida a la de los huéspedes. El contorno voluminoso del vestido destapaba imágenes tórridas en su mente, aunque Thrain seguía prefiriendo el top rojo de la noche anterior.

—Noo, lo normal. —Parecía un poco extrañada—. Televisión, reproductor de DVD. Me gusta ver películas y escuchar música con buena calidad de sonido. —Se le iluminó la cara—. También tengo reproductor de videojuegos. ¿Te gusta jugar?

«Depende de a qué». Sacudió la cabeza.

—Háblame de tus recuerdos. —Pulsó el botón de grabar.

Con gesto relajado, Cindy se lanzó a explicarle sus recuerdos.

Durante la grabación, Thrain había hecho un par de gestos de desagrado.

—¿Estás seguro de que yo dije todo eso? —Ella había adornado un poco el recuerdo que él había insertado en su mente. Thrain quería asegurarse de que Cindy se acordaba perfectamente de lo que él había dicho durante la relación sexual. Mala idea, señorito.

Cindy estaba un poco desconcertada.

—… Vale, ya lo recuerdo todo —Cindy se mordió el labio y su expresión se volvió seria—. Mira, Thrain, no te iba a explicar lo que pasó al final, pero supongo que tienes derecho a saber por qué me enfadé tanto contigo.

El final no era la única parte extraña y él no quería prolongar esto mucho más de la cuenta.

—No tienes que darme explicaciones. —Se sorprendió a sí mismo cogiéndola de la mano. Thrain bajó la mirada para observar sus manos unidas y se preguntó de dónde venía esta atracción hacia ella. Él inquietaba a las mujeres. Muchas veces. Pero no quería apartar su mano de ella.

Cindy le apartó la mirada.

—Todo era perfecto hasta que pensé que me ibas a morder el cuello.

Él se puso tenso. La situación empezaba a desmoronarse.

—… Supongo que, para ti, era un juego erótico.

Ella restregaba el brazo del sofá nerviosamente con el dedo índice.

¿Que para él era un juego erótico? Thrain no estaba nada de acuerdo; el juego no tenía nada que ver con ese momento de unión definitiva en el que la compañera le entrega su fortaleza vital.

—Sigue, sigue. Te escucho.

Thrain frunció el ceño. «¿Compañera?». Palabra inadecuada.

Ni era ni sería nunca su compañera. Cindy era, sencillamente, una mujer interesante, aunque este último calificativo tampoco le seducía.

—Me da pánico que me muerdan. —Suspiró profundamente—. Cuando tenía siete años, me atacó el perro del vecino. Me dejó marcas de dientes por todo el cuerpo, pero el cuello se llevó la peor parte. En serio, después de setecien..., mmm veintiún años, todavía me acuerdo de cómo me mordió el cuello. —Abandonó el gesto nervioso con el sofá para gesticular con los dedos en el aire—. La sensación de unos dientes cerca del cuello me sigue aterrando y soy incapaz de ver ninguna película o leer ningún libro sobre este tema. —Se encogió de hombros—. Es un defecto mío; ¿qué le vamos a hacer?

—Así que los vampiros no te excitan nada, ¿no? —Thrain le sonrió.

Ella hizo el gesto de estremecerse.

—Nada de nada. Menos mal que los vampiros y hombres lobo sólo son mitos. Mientras sólo sea la gente disfrazada que viene al hostal...

¡Por el martillo de Thor! Y ahora, ¿qué podía hacer?

—Tranquila, lo entiendo perfectamente.

Lo único claro hasta el momento es que las dificultades se estaban multiplicando. Disgustado, rebobinó la cinta. Antes de convencerla de su edad y de su poder, tenía que intentar aplacar su fobia.

—... Cindy, todo lo que me has explicado es un recuerdo que yo he introducido en tu mente. Era totalmente ficticio. —Thrain deseaba que su episodio con el perro también hubiese sido ficticio.

—No, no. A mí eso me pasó; me acuerdo perfectamente. —Su voz desvelaba, no obstante, un atisbo de duda.

Thrain separó su mano y colocó la grabadora entre ellos. El significado era obvio y perverso.

—Ahora lo que te pasa es que no sabes hasta qué punto es real este recuerdo porque lo he insertado en tu mente de tal manera que pareciese absolutamente lógico.

Cindy lo miró, temerosa de reconocer sus incertidumbres. Peor aún.

—...Voy a borrarte el recuerdo ahora.

De repente, Cindy se llevó las manos a la cabeza.

—¡Esa sensación! Es la misma que tuve la noche pasada. Yo pensaba que era porque me dolía la cabeza. De hecho, tuve esa sensación después de...

Durante un instante, se le nubló la vista y los ojos se quedaron en blanco mientras él le borraba el recuerdo. Una vez borrado, Cindy abrió bien los ojos. Thrain percibió el momento exacto en el que ella le había dado sentido a todo.

—... La noche pasada estabas en mi cabeza, ¿no?

Él asintió.

—¿Quieres explicarme lo de la nave espacial y la telepatía de las vacas?

Ella lo miró, perpleja.

—¿De qué estás hablando?

Thrain respiró para tomar fuerzas. Tenía la prueba en la grabadora: para bien o para mal. Le dio al play.

Durante cinco minutos, Cindy se estuvo escuchando a sí misma, estupefacta, mientras explicaba ese recuerdo. El «clic» del final de la cinta le dio más crudeza y realidad a la escena.

—Lo siento, no quería hacerlo de esta manera, pero ninguna prueba habría sido suficiente para ti.

Thrain observó como su expresión cambiaba del horror a la autosuficiencia, pues Cindy parecía estar pensando: «Puedo enfrentarme yo sola a esto». Eso esperaba Thrain, que no podía hacer más para convencerla de quién tenía delante.

Cindy cogió la grabadora y la examinó, pero Thrain sabía que no se estaba fijando en ella.

—Bueno, ¿y cuál es la conclusión? ¿qué eres? —Ella se esforzaba por controlar el temblor en su voz y en sus manos.

Él no podía ser un vampiro.

—Soy como tú. —Salvando algunas diferencias, como la dieta o la fisonomía dental—. Pero, a diferencia de ti, yo he aceptado lo que soy y he trabajado para desarrollar mis poderes.

Cindy se encontró con su mirada y se asustó.

—Yo no tengo poderes.

Te sorprenderías, cariño.

—¿Cómo lo sabes? Has estado tan ocupada intentando parecer normal... estoy seguro de que nunca te has preocupado por descubrirlo.

Cindy se mordió otra vez el labio, seduciéndolo sin saberlo. El brillo de la saliva en su labio era una tentación irresistible.

—Escucha, ayer tuve una noche muy movidita y hoy tampoco está empezando con buen pie. —Cindy se restregó la frente con la mano.

Él miraba su rostro mientras ella iba encajando las piezas del puzzle.

—Me has obligado a admitir mi edad entrometiéndote y creando confusión en mi cerebro, ¿no es así?

Thrain asintió.

—Entonces supongo que ya no merece la pena seguir negándolo todo.

—No. —Él había estado en sus pensamientos y, por primera vez, había observado los motivos de su resistencia desde allí.

—También estoy en mi derecho de decirte cómo me siento. Durante un montón de siglos, he estado buscando a alguien como tú. Por eso abrí el Siniestro Hostal. Por supuesto, está lleno de gente chiflada, pero también atrae a gente interesada en temas de parapsicología. Tenía la esperanza de que llegara algún día una persona con una vida tan larga como la mía. Si tú sabes por qué vivimos tanto, dímelo; quiero saberlo. —Sus ojos traslucían un poso de excitación y esperanza.

Él sacudió la cabeza.

—No, no. Hoy no. Tus clientes se estarán poniendo nerviosos. Ya tendremos tiempo de hablar.

Él necesitaba más tiempo para pensar en cómo le explicaría su parentesco vampírico sin hacer que enloqueciera por completo.

Parecía decepcionada, pero aceptó los términos de sus palabras con expresión seria.

—No quiero que te vuelvas a introducir en mi pensamiento. Lo que hay aquí dentro me pertenece a mí.

Se levantó del sofá con una gracia y elegancia gatunas y caminó hacia la puerta. Se detuvo y lo miró.

—Espera. En mis falsos recuerdos, sólo llevabas una espada. Sacaste esa imagen de mis pensamientos, ¿no? —Lo escrutó con la mirada y sus pupilas se convirtieron en dos rayitas enfurecidas.

Sin esperarlo, sonrió.

—Claro que las saqué de ahí. Me sorprendes. Imágenes fantásticas. ¿Quieres ver alguna mía? —Intentó parecer solícito.

—No. —Cindy abrió rápidamente la puerta de su apartamento y salió, con paso rápido, hasta el hostal.

Thrain le alcanzó el paso, pero no le dijo nada mientras caminaban juntos. La reacción de Cindy ante el falso recuerdo le desconcertaba. Ella había cambiado voluntariamente el final del recuerdo porque le daba miedo que la mordieran. Esta era la prueba irrefutable de que Cindy poseía un gran poder latente; casi ningún ser podía interrumpir sus recuerdos. Él sonrió con la idea de poder reinventar el mito de Pigmalión. Estaba seguro de que, cuando acabara la misión, Cindy habría adquirido suficiente seguridad en sí misma y en sus poderes. Si pudiese saltarse la parte de los vampiros...

Llegaron a la recepción, donde un hombre alto y fino de pelo encrespado y rojo les esperaba.

—Dios, menos mal que has llegado, Cindy. Qué ganas tenía de acabar la jornada. Hoy tienes la noche entretenida. —Cogió su chaqueta de lana y se la puso.

Thrain pudo oír el gruñido interno de Cindy y sonrió.

—Sí, sí, tranquilo, déjame a mí, Hal, que hoy vengo con energías. —Cindy no parecía muy motivada. Todavía estaba trastornada por los últimos descubrimientos.

De repente, Thrain notó cierto espíritu protector, pero no quiso saber nada de esa sensación. Prefería sentir atracción sexual hacia Cindy y dejar los sentimientos intactos. No quería sentirse atado a ella para, después, tener que entregarla a Darach, pues esto le haría sufrir y se vería en la obligación de olvidarla cuando todo hubiese pasado.

—Hoy se han alojado dos clientes potencialmente problemáticos —Hal le pasó la libreta—. En primer lugar, Adolfo Sarducci. Dice que es hombre lobo. Un tío guapísimo. Parece majo, humilde. Cuando preguntó dónde estaba Andrea Combs, le dije que se había ido a dar un paseo por el bosque con Darren Henson. Empezó a decir tacos; dejó la maleta en recepción y se largó corriendo al bosque. Parece problemático.

Cindy estaba preocupada.

—¿Cuánto hace de eso?

Hal no estaba seguro.

—Unos diez minutos. Y el segundo cliente problemático está en el pasillo de los Brujos. Dice que es escritor y que quiere hacer un reportaje sobre el Diablo de Jersey.

—Pues Letrina no se lo pensó mucho antes de echar a correr. —A Thrain no le apetecía tener a un escritor cotilla pululando por allí.

—Latrienne. —Lo corrigió automáticamente mientras se arreglaba el pelo con los dedos—. Vete ya, Hal. Ya me encargo yo de todo.

Thrain también quería que Cindy «se encargara de él». Reprimió sus impulsos. Por otra parte, Cindy era una mujer muy temperamental y se enfadaría con él si se entrometía en su trabajo. Pero ella estaba en inferioridad de condiciones, pues no creía en hombres lobo y no se podía imaginar la catástrofe que se le venía encima si Adolfo era uno de verdad.

Cindy miró a Thrain.

—¿Por qué no te vas a desayunar? —Le dijo Cindy con voz dulce antes de caminar hacia la sala del restaurante—. Si Andrea, Darren y el Rodolfo este no han vuelto cuando todo el mundo haya acabado de desayunar, voy a llamar a Terrell.

¿Desayunar? No. No podía.

—Nunca tengo hambre cuando me levanto, así que…

—Ehh, chupasangre, aquí.

Thrain miró hacia abajo temiendo lo peor.

—Me estoy muriendo de inanición y no pienso probar esa vomitiva comida de gato. —Los ojos de Troyano amenazaban la integridad de sus tobillos si no hacía lo que él le pedía—. El desayuno es buffet libre, así que quiero que llenes bien tu plato; luego nos encontramos en un rinconcito y te dejo compartir conmigo.

Cindy frunció el ceño.

—No te he visto comer nada desde que te alojaste la noche pasada. Te estarás muriendo de hambre.

Uyyy.

—Me he levantado varias veces durante el día y he intentado abrir la nevera. Bueno, me parece que me voy a meter un desayuno fuerte.

A Cindy le encantaba que sus clientes comieran bien en el hostal. El problema era que no sabía cuál de ellos metía su carita peluda en la nevera.

Thrain fue a la sala del restaurante y llenó un plato de comida. Acto seguido, caminó hacia el salón principal, donde Troyano lo esperaba. Dejó el plato encima de una mesa baja.

—¿Cómo es que no está Prada contigo?

—Está ocupada causando tumultos sexuales. Es su gran pasión. Me parece que está en otra sala liando a dos hadas celtas que se odian. —Troyano se sentó y miró la comida con ojos de gula—. Yo no querría estar cerca de ella cuando el infierno se despedace y se caiga. Saltó a la mesa y se preparó para zambullir la cabeza en el plato.

Thrain utilizó su velocidad sempiterna para arrebatarle el plato empapado de saliva gatuna.

—Ayayay, tigretón, no seas tan poco disimulado. ¿No ves que alguien te verá comiendo de mi plato? —Agarró una revista de la mesa al azar—. Siéntate en el suelo y yo haré ver que estoy leyendo mientras te voy pasando comida por debajo.

Troyano lanzó un gruñido hosco y contenido, pero accedió y bajó al suelo.

—No eres del tipo de vampiros que redecoran tu vida, pero cualquiera se fía de ti. Así que cuando acabes con la revista del IKEA, puedes empezar con el LECTURAS y acabarás siendo un presentador maruja con tu programa «El diario del hombre muerto». Dame una salchicha.

Thrain se ahogaba en su propia risa. No había manera de acobardarle.

—Yo no estoy muerto. —Dejó la revista y cogió un libro. Esta vez se fijó en el título. Era el *Diablo de Jersey* de James F. McCloy. Pensó que merecería la pena leerlo para tener más información del diablo—. ¿Has visto a ese tal Adolfo Sarducci? —Le tiró una salchicha y retiró en seguida los dedos por si acaso corrían peligro.

—Sí, es un hombre lobo muy peligroso. Y, si lo juntas con el félido, el escritor ese que se ha alojado hoy tendrá nuevo material para escribir. Panceta.

Con disimulo, Thrain le tiró tres lonchas.

—Eso significa que, si hay pelea, tendremos que intervenir.

Troyano dejó de masticar y miró a Thrain.

—¿Estás loco? ¿Alguna vez te has metido en medio de una pelea entre hombre lobo y félido? No creo, porque te habrían dado hasta en el carnet de conducir. Para nada. Yo ahí no me meto. Tostadas.

Thrain le tiró dos tostadas y la aspiradora gatuna las engulló.

—Si el escritor y los huéspedes ven la pelea, atraerán a todos los medios de comunicación y no creo que a Cindy le guste ese tipo de espectáculo. La podrían obligar a cerrar el hostal y a mudarse de sitio. —Al final, Thrain le dejó el plato en el suelo para que pudiese hundir sus bigotes en los huevos—. Necesito que el ambiente esté tranquilo y que no haya alteraciones.

—Sí, tienes razón. Ella no podría atender vuestros revolcones como es debido si está pendiente de dos seres metamorfos que se pelean en su jardín.

Thrain entornó los ojos.

—¿A qué viene eso de que «me revuelco» con Cindy? —Thrain se preguntaba una y otra vez por qué tenía que aguantar esos abusos por parte de Troyano. ¿Y por qué Troyano daba por sentado que la única preocupación de Thrain era Cindy? Lo único que le preocupaba a Thrain era que, en cuanto la prensa se enterara, el hostal ya no sería un santuario para ninguna criatura no-humana.

Troyano le guiñó el ojo y por primera vez vio miedo en sus ojos de gato.

—Lo que Troyano intenta decir con sus palabras es que sabe que te sientes sexualmente atraído por Cindy. —Prada se sentó con su garbo particular en un sillón reclinable que había en frente de Thrain—. Y ese grupito de allá está empezando a notar que hablas solo, Thrain.

Thrain miró a su alrededor. Eran Jane y las otras mujeres; las mismas que estuvieron con Cindy la noche anterior. Jane le sonrió y Thrain le intentó sonreír sin ocultar cierto gesto de incomodidad.

Thrain volvió a mirar a Prada.

—¿Y por qué dices que me siento sexualmente atraído por Cindy?

La sonrisa de Prada emanaba una sabiduría sexual asentadísima.

—Tú eres un vampiro y los vampiros tienen mayor potencial sexual que otras criaturas. Y...

—Eh, para el carro. —Troyano saltó al regazo de Prada— ¿Y yo, no era tu dios moreno y poderoso, tu rey del éxtasis?

Prada le acarició detrás de las orejas.

—Ohh mi bolita, por supuesto que tú también eres sexualmente potente.

—Grrrrhmm —Troyano no parecía muy conforme.

Prada miró a Thrain como si fuese menos importante.

—Noto tu calor y tu excitación cuando ella está cerca, tu deseo de enterrar tu cuerpo en del suyo mientras le...

—Suficiente, ya lo hemos entendido. —Troyano evitó la mirada de Thrain—. Bueno Prada, ¿y qué tal en la otra sala?

De no haberse ido a dilucidar qué ocurría entre Sarducci y Henson, Thrain se habría desternillado de risa al ver a Troyano ruborizado con las palabras de Prada. Pero tenía que ir a buscar a los metamorfos si quería evitar que el Siniestro Hostal apareciera en los titulares de los periódicos al día siguiente.

—Estoy muy contenta con las posibilidades sexuales que hay entre Finvarra y Aibell. —Prada se pasó la lengua por el labio inferior como si estuviera relamiendo su éxito—. Son tan diferentes que son iguales. —Arrugó la frente—. ¿Es eso normal?

—No. —Thrain tenía que irse de allí de inmediato, pero ¿dónde narices estaba Cindy? Era importante que estuviese con él.

Prada se inclinó hacia él, apoyando el pecho en la cabeza de Troyano. El gato estaba eufórico.

—Durante miles de años, me he dedicado a unir a personas que no tenían nada en común. Con suerte, se odiarán el uno al otro. El ruido y la furia de su ritual de apareamiento acaban de sacudir continentes y de derribar naciones —decía Prada mientras extendía los brazos para indicar el gran cataclismo que había producido su intermediación sexual—. Antonio y Cleopatra, Lancelot y Ginebra…

—Barbie y Ken. No te emociones, Prada. —Los ojos de Troyano corrían el peligro de ser extirpados—. Cíñete a lo de Finvarra y Aibell.

Prada bajó la mirada hacia Troyano y Thrain en seguida supo que el gato debía mantener la boca cerrada o, si no, tendría problemas serios más allá de verse privado de su comida maloliente.

Prada decidió perdonarle una de sus siete vidas. Sonrió a Thrain mientras ignoraba los gruñidos y ruidos del gato.

—Finvarra y Aibell son tan divertidos… Finvarra es el rey de las hadas y tiene una inteligencia asombrosa. Juega al ajedrez para ganar poder sobre sus adversarios. Y Aibell es muy dulce. Es una diosa de las hadas irlandesas cuya arpa le provoca la muerte a los que la oyen. ¿Qué es lo mejor de todo? —Prada parecía esperar un redoble de tambores—. Se odian el uno al otro, pero percibí la energía sexual latente entre ellos en cuanto entré en el salón.

—Quizá no era energía sexual, sino gases. —Troyano estaba enfurruñado—.

Prada le ignoraba.

—Os puedo ayudar a ti y a Cindy a encontrar el éxtasis sexual. Ya he empezado a trabajar en Cindy.

Thrain estaba malgastando su tiempo allí. Tendría que…

—¿Qué has dicho?

De repente, Cindy llegó y se congeló la conversación.

—… Bueno, al menos hay algo que va bien. Hay dos huéspedes, que dicen ser hadas, que se llevaban fatal. Pues mira, ahora están en la otra sala charlando tranquilamente. —Se detuvo a recoger el plato de suelo—. De hecho, Finvarra ha sacado su tabla de ajedrez y Aibell está preparada para tocar el arpa.

Los ojos de Prada se encendieron como señal de alarma y Troyano hizo un sonido incomprensible que Thrain interpretó como miedo gatuno.

Prada se levantó inmediatamente y tiró al suelo a Troyano.

—Ops, perdona cariño. Tengo que practicar más mis intervenciones. Os pensaréis que todo el mundo entierra el hacha aunque haya una cama de por medio. Luego os veo. —Su comentario final sembró un ambiente de duda—. Espero.

—Estas son las paridas que suele hacer. Siempre está pendiente de un nuevo reto sexual, pero un día de estos se va a estampar. Y cuando eso ocurra, ¿a que no sabes a quién acudirá? —Troyano se entretuvo en la tarea de limpiarse la cara con la pata.

Thrain pensó en la limpieza de los gatos y llegó a la conclusión de que adquirían esta costumbre por imitación. Como era bastante obvia la respuesta, Thrain no dijo nada.

—¿De qué habláis? No entiendo nada. —Cindy jugaba con su collar de plata.

—Yo tampoco. —Troyano no lavó la mentira de su cara ni con el roce de su patita.

Sexo desenfrenado. Prada tenía razón. ¿Por qué no iba a poder acostarse con Cindy sin que le persiguieran todos esos recuerdos? Pero no estaban en juego sólo los recuerdos de Thrain. Había que incentivar, también, el deseo de Cindy. Y no habría forma de estar con ella si no lo conocía bien, pues los colmillos eran algo secundario.

Mientras él se ocupaba pensando en las muchas facetas del deseo sexual, Jane y sus compañeras científicas se levantaron para irse.

Jane saludó a Cindy en el aire y exclamó:

—Hace muy buena noche. Hemos pensado en ir caminando hacia la vieja iglesia.

Cindy le devolvió el saludo y miró a Thrain.

—Casi todo el mundo saldrá al bosque esta noche, así que me toca estar por ahí. Adolfo y los otros dos todavía no han vuelto. Ya he llamado a la policía y me han dicho que Terrell llegará en seguida. —Se mordió el labio y Thrain supuso que estaba dudando en añadir algo—. ¿Quieres venir?

Cada vez que ella se mordía el labio de esa manera, la bestia de Thrain luchaba por salir.

—Sí, estará bien.

Ella asintió y fue hacia la cocina.

—Muy bien, llevo este plato y me pongo la chaqueta.

Thrain voló hacia su habitación, se colocó la espada y se puso la chaqueta. Minutos antes, había tomado una decisión: la sutileza con Cindy Harper no funcionaba y las indirectas se hundían en el terreno de su suspicacia.

Él conseguiría que se sentase y sería muy cariñoso con ella. Primero, le diría que él ya sabe quién es y después le explicaría la información sobre su persona. Primer punto solucionado. A partir de aquí no tendría la valentía de decirle que él y el padre de ella son vampiros, así que tendría que guardar estas primicias hasta después de su recuperación de la primera ronda de descubrimientos.

¿La verdad? Él quería saber hasta qué punto podían coquetear antes de que irrumpiera la imagen de los colmillos. Por supuesto, él se serviría de todo el conocimiento sexual que había ido aglutinando a lo largo de los siglos para seducirla. Entonces, si había suerte, ella sucumbiría ante el placer sexual de tal modo que se quedaría sin habla cuando se enterase de que es un vampiro. ¿Sucumbir? No, definitivamente no quería que ella sucumbiera ante él. ¿Lascivo? Más bien tenebroso. Y Thrain no quería que los sentimientos hacia él fueran tenebrosos. ¡Por la venganza de Odin! ¿Qué es lo que quería?

Thrain bajó los escalones bastante relajado. ¿Qué había pasado con su lealtad hacia Darach? Cindy estaba empezando a desdibujar las fronteras entre el deseo y la lealtad.

Ya en el rellano, oyó unos sonidos. Cindy llegó a su encuentro y se quedaron escuchando.

—Parece una pelea entre animales. —Cindy se detuvo a escuchar un poco más—. Es detrás del hostal. Sin esperar a que él la siguiera, corrió hacia una puerta de uso privado que enlazaba directamente con su apartamento.

¡Por la ira de Thor! Esta situación haría maldecir a cualquiera. El hombre lobo y el félido se estaban matando en la terraza trasera del hostal y Cindy se intentaba interponer entre los dos, gritando que parasen.

—¡Venga, por favor, perrito guapo, gatito lindo!

Thrain corrió tras ella. Cuando llegó al patio, miró a Cindy, que observaba, estupefacta, cómo Sarducci y Henson se intentaban arrancar la cabeza el uno al otro.

Otros seres vagaban por allí, pero ninguno de ellos era humano como Cindy.

—Yo apuesto por el félido. —Prada estaba de pie al lado de las hadas, que habían abandonado la violencia para dedicarse a otras tareas más excitantes.

—Pues yo ni idea. El lobo parece más capacitado. —Troyano se sentó al lado de Prada, por primera vez sin pensar en comida.

Thrain miró a todos los demás. Allí había tres de los vampiros reales (Stan, Lisa y Carl), más las dos criaturas faéricas, Prada y Troyano. Ninguno de ellos parecía interesado en interponerse entre los dos. Listos.

Thrain estaba preparando su concentración de poder para arrojar a los combatientes al suelo con una proyección de fuerza explosiva. De ninguna manera se iba a interponer físicamente entre ellos dos. Por otra parte, a Cindy le horrorizaría esa exhibición de poder, pero alguien la tenía que hacer.

Thrain le lanzó una mirada de advertencia a Cindy para ordenarle que se quedara donde estaba. Demasiado tarde; ya se había ido. Miró por toda la terraza y, al no verla, se fijó en el césped.

Durante sus siglos de vida, Thrain podía decir que muy pocas escenas le habían espantado. Esta era una de ellas.

Cindy Harper estaba arrastrando la manguera de la terraza e iba directa hacia esos dos metamorfos atractivos y despiadados. Pero ¡qué se supone que iba a hacer!

¿Una manguera? Tendría el mismo efecto que unas gotitas de agua en un incendio forestal.

Thrain pegó un salto y fue a detenerla.

# Capítulo 6

Cindy sacudía la manguera en posición amenazante. Sólo conseguiría aumentar su hostilidad al verse empapados en agua. Nota importante: después se cabrearán contigo y eso no será nada bueno. En cualquier caso, ella defendía su arma de lucha contra viento y marea.

Sin embargo, debajo de su implacable determinación de proteger el hogar, las paredes y la reputación del negocio subyacía un miedo creciente y desproporcionado. Podía sentir la angustiosa música de *Tiburón* resonando en su cabeza, de tal modo que el poco sentido de lógica que le quedaba se convirtió, también, en pánico. Los animales sólo pensaban en matarse el uno al otro y Thrain estaba cerca por si iban a por Cindy. Si no, no podría estar tranquilo.

Cindy se hacía muchas preguntas que el miedo se encargaba de difuminar. ¿Por qué la gente no gritaba ni tampoco echaba a correr? ¿Por qué se limitaban a mirar? ¡¿Qué estaba pasando?! Ella intentaba detener una pelea entre un lobo y una pantera y nadie la ayudaba. De todos modos, ¿de dónde habían salido el lobo y la pantera? ¿Se habían escapado de algún paraje cercano; de los alrededores del bosque? ¿O es que alguien tenía animales exóticos en casa? ¿Alguien se había preocupado en llamar a la policía forestal?

Por encima de los rugidos y alaridos de los animales, Cindy

escuchaba los gritos de Thrain. Ya podía chillar lo que quisiese; lo único que quería de él es que empleara alguno de esos poderes de los que tanto presumía para controlar la situación. ¿Por qué no les introducía en la mente, por ejemplo, el recuerdo de haber sido dos jerbos amigos de toda la vida?

A Cindy le rechinaban los dientes de tanto apretarlos. De repente, recuperó fuerzas y abrió la manguera. Nada de remojarlos. Le iba a dar tanta fuerza a la manguera que los iba a hacer caer al suelo de culo.

El primer chorro fue directo a la cara rabiosa del lobo y el segundo mojó a la pantera con tal eficiencia que la hizo enmudecer. Los dos animales se apartaron de un salto.

Durante un breve silencio, Cindy escuchó que alguien salía escopeteado hacia ella, seguramente Thrain. Los pasos retumbaban al mismo ritmo que los latidos de su corazón hasta llegar a un volumen inaguantable. Por segunda vez en la noche, Cindy se quedó rígida del susto.

¡Ay dios! Justo enfrente de ella, los dos animales mutaron en formas humanas. Cuerpos humanos desnudos. Cuerpos humanos MASCULINOS desnudos. Pudo reconocer a Darren y el otro hombre peludo y medio pelirrojo tenía que ser el nuevo huésped, Adolfo.

La manguera se le resbaló de entre los dedos temblorosos y empezó a dar sacudidas en el aire como una serpiente perturbada mientras remojaba a todo lo que se encontraba a su paso. Cindy estaba tan patidifusa que no se percató.

—¿Qué ha pasado? —Tosió para desatar el nudo de pánico en su garganta.

—Bueno, me parece que los has dejado como a dos pollos. —La voz de Thrain ascendió por detrás de ella.

—No me hace gracia, Davis. —Casi no le dio tiempo a cerrar la boca cuando apareció otro lobo encendido en ira avanzando desde el bosque, se detuvo frente a los dos hombres y dio vueltas alrededor de ellos hasta pararse delante de Thrain. Perpleja, Cindy asistió a una conversación entre Thrain y el lobo. ¡Estaba hablando con el lobo!

—Andrea, ahora no es el mejor momento para convertirte en humana. Sube a la habitación y yo me encargo del resto. —Thrain miró a la terraza—. Prada, ábrele la puerta a Andrea y acompáñala a su habitación para prevenir males mayores.

Prada asintió, abrió la puerta y dejó que la (ahora) loba entrara en el Siniestro Hostal.

Había una loba dentro de su hostal y dos hombres desnudos en el jardín. Sólo faltaba que hubiese un grupo de vacas sembrando por ahí.

Cindy intentó decir algo, pero se había quedado muda. Los huéspedes reunidos en la terraza volvieron al hostal como si nada y Thrain caminó hacia los dos hombres que todavía se desafiaban con la mirada.

—Os habéis comportado como dos idiotas. —Thrain mostraba una sonrisa amigable y una voz comprensiva—. Este lugar es un santuario y la norma principal es no mutar nunca delante de nadie.

Adolfo desvió la mirada hacia Thrain.

—Andrea es de mi manada. Es mía —dijo, respaldado por un gruñido.

Darren le respondió con un bufido.

—No es tu pareja, así que déjala en paz. Quiere estar conmigo.

Thrain no quiso hacer ningún comentario y Cindy reconoció este silencio como una pausa para concentrarse en algo. Y este «algo» no les acababa de convencer a los dos combatientes.

Los ojos de ambos se quedaron en blanco por un instante. Cindy captó ese momento y lo reconoció, también, como suyo. En ese momento, Thrain se relajó y volvió a su lado.

—Ya no se pelearán más. —Su sonrisa indicaba que había hecho alguna maniobra con la mente y que era mejor, para ella, olvidarse de todo lo que había pasado.

Olvidarse. Seguro.

—¿Qué les has hecho?

No hubo respuesta.

—Ey, Darren, ¡qué tal! Tío cuanto tiempo. Qué ilusión volver a verte. Oye qué fuerte que tú y Andrea os hayáis enrollado. Siempre ha ido detrás de ti. —Adolfo le dio un manotazo en la espalda—. Venga, vamos para adentro, nos ponemos algo de ropa y nos tomamos unas birras para recordar viejos tiempos.

Darren asintió y le sonrió, muy contento.

—La otra noche me acordaba de cuando nos íbamos de caza tú y yo en la época del instituto. Eran días especiales. Es que éramos uña y carne. Tenemos que vernos más.

Ninguno de los dos hombres parecía incómodo con la desnudez y no había ningún problema, porque Cindy ya se sentía incómoda por ellos.

Cindy observaba, en silencio, a los dos hombres mientras entraban en el hostal. Se volvió hacia Thrain.

—¿Y qué pasará cuando Andrea no comparta la realidad que están viviendo estos dos?

Thrain no parecía preocupado.

—Ella fingirá como es debido. No es estúpida y quiere estar con Darren. No creas que Andrea es una chica débil. En una pelea con cualquiera de ellos, apuesto claramente por ella.

Cindy respiró profundamente antes de enfrentarse al tema que la ocupaba. En cuestión de unos minutos, ya no reconocería al mundo como tal.

—Así que son una mujer lobo y un félido de verdad. —No lo dijo a modo de pregunta, ya no tenía sentido.

Thrain no se molestó en responder; mantuvo su posición recta en espera de su siguiente deducción.

Cindy volvió a respirar profundamente para tomar fuerzas.

—... Entonces, eso significa que el resto de criaturas legendarias también existen, incluidos los vampiros. —No pudo evitar sentir un escalofrío al pensar en vampiros; su mayor miedo. Las otras criaturas también mordían, pero los mordiscos de vampiros iban directos al cuello...

—Sí, incluidos los vampiros.

El tono de su voz le molestó, pero estaba demasiado trastocada como para pensar en eso.

—... Vamos para dentro a por ropa seca.

La acompañó a la puerta que comunicaba con el hostal. Por primera vez, Cindy se dio cuenta de que estaba temblando. Miró hacia abajo y se dio cuenta de que llevaba el vestido empapado. Volvió a mirar a Thrain.

—El espíritu diabólico de la manguera poseída también ha ido a por ti.

Eso no es nada divertido, Harper. Después de lo que había presenciado esa noche, la existencia de diablos entraba en los parámetros de la realidad.

—Créeme. Sobreviviré a todo. —Le sonrió mientras se paraba delante de la puerta de su apartamento—. Bueno, me voy para mi habitación y...

—No. —Cindy lo agarró del brazo por si se le ocurría irse—. Entra. Tenemos que hablar. Ahora—. Abrió la puerta y le obligó a pasar—. Si quieres, quítate los tejanos y los pondré en la secadora. Te dejo una sábana para que te la envuelvas mientras se secan.

—Espera. —Se quedó parado en medio del comedor, goteando encima de la moqueta. Thrain desprendía tal sensualidad que hubiese podido secar al instante la ropa de Cindy con su propio calor.

Ella también estaba inconscientemente envuelta en una nube de calor humano.

—... ¿Cuántas personas trabajan ahora en el hostal?

Cindy abrió los ojos, sorprendida. Se había olvidado de los demás. ¿Y si habían visto lo que había pasado?

—La cocinera y algunos camareros.

Thrain asintió.

—Ahora vuelvo.

Cerró la puerta suavemente y la dejó allí sola, de pie. A Cindy le empezaba a gustar su poder de cambiar los recuerdos. No iba a ser nada positivo que Mimi, la cocinera, dejara el trabajo asustada o que los camareros volvieran a casa explicando lo sucedido por todo South Jersey. Desde luego que le gustaba que el hostal fuese conocido, pero en ese caso el beneficio se convertía en perjuicio.

Cindy entró en la habitación, se quitó la ropa húmeda y se puso unos tejanos, blusa y zapatillas de estar por casa de dudoso gusto. Tenía que regresar al trabajo. Los clientes querrían verla después de volver del bosque, pero ella también necesitaba un poco de tiempo para recuperarse.

Mientras se cambiaba, pensó en la gente que había estado aglutinada en la terraza. ¿Thrain habría alterado sus mentes? ¿Y Prada? No había rechistado al conducir a la loba dentro del hostal.

Cindy volvió al comedor pensando en todas las consecuencias que traería la pelea y vio a Thrain con el codo apoyado contra la puerta que comunicaba con el hostal.

Thrain había colgado la chaqueta y la vaina con la espada en el perchero de la puerta. ¿Por qué se tenía que llevar la espada a todas partes? Los tejanos y la camisa seguían mojados.

Cindy lo miró fijamente.

—Pensaba que habías ido a tu habitación a cambiarte.

Casi por instinto, fue a bajar las persianas que daban a la terraza.

La sonrisa serena y maliciosa de Thrain le recriminaba que ella se guardaba información.

—¿Por qué me voy a ir a cambiar a mi habitación si me puedo quitar aquí la ropa? Además, dijiste que querías hablar. Venga.

—Bueno. Te puedes desvestir en el baño; me das la ropa y yo te paso una sábana. —Si conseguía mantener la compostura ante su atractivo sexual, ella ganaría. Pero, ¿qué ganaría? Nada. Mmmm, ¿acaso no iba a recibir ningún premio? Pensó en su cuerpo desnudo cubierto por una sábana. Bueno, ese pensamiento ya era un premio para ella.

Detrás de la puerta del baño, ella aguardaba con una sábana enrollada en la mano. Thrain abrió un poco la puerta y le pasó la ropa. Cindy desvió la mirada disimuladamente, pero no pudo ver nada. Tampoco necesitaba saber cómo se había quitado la ropa; su imaginación se encargaba de ello.

De vuelta al comedor, se dejó caer en el sofá y lo esperó, nerviosa. Se sentía tan tonta. Ningún hombre la había puesto nerviosa nunca. Era la mujer más experta de todas, así que no iba a esperar gran cosa. El gran descubrimiento (si había sido sincero con ella) era que Thrain sería el hombre más viejo que había conocido desde su ochenta cumpleaños. Y eso había pasado hace mucho tiempo.

Thrain entró, por fin, en el comedor y Cindy tuvo que morderse el labio para reprimirse. En el fondo, esperaba verlo con la toalla encima de los hombros. No; con la toalla envuelta en la cintura. Todo lo de abajo al aire.

Su falsa vivencia de la nave espacial estaba empezando a competir con esta. Cuando un hombre como Thrain se quitaba la camisa, provocaba una revolución hormonal incontenible. Toda esa masa muscular cubierta por una piel morena y dorada. Calor. Tan sólo viendo su virilidad envuelta por esa dulce piel, Cindy notaba cómo se le derretían los dedos; cómo se le derretía la boca.

Ella notó el fervor en sus ojos. Thrain sabía todo lo que ella estaba pensando sin necesidad de introducirse en su mente. Además, daba la sensación de que los ojos de Cindy anunciaban frases del tipo «Hembra soltera y blanca busca cuerpo masculino color beige para revolcarse en aras de un placer infinito».

—¿Por qué no te has tapado el pecho? ¿No tienes frío? —Ella sí que no tenía frío. Ella ardía.

—Si me envuelvo la sábana a la altura del pecho, me quedará un poco corta por abajo. Y no, no tengo frío. —Se sentó a su lado en el sofá. Justo a su lado. Para él, no había más trozo de sofá.

Ella no podía separarse; estaba enganchada al brazo del sofá. Y en seguida pudo comprobar que él no tenía calor; notaba su energía. O quizá era su propio cuerpo reclamando la agilidad de su experto sistema reproductor.

El sexo invadía el espacio. Ya podían tratar ilimitados temas serios, por debajo de todos ellos subyacía un íntimo diálogo sexual. ¡Íntimo es poco!

—¿Ya lo has solucionado todo? —Era extraño, pero Cindy se negaba a hablar de sus poderes directamente y pensaba que, abordando así el tema, todo volvería a ser como antes.

Thrain asintió y ella... no lo pudo evitar. Le apartó un mechón de pelo de la cara. Él reaccionó como si le hubiese manoseado todo el cuerpo. Cindy notó la tensión de sus músculos pese a no haberle tocado.

—¿Y qué ha pasado con la gente que estaba en la terraza? —Frunció el ceño—. No parecían muy sorprendidos por lo que estaba pasando. A lo mejor pensaron que yo había preparado todo eso a modo de espectáculo. —Eso no tenía ningún sentido; ellos sabían que Cindy no contaba con los medios necesarios para lograr esa transformación de animal a hombre.

—Vamos a ser honestos: te estás auto-respondiendo e imaginando motivos para no volverte loca contigo misma. —Se reclinó, relajado, en el sofá.

Bueno, la distracción de la mente es creatividad. Por ejemplo, el movimiento de Thrain la obligó a fijarse en ese estómago duro y se imaginó que la sábana se recortaba más y más, desvelando posibles revelaciones libidinosas. ¿Acaso era malo?

—Te voy a ahorrar el sufrimiento por última vez. —Se apoyó la mano en el muslo—. No te preocupes por la gente de la terraza, porque ninguno de ellos era humano.

Clavó la mirada en el contorno de su muslo cubierto por la sábana. Pero, ¿estaba completamente desnudo debajo de esa sábana, o había...?

—¿¡Qué?! ¿Has dicho que ninguno era humano?

Thrain habría soltado una carcajada allí mismo, delante de sus ojos dilatados, si no fuese tan importante que Cindy conociera poco a poco todas estas revelaciones.

—Ya sabes quiénes son Andrea, Adolfo y Darren. Finvarra y Aibell son dos criaturas faéricas celtas, tal y como dijeron ellos. Stan y la pareja, que seguramente no se enteró de nada porque se estaban besando...

—Lisa y Carl —Ella palidecía por momentos.

Pero Thrain ya no podía detener su discurso.

—Exacto. Lisa y Carl. Son vampiros. —Él hizo una pausa, esperando un grito de horror.

Cindy no le decepcionó.

—¡¡Vampiros!! Pero si...

—¿... parecían normales? ¿Eso es lo que ibas a decir? —Por mucho que quisiera retenerla, la ira emergía de su boca—. Stan parece el típico treintañero dedicado a los negocios y Lisa y Carl son como otra pareja joven de enamorados. Y ¿sabes que? ¡Es que es lo que son!

Ella callaba; sólo le miraba. Más le valía, porque él todavía no había acabado.

—... ¿O pensabas que tenían que ser como Letrina? No, espera. Seguro que pensabas que tendrían unos colmillos de mamut y se dedicarían a desgarrar el cuello de los demás huéspedes. —Thrain empezaba a perder el control y era consciente. Tomó aire; intentó calmarse. No podía creerse cómo le afectaba tanto su opinión cuando había vivido tantos años haciendo caso omiso a lo que pensasen los demás.

—Perdona, ¿ya has acabado? —Su voz era serena y su mirada, firme.

—Sí, de momento. —La explosión de su temperamento lo estaba perturbando. Él nunca se dejaba llevar por las emociones; los cambios de humor eran muy negativos y lo que podía decir en momentos de furia le podía salir muy caro.

—Lo único que iba a decir antes de que te pusieras a despotricar es que parecen gente maja. —Se mordió el labio mientras reflexionaba y lo torturaba, al mismo tiempo, con su derroche de sensualidad—. Y sí, admito que, cuando mencionas la palabra «vampiro», lo asocio con cuellos, mordiscos y dolor. Pero reconozco que tengo que luchar contra este miedo y, por eso, seguiré trabajando en el hostal. —Cindy le sonrió tímidamente—. Claro, pero, ¿cómo puedo convencer a las agencias de que no acepten reservas de vampiros?

—Eres una mujer muy especial, Cindy Harper. —Imprimió toda la carga emocional en este comentario—. No sólo aceptaba todo lo que él le había dicho sin irse corriendo a su habitación y encerrarse para siempre, sino que, además, era capaz de bromear sobre el tema.

—No creo. Y, supongo que, después de lo que me has dicho, ninguno clavará sus ojos en mi cuello, aunque igualmente prefiero no quedarme a solas con ellos. —Su sonrisa se disipó—. No puedo negar la existencia de algo si me lo plantan delante de las narices. Cuando abrí el hostal, esperaba atraer a personas como... —se paró y tomó aire—. A alguien como tú. O, al menos, garantizarle un sitio a Jane y las demás científicas para que pudiesen reunirse. —Sacudió la cabeza—. Nunca pensé que el hostal atraería a criaturas míticas; ¡es que si ni siquiera creía en ellas! Pero el hostal tiene que seguir abierto, así que lo llevaré como pueda.

Thrain asintió. Ella le había hecho pensar. Aunque hubiese aceptado todo lo que él le había explicado y hubiese presenciado visiones inauditas, todavía les quedaba un largo camino por recorrer. Y tenía menos de dos semanas para convencerla de viajar a Escocia para ir al castillo de los Mackenzie, donde conocería a Darach. En cierto modo, era muy importante para él que su primer encuentro con su familia tuviera lugar en el hogar de los ancestros del clan. Darach volvería al castillo después de estas dos semanas y se volvería a ir otros veinte años más.

—Ya que estamos, háblame de Prada. También estaba en la terraza y no me has explicado nada de ella. —Su mirada se ensombreció—. Y también me podrías explicar por qué he vivido durante siete siglos.

Esa noche no. Necesitaba un poco más de tiempo para ganarse su confianza antes de revelarle quién era ella. Thrain se excusó diciendo que le preocupaban más otros temas.

—No sé qué es Prada, pero no me has preguntado sobre la criatura más poderosa de todo el ganado. —Su expresión tomó un aire de regocijo infantil algo inapropiado.

—No había nadie más en la terraza. —Una pequeña arruga alargada se dibujó entre sus cejas.

¿Cómo podía fascinarle tanto su manera de ser si se había prometido a sí mismo que no se volvería a interesar por ninguna humana nunca más?

—Troyano.

—¿Troyano? Estás de guasa, si es un…

—Es algo más que un gato, Cindy. No sé lo que es, pero es muy poderoso y siempre está hambriento. —Sonrió al recordar al glotón de Troyano.

—Son perturbadores cósmicos. —Cindy parecía convencidísima—. Cuando se alojaron, Prada me explicó muchas cosas que me han hecho pensar —. La arruga entre sus ojos se disipó—. Sí, eso; me acuerdo de que dijo que los perturbadores cósmicos extienden y representan el infierno por todo el universo y que ella y Troyano habían discutido sobre el color de pelo del gato.

Creo que dijo que Troyano quería ser negro pero que, como la última vez la había obligado a ser blanca, habían optado por el gris. No le encontré mucho sentido a esto y sigo sin vérselo.

—Para mí tiene mucho sentido. —Por un momento se trasladó al año 1785 al castillo de los Mackenzie, en compañía de Darach. Había llegado al castillo preparado para morir y, en cambio, Darach y Felicia le habían salvado la vida. Felicia venía del futuro y había pagado un viaje organizado para pasar allí unos días con la intermediación de Ganímedes, el representante de la agencia de viajes. Él tenía una gata blanca llamada Chispa de Estrellas. Y Darach dijo que eran perturbadores cósmicos.

—Estaría bien que me lo explicaras todo más detalladamente. —Cindy hablaba en un tono impaciente.

—No va a ser fácil para ti. —Y, para mí, tampoco—. Digamos que conozco a Prada y a Troyano desde hace mucho tiempo. Antes tenían nombres diferentes, pero sus intenciones siguen siendo las mismas. —Thrain había olvidado muchas cosas a lo largo de los siglos, pero, si de algo se acordaba bien, era de los días que había pasado en el castillo en ese año fatídico. Y, definitivamente, nunca podría olvidar nombres como Ganímedes o Chispa de Estrellas. Cuando dejase a Cindy sola, iría en busca de Troyano. Seguramente se lo encontraría colgado del pomo de la nevera.

—Bueno, pues si no quieres explicarme nada de Prada y Troyano, vamos a hablar de mi edad. —Descruzó las piernas y las estiró.

Thrain se puso tenso.

—Mejor que no. Prefiero que empieces a descubrir tus poderes.

Cindy se sorprendió no muy gratamente.

—No haces más que evitar mis preguntas sobre la edad. Por qué.

Quizá lo que te explique es tan horripilante que no lo podrás resistir. Ella se mostraba firme en sus propósitos. Había esperado siglos a una respuesta y ahora no iba a cesar en su empeño.

Él se encogió de hombros y le dedicó una sonrisa.

—Me estás pidiendo muchas cosas. Te prometo que mañana te lo explico. Es una historia muy larga y esta noche no me quedan energías después de haber barrido la mente de todo el mundo. Yo soy tu huésped y pagaré por lo bien que me lo estoy pasando. Además, ayudarte a descubrir tus poderes me ayuda, también, a encontrar la paz.

Ella pensó que la insistencia era la mejor baza, aunque en seguida supo que Thrain no era el típico hombre que cede ante la tozudez.

¿Sus poderes? Cindy no confiaba en el brillo de sus ojos. Pero, como ya sabía que no tenía ninguna clase de poder, estaba dispuesta a jugar con él.

—O sea, que voy a aprender a volar, a desaparecer o a hacer la declaración de la renta.

Él sacudió la cabeza, dejando que ese cabello vikingo acariciara sus hombros desnudos.

—Tienes que aprender a canalizar tu poder antes de poder proyectarlo hacia fuera.

—Guau, eso suena muy fuerte. —Se rió de él—. Antes de que entremos en materia, ¿quieres tomar algo?

—Vale. —Hizo un movimiento y la sábana se le escurrió un poco, dejando ver una poco más sus caderas.

Cindy huyó a la cocina con la visión de una sábana cayendo de su cuerpo. Hay ciertas visiones, como el cometa Haley, que se producen una vez en la vida. Y más vale que no te las pierdas. Si esa sábana se movía en algún momento como consecuencia de la ley de la gravedad, ella quería estar allí para verlo. La secadora había terminado; podía devolverle la ropa para que se vistiera. O no.

Cindy sacó una botella y unas copas de vino y las llevó al comedor. Las dejó en la mesa, levantó la mirada e intentó controlar la respiración. Los nervios la hicieron volver a respirar ansiosamente y casi se queda sin oxígeno.

—¿Qué hace ahí una chimenea, si yo no tengo? —Se acercó hasta que pudo notar el calor. No era una alucinación.

—Pero te has reservado una para este encuentro. —Su sonrisa era cálida y sugerente, con ella le estaba diciendo que hay cosas que se hacen mucho mejor delante de una llama ardiente.

Cindy caminó hacia la puerta del balcón. Las persianas estaban levantadas y se veían copos de nieve chocar contra el cristal.

—¡Nieva! ¡Voy a salir a fuera a ver! —Tenía una voz temblorosa que tardaría mucho en recobrar la seguridad.

—Sí, sal, ¿por qué no? —Se acercó a la botella de vino para examinarla.

Con paso inseguro, se asomó al balcón. Una capa de nieve cubría tan sólo el suelo de la terraza y la copa de los pinos.

—¿Cómo puede ser?

—Te acabo de demostrar lo que te he dicho. Tu poder empieza en la mente y, una vez lo controlas desde allí, puedes desplazarlo hacia donde quieras. —Thrain le sonrió y Cindy se fijó, por primera vez, en las arrugas que dibujaba el contorno de sus labios. No eran arrugas; eran pliegues deliciosamente masculinos. Movió la botella de vino y se fijó en la etiqueta—. ¿Vino para vampiros?

—Sí, lo guardo en el mueble-bar porque pega bastante con la decoración del hostal y, además, es muy bueno. —Volvió a sentarse en el sofá.

—No, Cindy. —Se levantó sujetando, con una mano, la botella de vino y, con la otra, la sábana—. Coge las copas y vamos a hacer la primera lección delante de la chimenea.

Fantástico. Delante de una chimenea inexistente. En silencio, le obedeció.

Se sentó delante de Cindy; ella se volvió para mirar las llamas, que eran un reflejo de su vida espasmódica. No, no era así. La mayor parte de su larga vida había sido como un carburante que arde lentamente hasta convertirse en llama. Volvió a mirar a

Thrain. Quizá por fin había encontrado su combustible definitivo porque se había sentido mucho más viva durante esas dos últimas noches que en toda su vida.

Ella lo miraba mientras él servía el vino. Thrain levantó la copa para brindar, a lo que ella accedió un poco coaccionada. Él la miraba, también, a través del cristal de la copa y mantenía un silencio que ella debía descifrar. Guau.

—Estamos aquí para aprender a abrir puertas. Y también podemos atravesarlas sin problemas. —Thrain bajó los párpados, escondiendo la expresión.

—Es un poco complicado para mí, pero, si vas a rebuscar en mi mente para extraer mis poderes, pídeme permiso antes. —Cindy no se consideraba una mujer débil y tampoco le gustaba obedecer, pero, qué narices, le dio un sorbo al vino. Bueno, un trago.

Él tenía una sonrisa tan sensual... pero al mismo tiempo le aportaba tranquilidad y sencillez a su vida. Su mirada era intensa, cálida y mordedora. Ella confiaba en su mirada.

Sin embargo, Cindy también quería llevar el control de la situación y estar, al mismo tiempo, atenta.

—¿Qué tipo de poder vamos a explorar? ¿Podré detenerlo cuando yo quiera?

—Vamos a empezar por lo básico. —Alargó la mano y le quitó la copa; colocó ambas copas en una baldosa delante de la chimenea inexistente.

La copa de Thrain estaba intacta; la de Cindy, por la mitad. Eso quería decir muchas cosas. Normalmente, los vasos indican el nivel de confianza entre dos personas; el de Cindy no mostraba una confianza ciega.

—... Pararé en cuanto me lo digas. —Su expresión anunciaba, por otra parte, que no iba a desistir tan pronto.

Parecía un acuerdo bastante justo. Pero ella seguía preocupada con la inmersión mental. Todavía no se había olvidado del recuerdo de la nave espacial.

—Todavía no me has pedido permiso para entrar en mi mente.

Thrain abrió los ojos, muy alegre, y le dedicó una amplia sonrisa.

—No tengo por qué estar en tu mente. Me lo paso mucho mejor desde aquí.

Hmmm. Todavía no se había comprometido a nada. ¿Y no parecía demasiado pletórico?

—Vale, vale. Vamos allá.

—Cindy, quiero que reconozcas la agudeza de tus sentidos. —Él no hizo ni un movimiento, pero era como si sus palabras planearan sobre su cabeza, absorbiéndose en su cuerpo y abriendo ventanas excitantes en su piel.

Esta excitación, ¿provenía de él o de ella? Cindy tenía la sospecha de que se estaba entrometiendo en sus emociones.

—Mis sentidos han funcionado muy bien durante todos estos años.

Él le sonrió y le dijo que, no sólo entendía su desconfianza, sino que alababa su sentido de la precaución.

—Es el momento de exaltar tus sentidos para llevarlos a un nivel más alto, preciosa.

Cindy advirtió un tono engatusador en sus palabras.

—Muy bien, déjame que me adelante un poco a las circunstancias: ahora me dirás que la exaltación de mis sentidos se consigue interactuando con tu cuerpo. ¿No?

Sus ojos estallaron de risa.

—No estaría mal. Tú eliges lo que quieres ver, tocar, saborear, oler u oír. —Se encogió de hombros—. Y algunas experiencias siempre dan más placer que otras.

—En otras palabras: puedo tocar esto. —Cindy estiró el brazo y tocó la tela áspera de la sábana—. O esto. —Pasó la mano por su fibroso abdomen y pudo notar cómo se le cortaba la respiración durante el recorrido de su mano. ¡Ohh! Definitivamente esta experiencia de tacto sí que exaltaba sus sentidos.

—Exacto. —La incitó curvando los labios y emitiendo un destello en los ojos—. Yo me decantaría por la interacción corporal.

Cindy no se acababa de creer que Thrain pudiese exaltar sus sentidos. Sin embargo, su manera de interpretarlo era como si no importase lo que pasase; cualquier decisión que tomase Thrain la iba a excitar. Ella tenía un mecanismo femenino de placer que se activaba con la inmediata visión de su cuerpo musculoso, con sus miradas, con cada milímetro de su boca de ensueño.

Sí, sí. Ese viaje iba a merecer la pena. Y Cindy no iba a necesitar el «kit de ayuda para mujeres mojigatas». En esas dos últimas noches, todo se le había ido de las manos y, por primera vez, podía controlar algo. A lo mejor Prada tenía razón. Quizá el goce sexual debía obedecer siempre a los impulsos. Y esa noche lo iba a comprobar; no quería dejarse nada en el tintero.

—Antes de meternos de lleno con la lección, tienes que saber algo. Puedo parecer una chica de veintiocho años (y, de hecho, tengo las mismas ganas de sexo), pero tengo setecientos años de experiencia sexual. —Ella no sabía adónde llegaría con este discurso y sólo quería decirle que dejara de disfrazarlo todo con argumentos como la exaltación de sus sentidos.

—¿Adónde quieres llegar? —La sonrisa de Thrain se hizo aún más grande.

—Me casé a los dieciocho años. No funcionó. —Cindy aclamaba comprensión—. No me he vuelto a casar, pero sigo teniendo muchas ganas de sexo. Han ido pasando los años y he conocido a un par de hombres que me han hecho sentir cómoda y he hecho el amor con ellos después de conocerlos.

—¿Cómoda? ¿Te han hecho sentir «cómoda»?

Parecía ofendido por la palabra.

—Oye, me estoy sincerando contigo. —Le sonrió, esperando despertarle un gesto simpático—. Y estoy siendo muy abierta. Escucha, me gustaste desde el primer momento en que entraste en la recepción y, como eres el primer humano parecido a mí que he conocido en setecientos años, quiero estar cerca de ti mientras pueda. Y, cuando te vayas, tendré que volver a esperar otros setecientos años. —Sus palabras no eran muy sugerentes. Prada tenía que darle clases.

—No te crees que yo pueda exaltar tus sentidos. —Era una afirmación; no necesitaba respuesta.

Si Cindy hubiese caído en la auto-humillación, le habría dicho que, después de una vida sexual tan larga como penosa, no hacía falta que hiciera maravillas para volverla loca. La sola contemplación de su torso desnudo delante de la chimenea con la espada colgada de la cadera apuntando hacia delante le habría producido un orgasmo.

Su sonrisa era serena, erótica, terrorífica.

—Bienvenida a tu futuro, Cindy Harper.

Se acercó para tocarle el sinuoso pendiente dorado. Hizo una pausa.

—Y si, en algún momento no te sientes cómoda conmigo, te dejo que me arrebates la espada y me degüelles.

# Capítulo 7

Thrain advirtió una señal de alarma en sus ojos, el repiqueteo incesante de sus dedos contra la pierna y la prolongada mirada que le dedicó a través de la copa de cristal.

Perfecto. Porque él no quería que estuviese a gusto ni relajada. La excitación sexual siempre conduce a una explosión erótica que arde como una mecha a través del camino del sexo.

¡Pero en qué narices estaba pensando! La noche anterior había entrado en el hostal dispuesto a lograr un reencuentro entre Darach y su hija. Y ya está. Le podría haber revelado su parentesco sin tener que pasar por esto. ¡Por qué!

Él sabía que nunca, en toda su existencia, había deseado a una mujer tanto como a Cindy Harper. Y no le iba mal ser honesto, de vez en cuando, consigo mismo.

Pero todavía le quedaba un poco de decencia. La iba a guiar por el camino de la excitación sexual, pero se detendría antes de abrir la puerta del sexo desenfrenado. Seguramente, era lo más perjudicial del mundo, pero valía la pena resistirse por Darach y Cindy.

—Hasta ahora, lo has visto todo desde un prisma casi opaco, Cindy. Todo lo que veías estaba distorsionado o emborronado. —Indiferente, dejó que la sábana se le resbalara un poco.

A ella se le escapaban las miradas y Thrain, por su parte, no podía despegar los ojos de su cuerpo.

—Venga, tócame. Así podremos romper ese prisma para que percibas la vida con tus verdaderos sentidos. — Mirándola con su implacable determinación, se estiró boca arriba en el suelo; se colocó una mano detrás de la nuca y dejó la otra libre para ella.

Él notaba su fuerte respiración y se deleitaba con la suave tentación de su cuello al descubierto, sintiendo un oscuro deseo que trepaba hasta sus ansias sexuales.

Thrain debía controlar el ansia de devorar el cálido fluido de su vitalidad, un hambre que era directamente proporcional a su excitación sexual. Y Cindy desafiaba siempre su resistencia. Pero resistiría (no por él; por ella).

En su clan, sólo los que demostraban más valor sobrevivían tanto como él y los que se sometían al hambre engañosa y se alimentaban sin control se abocaban a la aniquilación y acababan convirtiéndose, también, en víctimas. Y, aunque estaba completamente seguro de que Cindy nunca sería su víctima, él tampoco dejaba de ser un depredador. Sin embargo, esa noche sería sólo su maestro. Este pensamiento le hizo sonreír.

—No me fío del todo de tu sonrisa. —Fiándose o no, se acercaba a él y le cogía de la mano.

El deseo metafórico de habitar en sus manos la hizo disfrutar de imágenes surrealistas.

Eso tampoco era buena señal, pues delataba el inicio de unos lazos emocionales que chocaban contra la exclusividad de la parte física.

—Durante toda la vida has convivido sola con tus sentidos. Si miras a la chimenea, ves el fuego, sientes el calor, hueles la madera quemada y oyes el crujido de las llamas. Sientes las emociones por separado. Si cierras los ojos, te crees que no ves nada. Si te tapas los oídos, te crees que no oyes nada. Para abrirte totalmente al goce sexual, tienes que darte cuenta de que todo está relacionado. En cuanto consigas que tus sentidos actúen al unísono, se convertirán en un estímulo emocional potentísimo.

Ohhg. Abrió los ojos para verlo todo.

—Mírame, Cindy. —Aunque le pidió su mirada, en realidad le dio la libertad de tomar sus propias decisiones.

Cindy volvió a mostrarse desconfiada y no tardó en toparse con su mirada.

—Uy, la cosa se complica mucho. Mejor lo dejamos para mañana.

En realidad no quería decir eso. Él podía sentir el calor de su impaciencia y su mirada acechando a su miembro y abordándolo para después lamerse el labio inferior. Reaccionó físicamente como si ella se hubiese introducido su exquisita verga en su boca.

—...En lugar de eso, podrías explicarme porque vivimos tanto tiempo. —Ella parecía esperanzada, aunque detrás de su gesto ilusionado él vio la llama incombustible de un ardiente deseo sexual.

No se lo diría hasta que no formaran un tándem sexual, hasta que no le atrajera lo suficiente, hasta que no confiara en él lo suficiente para aceptar lo que le iba a decir.

«Escúchate a ti mismo. Tú, mejor que nadie, sabes que el sexo puede ser un gran traidor. ¿Por qué tiene que confiar en ti sólo por haberla tocado?».

Por lo menos tenía que ser honesto consigo mismo. A él, más que a nadie, le convenía ser creíble. Y, al llevarla por el camino de la sensualidad, se daba cuenta de que era la primera vez en setecientos años en que sentía curiosidad por la sexualidad de una humana.

—Hombre, sería una lástima aplazar algo tan excitante. Además, mañana hay que abordar otras lecciones. —Su conciencia luchaba contra su deseo creciente. El deseo ganó.

—Muy bien. Otras lecciones. Me encanta aprender. —Ella le devolvió la sonrisa pese a no parecer muy convencida.

—Tengo que tocar todo tu cuerpo y tú tocarás el mío. —Intentó no mostrarse muy entusiasmado. Fracasó estrepitosamente—. La finalidad es demostrarte cosas de manera sutil, por supuesto.

—Ya, ya... —Intentó sacar a relucir su vena gruñona—. ¿Me tengo que quitar la ropa?

Thrain le hizo una caída de párpados mientras intentaba apaciguar el brillo hambriento que traslucían sus ojos.

—¿Quién mejor que tú? Voy a disfrutar mucho mientras te quitas poco a poco la ropa con movimientos provocativos. —Levantó la mirada y le mostró descaradamente su apetito sexual mientras la sonreía—. Cada cierto tiempo yo también necesito alimentar mis sentidos.

—Hmmm. —Le separó la mano y empezó a rebuscar en los botones de su blusa—. ¿No se supone que me vas a arrancar la ropa? Quiero decir, ¿que vas a ser tan sutil que no me voy a dar ni cuenta? Me decepcionas, Davis.

Thrain intentó parecer pensativo, como si no le afectaran sus réplicas.

—Si es lo que quieres... —Alejó la mirada hacia el fuego y oyó un grito de pánico.

—¡Mi ropa! ¡Ha desaparecido! ¿Qué has hecho con ella? Los tejanos eran nuevos y el sostén rojo era mi favorito. ¡Han volado! —Se sentó al lado de él, con los ojos casi en blanco, la boca semiabierta y el cabello negro despeinado apuntando en varias direcciones y acentuando la palidez de su cara. Desnuda. Era una mujer desnuda y vampíricamente tentadora.

Él respiró profundamente tras escuchar sus quejas.

—Está doblada con mucho cuidado encima de tu cama. —La piel suave de sus antepasados nórdicos, el pecho robusto, la cintura pequeña, las caderas harmoniosas y las largas piernas lo hacían merecedor de infinitos piropos. Thrain deseaba agarrar su culo redondo y precioso y poder hundirse en ella. En ese momento no podía disfrutar de su trasero, pero tiempo al tiempo.

—Quería decir que me desnudaras poco a poco; es parte de los preliminares ¡y te los has saltado a la torera! —Se arregló el pelo y Thrain notaba el ligero temblor en sus dedos—. ¿Y cómo lo has hecho? Está claro que no soy como tú; por mucho que practique mil años, no me saldrá.

—Seguro que no te lleva tanto tiempo. Yo sólo he tardado seiscientos años. —Su mirada juguetona se desvaneció en cuanto se empezó a recorrer todo su cuerpo y él sabía que Cindy lo notaba como si la estuviese acariciando. Su apetito sexual lo estaba consumiendo, estaba rugiendo interiormente al no soportar más el juego—. Y quitar la ropa no entra en los preliminares: es lo que viene después.

—¿Ah, sí? ¿y qué viene? —Se estaba recuperando, el susto desaparecía de sus ojos y recobraba el interés sensual.

—La lección de esta noche. —Thrain admiraba su fortaleza. Si, en ese momento, se introdujese en su mente, sabía perfectamente lo que encontraría. Ella habría colocado el suceso de la repentina desaparición de su ropa en un compartimento estanco de su cerebro, lo habría cerrado y habría enganchado la pegatina de «asunto a analizar más tarde». Sin embargo, si seguía haciendo esto cada vez que él le revelaba un poder nuevo, se quedaría sin compartimentos al final de la semana.

—Estírate a mi lado. —No la podía menoscabar de ese modo pidiéndole que se relajara. Sólo una chiflada se relajaría a su lado. Y Cindy no estaba chiflada.

Obedeció sin chistar, aunque su mirada era todavía cautelosa.

Estirado en el suelo, Thrain se apoyó en un codo. Ella estaba boca arriba y lo miraba, vulnerable hasta el punto de que no entendía nada porque no le conocía y ni siquiera sabía si él era alguien importante para ella. Si supiese qué era, se lo habría pensado dos veces antes de estirarse desnuda a su lado. Los pensamientos la desanimaron.

—Te voy a tocar con la punta de los dedos, Cindy. Con cada roce, voy a memorizar tu textura y calidez y las voy a analizar con mis sentidos. Estoy abriendo la mente para que entiendas lo que hago y lo puedas hacer tú después.

Thrain cerró los ojos y recorrió los contornos de su rostro con la punta de los dedos, recreándose un poco en la suave carnosidad de su labio inferior, saboreando su excitación sexual antes de desplazarse a su cabello. El cabello de Cindy se le escurría entre los dedos y Thrain sentía el brillo de su color oscuro y vigoroso; el aroma de su champú de almendras diluyéndose, también, entre sus dedos, con la única pretensión de poseer una mínima parte de lo que era Cindy Harper.

—Te estoy tocando con la mente y sintiendo lo que tú sientes. —Cindy murmuraba con la respiración entrecortada—. ¿Cómo puedes sentir tanto, si sólo me estás rozando con los dedos?

Hizo una pausa antes de responder. Se le estaban acumulando dos tipos de hambre, que clamaban por escapar, que trepaban por su cuerpo obsesionándole con poseer a Cindy en todos los sentidos. Con la fortaleza que le habían dado los años de práctica, logró controlarse para no dejar que Cindy traspasara sus barreras mentales mientras visualizaba sus pensamientos. Una sola una chispa de lo que quería hacer con ella desharía la incipiente tela que estaba empezando a tejer entre Cindy y su legado vampírico.

Ella le lanzó una pregunta y le obligó a responder, cuando lo único que pretendía él era dejar de lado la lección y abandonarse al sexo más tórrido con ella mientras se alimentaba de su fuerza vital.

—He canalizado todos los sentidos a través del tacto; los he mezclado en mi mente y la he abierto para expulsarlos y sentirlos a través de los dedos.

—No pued...

—Sí puedes. —Deslizó los dedos por su cuello, deteniéndose en el punto donde latía su vida. Se le empezó a nublar el pensamiento con las ansias de probar su boca con los colmillos; de estirarse encima de ella y de degustar… Desterró el pensamiento de su mente, aunque no lo bastante rápido.

—Ahora no entiendo tus pensamientos. Están como mezclados y por un momento he sentido… —parecía desconcertada, pero no temerosa—. No sé lo que he sentido, pero ha sido increíblemente intenso.

Thrain se rió con dulzura y deseó no haber parecido frívolo.

—Cindy, me gustas mucho y para mí es muy complicado acabar esta lección sin involucrarme físicamente, dejando de lado los dedos.

—Pues no acabes la lección. — Sus palabras eran sugerentes, dóciles, roncas; teñidas de la misma excitación por querer engullirlo. Bueno, quizá no eran exactamente iguales.

—Tengo que acabarla.

«Necesito tiempo».

Necesitaba tiempo para reprimir ese poder sobrecogedor, para derribar al oscuro depredador al que ella tanto temía.

—…Te lo he prometido.

«Y te prometo que te devolveré a Darach y no permitiré que estéis lejos nunca más».

Con el gran poder de su mente, consiguió calmar su pensamiento, aunque sólo le duró un momento. Abandonó su cuello, alcanzó uno de sus pechos y dibujó un círculo alrededor, sintiendo un profundo estremecimiento en su torso. Cuando llegó a su pezón, el gemido sofocado de Cindy imprimió un nerviosismo en sus dedos mientras absorbían el dulce aroma a vainilla y despertaban el hondo y rico enrojecimiento de la excitación sexual.

—Muy lento. Vas muy lento. —Su voz expresaba sus ansias de agarrar la mano de Thrain y tomarse la lección por su mano.

Él pensó que no era mala idea del todo. Al estar tan concentrado en la lección, un órgano duro y perseverante había aprovechado una distracción de la mente para prepararse ante lo que definitivamente ocurriría. Dentro de poco las cosas se iban a precipitar irreversiblemente, pues su falo no estaba acostumbrado a las decepciones.

«Concéntrate». Tenía que acordarse de que Cindy estaba en su mente. Gracias a Odin que ella estaba asistiendo a un sexo dulce y placentero y no había visto este último pensamiento.

Thrain arrastró los dedos por su estómago, pero no insistió demasiado porque en seguida notó un profundo suspiro. Notó su total apertura hacia él y empezó a sentir que su cuerpo quería cambiar.

Con los ojos todavía cerrados, deslizó el dedo entre los inflados labios de su sexo para tocar ese bulto sensible que la podía llevar al fin de sus espasmos cíclicos.

Su grito fue contundente, prolongado. Si Thrain tuviese corazón, habría vibrado como un redoble de tambor y su respiración se habría asfixiado al intentar controlar un deseo excesivo.

—Lección terminada. —Se dobló hacia delante, le agarró del cabello y lo atrajo hacia ella—. ¡No, Thrain! ¡Más! ¡Más!

Arrodillado ante sus piernas abiertas, intentó comprender la escena. No tenía que haber salido así (tan rápido, tan urgente). Él había alargado mucho el placer con todas las vampiresas con las que había estado, disfrutando de sus cuerpos, pero controlando el ritmo.

Sin embargo, había perdido esa capacidad de control; no lo podía soportar. Thrain pudo enviar un último latigazo de poder desde las profundidades de su inmensa voluntad. Agarró el culo de Cindy, lo levantó para encontrarse con su vulva y se encomendó a los dioses de su juventud para que mantuvieran cerrados los ojos de Cindy mientras él cambiaba, sin poder ya detenerse.

Notó cómo le empezaban a crecer los colmillos mientras sentía la necesidad descarnada de hundirlos en su cuello y beber lentamente mientras su impaciencia sexual le gritaba que la penetrara una y otra vez. La convergencia de sus sentidos le enajenó.

Ella había experimentado esa potente mezcolanza, esta completa clarividencia de los sentidos, a través de la mente de Thrain. El aroma explosivo y único del sexo, la visión interna de la penetración sexual, el gusto de la pasión, el sonido del regocijo sensual y el momento supremo del éxtasis primitivo orgásmico.

Mientras Thrain aunaba todo esto en un momento eufórico en el que sólo existía un sentido, reunió los últimos coletazos de su fuerza y potencia para separarse de Cindy.

Y entonces le dio a Cindy este recuerdo:

Cindy sintió su glande enterrándose en ella, la increíble sensación de poseerlo tiernamente y el sentimiento absoluto de plenitud que le proporcionaba.

Apretando los ojos cerrados, ella sabía, gracias a esa parte que no pensaba y sólo reaccionaba a estímulos físicos, que ningún otro momento se podía comparar a esta experiencia de placer sexual inexplicable.

Cindy hundió las uñas en sus firmes nalgas mientras él tensionaba las mejillas a cada embestida y ella gemía para pedirle más, para ayudarle a empujar más fuerte, más profundamente hasta llegar a la cúspide de sus instintos, donde sólo él podía llegar.

La fuerza y la velocidad de sus embestidas se incrementaban, agitándola y sacudiéndola hasta límites insospechados, arrancando gritos que no hubiese reconocido como suyos. Arqueó la espalda para recibir mejor aún su entrada mientras lo agarraba más fuertemente, cuando, de repente, le penetró de una manera tan profunda que quiso mantener para siempre el recuerdo de su cuerpo hundido en ella. Estaba tan segura como de que su obsesión ahora era recorrer el camino sexual hasta el clímax.

Y, de pronto, llegó. Dejó de respirar en cuanto la última embestida tocó algo tan elemental en ella que la hizo gritar de júbilo. Concentró toda la respiración en un gemido de estremecimiento mientras le sacudía con firmeza un espasmo tras otro. Y, conforme la oleada de espasmos era cada vez más débil, Cindy fue recobrando el raciocinio y supo que este extraño compañero virtual no sólo había removido los cimientos de su escenario sexual, sino que había sacudido su imaginario.

Cindy yacía en silencio con los ojos cerrados mientras la respiración se le iba ralentizando y los sentidos iban retomando su lugar. La mente de Cindy empezó, de nuevo, a engrasar los engranajes mientras las primeras gotas frías de la duda empezaban a chisporrotear encima de la plancha humeante que Cindy y Thrain habían forjado. Se topó con el sentimiento letárgico de saciedad que había buscado en todo momento y, estirada en el suelo, se regodeaba en la luminiscencia orgásmica.

Él cumplió lo que había dicho. Cindy sabía que ninguna otra experiencia sexual se podría comparar nunca con la que había vivido. Ninguna la igualaría.

Pero, ¿por qué no había oído ningún gemido por parte de Thrain? Como mujer, sabía que él había sentido lo mismo que ella y le había hecho llegar al clímax. Entonces, ¿por qué...? Abrió los ojos.

Él estaba estirado a su lado, con los ojos cerrados y Cindy podía notar la tensión erupcionando en todo su cuerpo. No había rastro de sonrisa post-orgásmica en su cara. Cindy deslizó la mirada por todo su dulce y sudoroso torso y se detuvo justo al encontrar la prueba que estaba buscando, aquella prueba que ni siquiera él podía ocultar. Tenía una erección tan fuerte y poderosa que hasta parecía dolorosa.

Cindy se sorprendió al pronunciar unas palabras tan teñidas de furia y fiereza.

—Mi orgasmo ha sido artificial. Has implantado la escena en mi cabeza.

Quería mostrarse más contundente con él, pero la emoción ahogaba su garganta.

Thrain abrió los ojos y se volvió para mirarla. Sus ojos mostraban un cansancio infinito, como si hubiese librado una batalla con un enemigo que hubiese estado a punto de derribarle. Y, teniendo en cuenta la opulencia de su excitación, el enemigo todavía no había tenido su merecido.

—Te equivocas. Tu orgasmo ha sido completamente real; lo único artificial ha sido mi participación. —Volvió a alejar su cara de ella.

—Qué cobarde. —Era la acusación más dura que él podía soportar—. Te estás burlando de mí, ¡eh! ¡capullo! —Y entonces, para su total consternación, empezaron a caer lágrimas de su rostro.

Cindy no había vuelto a llorar desde pequeña. No lloró cuando su marido se fue; no lloró al ver que todos iban muriendo. ¡Dios! ¡Ni siquiera lloró cuando murió la madre de Bambi! ¿Y ahora estaba sollozando por un simple orgasmo? No, no era simple. Era cualquier cosa menos simple.

Thrain se acercó a su cara. Sus lágrimas se secaron en cuanto le miró a los ojos.

Vio rabia: pura y condensada.

—¿Cobarde? Es una tortura no poder tenerte. —Sus palabras sonaban como un rugido de enfado.

—¿Y por qué no has cumplido? Yo te deseaba; no quería un recuerdo falso en mi mente. —Entre su rabia se podía encontrar dolor y confusión.

—Tú no sabes lo que podría haber pasado si te hubiese poseído. Sólo he cumplido mi promesa: enseñarte el poder de la exaltación de tus sentidos. —Su furia volvió a convertirse en cansancio.

—Yo quería que hubiese pasado y no tienes ningún derecho a decidir por mí. —Su frustración era un látigo que la iba azotando—. Dime algo de una puñetera vez. Di por qué no has querido que acabáramos de hacer el amor. —Su voz se suavizó. Quizá el cansancio de Thrain se le estaba contagiando—. Explícame quién eres y por qué hemos vivido setecientos años, por favor. —El «por favor» salió directo de su corazón, marcado por una larga vida de incertidumbres.

Ella notó la suave explosión de su aliento.

—Yo te deseo, Cindy. Un hombre no lo puede ocultar.

—Entonces, déjame acabarlo. Has dicho que te podía tocar como tú me has tocado. Ahora me toca a mí. —No se concedió ni un segundo para pensar; si lo hubiese pensado, habría encontrado los motivos para no hacerlo. Rápidamente, se arrodilló y se sentó a horcajadas encima de él.

Mientras se iba hundiendo en su erección, él la agarró de los brazos con firmeza, manteniéndola inmóvil. Sus ojos se preparaban para un enfrentamiento.

Cindy se olvidó de su enfado en cuanto lo miró. Esos ojos podían expresar cualquier emoción, esconderle hechos o mentirle con la misma eficiencia. La emoción que ella veía en sus ojos era honesta. Lo percibió con tanta claridad que sobraban las explicaciones.

Miedo. Profundo e intenso.

—Sal de encima, ¡ya! —Pero su rabia se esfumó y se vio reemplazada por una necesidad urgente de verse libre de ella.

Por alguna razón, Cindy supo que Thrain, con todo ese poder, no podía sentir miedo. Qué tontería. Todos los seres humanos tienen miedos; la cuestión era que su sentido del miedo parecía muy extraño.

Ella salió de encima; se sentó a su lado. Esperó.

Él se enderezó y se frotó la cara con las manos. Al volverla a mirar, su pánico se había desvanecido.

—... No tiene nada que ver contigo, Cindy. Es por algo que me pasó hace mucho tiempo.

—Ya me lo contarás algún día. —Esa era la prueba; Cindy acababa de verbalizar lo que su subconsciente ya sabía.

Quería algo más de Thrain que la simple explicación de su longevidad. Quería conocerlo mejor; por qué había renegado de su propia satisfacción; por qué la idea de hacer el amor con ella le aterrorizaba. Quería saber por qué le daba miedo que ella conociera su vida personal. Porque al final de su estancia se iría y ella se iba a quedar con muchas preguntas sin responder. La parte peliaguda tenía que ver con estas respuestas.

—Sí. Algún día.

En un único movimiento ágil, se levantó y la ayudó a levantarse.

—Vamos a vestirnos. —Al sentirse cómodo, había dejado la sábana tirada en el suelo.

Como ella no se sentía cómoda con su propia desnudez, agarró la sábana y se la enrolló. Sus piernas todavía temblaban de emoción al ir a recoger su ropa de la secadora. Mientras él se vestía en el baño, Cindy fue hacia su habitación. En efecto, su ropa estaba bien doblada encima de la cama.

Mientras se vestía, la desconfianza creciente que había cedido ante la locura y el frenesí sexual ya no tenía sentido. Su búsqueda de respuestas ante su longevidad descansaba sobre la creencia de que ella era un ser humano con ciertas peculiaridades genéticas. Pero esa noche había adquirido la certeza de que existían otras entidades a parte de los humanos.

Thrain había dicho que era como ella, pero su poder no era humano. «Bien, aquí está la cuestión: respira fuerte y no te hiperventiles». Si ella era como Thrain y Thrain no era humano, ¿qué era ella?

Aunque le sobrevinieron las primeras náuseas, Cindy se intentó calmar respirando intensamente y pensando con lógica. Ella no presentaba ninguna característica propia de los huéspedes no-humanos, ergo ella no era mujer lobo, ni félido, ni perturbadora cósmica, ni hada, ni... Vampiresa. Uff, gracias a Dios.

Pero todas estas conjeturas la estaban volviendo loca. Iba a entrar como una exhalación al comedor y le iba a pedir allí mismo a Thrain que le explicara...

De repente, llamaron a la puerta. Los golpes secos disiparon rápidamente sus pensamientos y fue corriendo a ver quién era. Con todo lo que había pasado, se había olvidado de que tenía un negocio que atender. Echó un vistazo rápido por el piso para asegurarse de que no quedaba ni rastro de la chimenea ni de la nieve. Abrió la puerta y saludó al hombre con una sonrisa tan perfecta como fingida.

—Hola. Soy Cindy Harper. ¿Y usted...?

—Sam Pierce. Escritor. Acabo de alojarme. Se dice que aquí existe la leyenda sobre el Diablo de Jersey y es una leyenda que debe ser escrita. —Se parecía a un Danny DeVito (bajito, abierto y casi calvo) en busca de una historia suculenta que le llenara los bolsillos. Sus ojos brillaban con una excitación infantil.

—Una vampiresa ha llamado a alguien del hostal para decir que está atrapada con unas amigas en el viejo cementerio.

—¿Atrapada? —Tenían que ser Kim, Ferry y Donna. Y a la última persona que quería ver en ese momento era a un escritor empalagoso. Ya se ocuparía de él más tarde.

—Sí. Se oían muchos gritos y ruidos. Decían algo así como que los espíritus se habían levantado de las tumbas y no las dejaban ir. Yo creo que son una panda de lunáticas. —Se frotó las manos—. Pero la gente loca es genial para las historias.

Vaya una noche redonda.

—Quiero hablar con la persona que recibió la llamada antes de ir a buscarlas. —Se puso la chaqueta, fue a por la linterna y se aseguró de que llevaba el móvil y la pistola en el bolsillo. Su manejo natural de la pistola la hizo estremecer.

—Voy contigo. —Thrain se colocó el cinturón de la espada y se puso la chaqueta.

Sam lo miró, boquiabierto.

—No me lo puedo creer. Acabo de encontrar otro filón para el libro. —Su sonrisa expresaba su júbilo.

Cindy cerró la puerta con llave y guió a los dos hombres por el camino. ¿Qué le estaba pasando a su pintoresco y alegre hostal? Es como si se hubiera abierto el cráter del infierno en el Siniestro Hostal y hubiera emanado de él un ejército de criaturas nocturnas dispuestas a sacudir sus cimientos. Y, hablando de sacudirle a alguien, ¿qué podía hacer con Sam Pierce?

Thrain se le adelantó y, cuando Cindy alcanzó la entrada del hostal, lo vio hablando con Clark, que seguía disfrazado de animal peludo.

—¿Quieres que vaya con los chicos a echar una mano? —Las palabras de Clark traslucían un entusiasmo sincero, aunque su rostro anunciaba que, si tenía que ir con ellos al cementerio, acabaría mojándose los pantalones.

—No, no. Ni se te ocurra. —Cindy no se fiaba de nadie. Si, por algún motivo, había algo peligroso en el cementerio que hería a cualquiera de sus huéspedes, ella sería el blanco de todas las demandas judiciales— ¿Ha venido el policía James por aquí?

Clark asintió.

—Llegó en seguida en cuanto nosotros volvimos de lo nuestro. Le dijimos que no sabíamos donde estabas, pero que todo iba bien. Él preguntó que cómo es que no lo habías llamado otra vez. —Su expresión creció en nerviosismo— ¿Le llamamos otra vez?

—No, tranquilo. Thrain y yo ya nos encargamos de todo. —Le miró, preocupada—. ¿Puedes decirle a todos que se queden en el hostal mientras nosotros revisamos el cementerio?

Clark asintió y corrió a avisar a todo el mundo.

—Pero yo voy con vosotros —Sam se interpuso entre Thrain y Cindy—.

Thrain frunció el ceño.

—Pensaba que estabas buscando al Diablo de Jersey.

—Bueno, con poca información ya puedo crear una historia. A la gente le encanta las narraciones truculentas. ¿Vamos? —Sam salió corriendo por delante de ellos como si fuese el guía.

Thrain lo alcanzó en cuestión de un par de pasos y esperaron a Cindy. En cuanto se unió a ellos, dejó claras un par de normas.

—A ver, Sam. Vamos a hacer lo siguiente: Thrain y yo vamos delante por si hay algún peligro y tú te quedas rezagado para poder volver al hostal corriendo si pasa algo.

«Y para que tus pequeñas orejas no oigan lo que decimos».

—Pero yo…

Cindy levantó la mano para aplacar sus réplicas.

—Estás en mi propiedad. Si no quieres hacer lo que yo te digo, márchate a otro hostal mejor. —Ella suspiró falsamente ante el lamento inmediato—. No soporto la idea de decepcionar a un huésped, pero si tengo que hacerlo para garantizar tu seguridad… —Cindy le levantó las cejas, resignada.

Con una ristra de quejas sobre el derecho a la libertad de expresión y a la libertad de prensa, Clark se dio la vuelta y regresó por el mismo camino estrecho.

Thrain le sonrió.

—Eres una mujer fría y calculadora, Cindy Harper.

A Cindy no se le había pasado la excitación sexual e intentó controlarse para no demostrarle lo caliente que podía llegar a ser.

—No, soy curiosa. —Como si nada, él le pasó el brazo por encima del hombro.

Pero ella no le dio el gustazo de retirarle el brazo.

—Nunca adviertes a tus huéspedes de que se pueden encontrar al Diablo de Jersey si salen por el bosque y ahora les dices que se queden dentro por la posible presencia de algunos espíritus. ¿Por qué? —No volvió la cabeza para mirarla, pero ella sabía que estaba sonriendo.

Él sabía el porqué, pero le divertía mucho más oírlo de su boca.

—Ayer por la noche no creía en el Diablo de Jersey. Hoy estoy abierta a tal posibilidad. —Hizo una pausa para mantener su atención—. Ayer por la noche creía que eras como yo. Esta noche ya sé que somos bien distintos.

Le miró otra vez. Vaya. Había dejado de sonreír.

# Capítulo 8

—Mira, esta historia del cementerio no es nada nueva. Es el típico lugar para imaginarse cosas. Al menos, con la luna llena se podrá ver mejor.

Las palabras de Cindy transpiraban tranquilidad, aunque Thrain sabía que no se despegaba de su lado. Esa noche no había nieve, pero eso no atenuaba el aspecto amenazador del bosque. La mejor publicidad para su negocio era la leyenda del Diablo de Jersey y los recuerdos de muchas vidas perduraban entre esos árboles. No había nada que pudiese dañar las almas de los huéspedes, pero la ingente cantidad de esas almas podía aterrorizar incluso a las sensibilidades humanas más apáticas con sentimientos espeluznantes.

Cindy le frunció el ceño.

—A lo mejor soy yo, pero da la casualidad de que han empezado a pasar cosas raras desde que llegaste al hostal.

—Ahh. —No tenía ni idea de lo raras que llegarían a ser—. Yo no he hecho que aparecieran Adolfo o Sam. Y, si tanto sospechas, ¿por qué no te fijas, más bien, en Troyano o en Prada? Se alojaron el mismo día que yo.

—¡Shhh! Casi hemos llegado. —Cindy apagó la linterna en cuanto se acabó el camino y empezó el tramo de bosque que los llevaría al cementerio.

Todavía se oía a Sam gimotear y refunfuñar mientras pisaba

con rabia la hojarasca. Thrain sonrió. Cindy se conocía bastante bien el camino y podía caminar a oscuras en una noche tan clara como esta. Thrain, por su parte, tenía el sentido de la vista más agudo que los humanos. Sam no tenía ni una virtud.

Con cautela, Cindy se colocó entre los árboles y miró hacia el cementerio. Thrain escuchó un pequeño grito de miedo proveniente de Cindy que vino seguido de un alarido sofocado de Sam al llegar, desesperado, a su encuentro. Él podía entender la reacción de ambos, pero no se sentía muy impresionado.

Los tres vampiros falsos irrumpieron en medio del cementerio. Sus expresiones iban desde el pánico hasta la indignación y la palidez de la mujer vestida de negro contrastaba curiosamente con las formas de los fantasmas que planeaban encima de las tumbas.

Un hombre mayor con chaquetita de lana y pinta de mayordomo aguardaba en un lado del cementerio observando la escena. Thrain en seguida recordó que este hombre era el que estaba sentado al lado de Cindy la noche anterior en el salón de reuniones. Ignoró a las tres mujeres y pasó a introducirse en la mente del hombre.

—Bueno, bueno. —Thrain sonrió mirando a Cindy—. Voy a hablar con nuestro amigo que parece un cura.

—Es Leo Vainski. Voy contigo. Esas mujeres son huéspedes. —Miró a Sam—. Tú, quédate aquí.

Sam asintió, atemorizado y sin la más mínima intención de hacerle una entrevista a ninguno de los residentes fantasmagóricos del cementerio.

Thrain caminó hacia Varinski acompañado de Cindy. En cuanto las mujeres vieron a Cindy, empezaron a dar brincos, exclamando sus anhelos personales.

—Si yo no salgo de aquí ahora mismo, el fango me va a destrozar los zapatos. ¡Y son los mejores que tengo! Me vais a pagar un par nuevos. —La primera mujer levantó la pierna para mostrar el agravio contra su zapato.

—Sí, tranquila que nos ocuparemos de los zapatos, Gerry. —El compromiso de Cindy en voz alta no sonaba muy sincero.

—Los espíritus no se suelen comportar así. Yo he investigado mucho sobre este tema y nunca reaccionarían de esta manera. —La otra mujer miraba a los fantasmas suspendidos en el aire como si fueran una ofensa personal a sus vastos conocimientos.

—Cálmate, Donna. Estoy segura de que hay una explicación lógica. —Cindy derrochaba falacias por todos los costados.

—Si intentamos escapar, empiezan a sobrevolar alrededor de nosotras. —La tercera de las mujeres miraba a Cindy como si fuese la responsable absoluta de todo—. Yo escribo literatura fantástica sobre vampiros; me he pasado del plazo de entrega y le dije a mi editor que ayer le enviaría por e-mail los dos últimos capítulos. ¡Y ni siquiera he empezado a escribirlos! Y me va a matar. No tengo tiempo para esta tontería de secuestro. —Se detuvo un momento. Respiró profundamente—. Estoy tan estresada que necesito toneladas de chocolate para calmarme. Diles que se vayan. ¡Ya!

—Te he escuchado, Kim. Chocolate y echarlos fuera. —Cindy se volvió para mirar a Thrain y al hombre mayor—. El ambiente se está poniendo muy tenso. ¿Qué está pasando? ¿Por qué no podemos parar esto?

Thrain miró a Leo.

—¿No crees que te estás pasando un poco?

Leo se dio unos golpecitos en la espalda, se apoyó sobre los talones y le levantó una ceja.

—Pues no. Me lo estoy pasando bastante bien, la verdad.

Cindy devolvió su atención inmediatamente a Leo.

—¿Eres el responsable de esto? ¿Por qué? —Cindy obvió preguntarle, de paso, cómo lo había hecho.

Leo suspiró como si sus hombros tuvieran que soportar con el peso del universo.

—Me llaman viejo chocho, entre otras lindeces. No puedo tolerar esa falta de respeto.

Thrain pensó que Leo tenía sus motivos, aunque sabía que no tenía edad para estar danzando toda la noche por el bosque. Leo se volvió para llamar a las mujeres.

—Ignorad a los fantasmas y salid de allí.

Gerry se puso las manos en la cintura, retrocedió un poco y soltó un grito.

—¿Se puede saber qué muerto te ha enseñado cosas sobre los fantasmas? La noche pasada no tenías ni idea sobre vampiros y en un día no creo que hayas aprendido nada. —Volvió a mirarse los zapatos empapados de barro—. Voy a demandar al hostal y le voy a pedir un camión entero de zapatos nuevos.

Thrain sabía que no podía decir nada y que, burlándose de las mujeres, no solucionaría nada. Pero qué narices.

—A ver, no lo entiendo. Con lo fácil que es convertirse en murciélago y salir volando. ¿No lo sabíais hacer? Bueno, no hace falta que os convirtáis, porque con esas caras de rata…

—Eso sí que es tender una mano, Davis —espetó Cindy, asqueada.

—Bueno, me lo estoy pasando muy bien, pero me tengo que ir. —Leo miró el reloj—. Están a punto de servir la cena. —Sin mediar palabra, se dio media vuelta y se fue.

Cindy estaba horrorizada.

—Oye, ¡vuelve! Tienes que…

Thrain le puso la mano en el hombro para tranquilizarla.

—Ya lo soluciono yo.

Cindy lo miró y contempló la imagen de los fantasmas suspendidos en el aire.

—De acuerdo, pero rápido. Joshua se ha escapado para robar un caballo.

Un sonido sobresaltó a Cindy y Thrain, que se dieron la vuelta a la vez y vieron a un Sam apuntándoles con la cámara de fotos. ¿Cuántas había sacado? ¿Era una cámara digital o tenía que revelar el carrete? Thrain nunca había tenido cámara, así que no tenía ni idea de cómo funcionaban. Lo único que sabía era que no podía permitir que Sam se enterara de que no aparece en las fotos y fuese corriendo a decírselo a Cindy. No podía saberlo hasta que no descubriese sus raíces vampíricas. En ese momento no podía hacer nada, pero estaba claro que iba a paralizar las acciones de Sam mediante el dolor. Pero, antes de nada, tenía que hacer desaparecer esas imágenes de fantasmas.

Thrain se mantuvo en silencio mientras canalizaba sus poderes, visualizaba una escena sin fantasmas y proyectaba su visualización hacia fuera. Los espíritus desaparecieron y él agradeció a los dioses lo poco que le había costado. Si quería exteriorizar todo su poder, tendría que cambiar las formas y quería que Cindy estuviera bien preparada antes de verlo.

Las tres mujeres no se pararon a preguntar ni a agradecer nada; se limitaron a salir corriendo del cementerio y regresar al hostal. Sam empezó a correr con ellas aferrado a su cámara y a su suculenta historia.

Cindy suspiró al ver la maratón de huéspedes.

—Supongo que debo estar alegre por la publicidad gratuita que le dará esto al hostal, pero lo que más me preocupa es que alguien acabe herido. Antes no me preocupaba porque no creía en hechos paranormales, pero, entre esto y la visión del Diablo de Jersey, tengo a docenas de clientes trotando por los bosques. Y algunos ni siquiera son clientes. Además, me es imposible evitar que la gente aparque los coches en medio del asfalto y campe por mis bosques. Hay muchos metros cuadrados que son de mi propiedad y no puedo vigilarlos yo sola a todas horas. —Levantó su mirada afligida— ¿Y quién es Leo?

Thrain sabía que no la podía tocar, y mucho menos cuando él todavía estaba sexualmente cargado desde la lección interrumpida en el apartamento. Pero ella estaba preocupada y él sentía la impetuosa necesidad de consolarla aunque no hubiese querido consolar a ninguna mujer en siglos.

Sin plantearse los motivos de esta necesidad, la envolvió con sus brazos, la apretó cariñosamente y escurrió las manos debajo de su chaqueta para acariciarle la espalda mientras le explicaba lo que acababan de presenciar.

—Leo es brujo. Aunque no es muy habilidoso; un brujo del montón.

Cindy le respondió con una risa titubeante.

—Aunque sea un brujo del montón, no es muy normal para mí.

—Lo que has visto antes no eran fantasmas en el sentido en que siempre te imaginas a los espíritus. —Continuó con sus dulces masajes en la espalda.

Asustada, le miró.

—Los fantasmas son fantasmas, ¿no?

Cindy sentía la vibración de su risa pausada, la calidez de su cuerpo y el increíblemente sensual recorrido de sus dedos arriba y abajo de la espalda.

—No. Cada lugar guarda el recuerdo de la gente que ha vivido y ha muerto allí y aquí pasa lo mismo. Lo único que ha hecho Leo ha sido manifestar alguno de esos recuerdos. Esta noche has visto un fragmento del pasado. —Le quitó una mano de la espalda para gestualizar las dimensiones del bosque que los rodeaba—. Tu bosque está repleto de recuerdos similares (gente que se escondía y que jugaba aquí), sólo que tú no los puedes ver. —Se abrazó más a ella y le susurró en la oreja—. Pero puedes sentirlos si te concentras y los intentas alcanzar con los sentidos.

Cindy era muy consciente del calor de su respiración en el oído mientras se intentaba concentrar. De repente, miró hacia el bosque y los sintió. Definitivamente, los sintió.

De pronto, se dio cuenta de que estaba sintiendo algo más que los recuerdos del bosque. Fue como si ella nunca antes hubiese visto el bosque, el cielo nocturno o el hombre que la abrazaba. Estaba percibiendo todo con tal claridad que le vinieron lágrimas a los ojos. Cada árbol, cada sombra, cada estrella del cielo se presentaba con tal precisión que parecía llevar un zoom en las pupilas que le permitía verlo todo perfectamente.

Se volvió otra vez hacia Thrain y pudo ver su rostro iluminado.

—Puedo oír a los animales más pequeños moviéndose entre la broza. Puedo oler la tierra y las plantas como nunca antes.

—Ahora júntalo todo dentro de ti y percíbelo al unísono.

Incluso sus nervios habituales se calmaron y se aplacaron de manera inaudita. Respiró profundamente y visualizó todos los sentidos mezclándose y uniéndose como una trenza para pasar en seguida a formar parte de esa misma trenza. Se quedó boquiabierta ante la inmediatez de este impacto explosivo.

—¡Dios! ¡Es como un orgasmo de los sentidos! —Le sonrió, exultante, a Thrain.

Thrain también la sonreía mientras la cogía de la cintura y la guiaba de vuelta al hostal.

—Buena descripción. Nunca se me había ocurrido.

Mientras caminaba a su lado, Cindy encendió la linterna. El potente destello de luz parecía molestar a la oscuridad. No era oportuno. Cindy respiró profundamente. «Guau, vaya golpe de realidad. La oscuridad no es una entidad viviente». Esas dos últimas noches habían sido delirantes.

—Espera. —Dejó de caminar y le obligó a pararse—. No tengo ganas de volver tan pronto al hostal para aguantar las preguntas de todo el mundo.

Él asintió con unos ojos tan brillantes que resplandecían por sí solos en medio de la oscuridad. Unos ojos de cazador nocturno. ¿Imposible? No tenía por qué. Le habían bombardeado tantas cosas extrañas durante las dos últimas noches que unos ojos centellantes no eran motivo de espanto.

Estaban solos y, entre toda la colección de vivencias en el cementerio, ella quiso añadir otra.

—Quiero saber más sobre mi pasado. Ya no voy a huir más del tema; ya no te voy a interrumpir. —Esperó casi sin respiración para ver si él accedía a contárselo.

No dijo nada. En silencio, se dio media vuelta hacia el cementerio, miró alrededor y escogió una lápida ancha para sentarse. Empujó a Cindy suavemente hacia él.

—No creo que a Molly Carson le importe que usemos su lápida para charlar un poco.

Sin pensarlo, Cindy apagó la linterna. La oscuridad la embargaba, cálida y confortable. Se sentía como si la noche le estuviera dando la bienvenida. Ese sentimiento la hizo estar un poco insegura.

—Estoy preparada.

—Sé mucho más de ti de lo que te piensas, Elina Mackenzie.

La suavidad de su voz penetró en ella, calmándola y asegurándole que no era tan extraño que él supiera su nombre; un nombre del que nadie había hablado en siete siglos.

—¿Cómo sabes que me llamaba Elina? Y no me apellido Mackenzie. —Ella sabía que estaba hablando en susurros, aunque la sorpresa había influido en su control del volumen.

La sujetó de la cintura con más firmeza y la llevó a sus brazos.

—Perteneces a un clan de vikingos. Los integrantes de ese clan no mueren, como ya has descubierto. Tu padre, Varin Kylandsson, era un guerrero vikingo. Se casó con tu madre, Aesa, que en seguida se quedó embarazada de ti.

Su voz recuperó la tranquilidad.

—Mi madre me dijo que mi padre biológico la había abandonado. Nunca me contó que se había casado.

—Varin nunca os habría abandonado ni a ti ni a tu madre. —Levantó la mano para que no lo interrumpiera—. Tu madre no pertenecía al clan. Era humana y vivía como tal. Aesa sabía lo que era tu padre cuando se casó con él, pero, en cuanto se quedó embarazada, sus miedos pudieron más que su amor por él. —Thrain se encogió de hombros—. Sólo Aesa sabía todo esto y se lo llevó a la tumba.

—¿Por qué nunca me explicó nada de mi padre? —De haberlo sabido, Cindy se habría ahorrado muchos miedos y conjeturas.

Él le sonrió con complicidad.

—Quizá pensó que, si no sabías nada de él, no serías como él. La gente se complica mucho la vida; además, ya estaba casada cuando se casó con tu padrastro. A él no le hubiese hecho ninguna gracia enterarse de todo.

—¿Y por qué mi padre no la buscó a ella? ¿o a mí?

Su silencio se alargó demasiado. Cindy se dio cuenta de que, por alguna razón, esta parte de la historia le iba a resultar muy dura de explicar.

—Tu padre se embarcó en un viaje para recoger provisiones para el invierno y, aprovechando su ausencia, tu madre se arrimó a su mejor amigo. Le pidió que la llevara a visitar a una amiga. Aesa le aseguró a su amigo que tu padre estaba al corriente de esa visita y que él mismo la llevaría de vuelta a casa en cuanto hubiese reunido todas las provisiones. —Thrain hizo una pausa. Cindy pudo notar su tensión—. El amigo de tu padre era un inútil. Llevó a Aesa donde ella le pidió y no se volvió a saber nunca nada más de ella.

—¿Qué pasó cuando mi padre regresó a casa?

¿Por qué le había ocultado esto su madre? Aesa sabía, en su lecho de muerte, que su hija era como su primer marido. La madre de Cindy vivió hasta los cincuenta y ocho, una edad muy avanzada para ese momento. Cindy tenía cuarenta cuando su madre murió, pero seguía teniendo el mismo aspecto que cuando tenía veintiocho, mientras que sus hermanos pequeños estaban más envejecidos.

—Tu padre busco a Aesa sin descanso, pero no la encontró.

Se enfureció mucho con su amigo, y con razón. —Thrain hizo un gesto de resignación—. Y rompieron la amistad. Tu padre pasó muchos años recorriendo la costa de Escocia. Al final, el clan se asentó en las Tierras Altas, construyó el castillo y cambió su nombre por Mackenzie para no ser nunca más asociado con los odiosos vikingos. Tu padre se convirtió en Darach Mackenzie.

—Nunca me llegó a conocer. —El golpe de esa verdad hizo que Cindy sintiera un nudo en la garganta.

—En su lecho de muerte, tu madre le dejó un mensaje a los otros miembros de la familia. Confesó que había estado casada anteriormente y que había tenido otros hijos, pero se llevó el secreto de tu nacimiento a la tumba. Aesa les dijo que, huyendo de Darach, había perdido al hijo. —Thrain se quedó quieto, reteniendo los pensamientos por un instante—. Tu padre siempre ha llorado tu pérdida. Se sentía culpable y siempre se preguntaba qué tenía que haber hecho para que Aesa no se marchase.

Cindy miró a la oscuridad; no se necesitaba una gran inteligencia para entenderlo todo.

—Tú eras el amigo de mi padre.

Asintió.

—Aunque tu padre y yo nos hemos reconciliado siglos más tarde, yo no dejo de sentirme culpable. Así que empecé a investigar y, al final, me enteré de que tu madre se volvió a casar y formó una familia. Desde ese momento, he ido comprobando cómo morían todos los miembros de tu familia excepto tú. Te he seguido de cerca durante siglos, pues, cada vez que cambiabas de vivienda, cambiabas de aspecto.

Cindy lo escuchaba sentada y en silencio; escuchando, también, el latido de su corazón y sintiendo que todas sus creencias de la infancia se le escapaban de los dedos como granos de arena. Estas creencias se esfumarían y tendría que construir nuevas certezas basadas en la verdad.

—¿Dónde está mi padre? —De entre todas las preguntas que clamaban una respuesta, esta era la más importante.

—Darach está en el castillo de nuestros ancestros situado en Escocia, pero sólo va a pasar allí unos doce días más. —Se pasó los dedos por el pelo; un gesto que desvelaba su sufrimiento—. No sabe nada de ti porque no le he querido decir nada hasta asegurarme de que todo iba según lo planeado.

Ella le sonrió porque tocaba, pero podría haber roto a llorar. Las lágrimas ya llegarían más tarde.

—Es decir, hasta saber que yo era realmente su hija y decirte que lo quería conocer.

Thrain asintió.

—He esperado setecientos años a conocerle. Yo diría que la respuesta es «sí». —Cambió su opinión sobre la oscuridad: estaba viva y era una representación enérgica de toda su rabia y de su gran tristeza por todos esos años perdidos. ¿Por qué había actuado así su madre? Nunca le dio la oportunidad de conocer a su padre. Aesa nunca se llegó a plantear la gran soledad que su hija podría sentir sin saber por qué no moría o por qué no pertenecía a nada ni a nadie.

—Sé que te estarás haciendo muchas más preguntas, pero esta noche ya ha sido bastante dura. ¿Por qué no intentas dormir, y mañana te explico más? —Su tono aventuraba que ya le había explicado todo lo que pensaba decirle en esa noche.

Cindy podría haberle replicado, pero, por primera vez, accedió. Esa noche, no sólo sabía quién era ella realmente y había descubierto que su padre seguía vivo, sino que, además, se había dado cuenta de que estaba jugando a ser la recepcionista de un puñado de entes no-humanos.

Además, seguro que Thrain le había contado la parte buena. Siendo hija de humana, su linaje no pertenecía completamente al clan. Thrain no le había llegado a explicar los poderes reales que ejercía este clan. Cualquier grupo que ejerciera tanto poder debía tener nombre y Cindy tenía la siniestra sospecha que el nombre del clan no incluiría la palabra «humanos». Lo mejor que podía hacer era actuar como un avestruz: interiorizar la parte buena de la historia y esconder la cabeza hasta el día siguiente.

Sin embargo, no estaba preparada para volver al hostal. La excitación y el nerviosismo la embargaban. Y, como colofón, estaba su reciente despertar sexual. ¡¿Algo más?! Ella se excitó desde el primer momento en que vio a Thrain Davis. Pero lo de esa noche era diferente. Esa era una empresa inacabada. Esa noche la había engañado con un orgasmo casi milagroso. Y debía arreglarlo.

Con los nuevos sentidos exaltados y la revolución de las hormonas, todavía tenía muchos pensamientos obscenos revoloteando por la cabeza. Tales pensamientos se resumían en frases que empezaban con la palabra «Thrain» y terminaban con «sexo».

Cindy se planteó si, con esos nuevos sentidos, también lo sentiría todo de manera más profunda e intensa y ninguna de las últimas revelaciones había aplacado su creciente deseo hacia él (ni la decepción hacia su madre ni la certeza de que él todavía se guardaba secretos). Ella notaba que Thrain no le quería desvelar esos secretos.

—Bueno. ¿Qué piensas después de todo lo que te he dicho? —Thrain esperó pacientemente su respuesta, pero Cindy ya se había olvidado de la pregunta.

—Pienso que me debes un orgasmo. —Esta respuesta le tendría que haber hecho desmayarse encima de la lápida.

Su risita ligera la calmó.

—Esa es una manera muy inteligente de pensar.

Thrain le podría haber dicho que mencionar la palabra «orgasmo» en medio de la oscuridad y con su apetito voraz, no era una opción muy cauta. Pero la cautela no tenía sentido en sus encuentros con Cindy Harper. Lo atraía hasta límites insospechados mientras el muro de represión que los separaba se fragmentaba más y más.

—... Se me ha roto la goma.

Deseaba colmar su deseo allí mismo, en la oscuridad, con ella. Pero también debía controlar la otra parte, la que ella no aceptaría. Al menos de momento. Thrain anhelaba unirse a ella algún día, pero este mismo deseo le asustaba. ¿Cómo podía haberse olvidado tan rápido de la promesa de no tocarla para preservar la lealtad hacia Darach? Ella no podía ser tan importante para él, pero no podía engañarse a sí mismo porque el bienestar de Cindy le competía hasta un nivel muy íntimo.

—¿La goma?

Incluso su risa le excitaba. Thrain se dio cuenta de que se estaba obsesionando demasiado porque su cuerpo interpretaba cada gesto de Cindy como una demostración sexual.

—No te rías. Pensaba que la podría llevar todo el camino, desde tu piso hasta aquí, pero se me roto al sentarme en la lápida de Molly Carson. —Se quitó el abrigo, lo dejó caer al suelo y se colocó la espada al lado.

Ella lo miró con los ojos muy abiertos mientras él se le acercaba y le quitaba la chaqueta.

—¡No podemos hacer el amor aquí! Esta frío y...

—Está caliente. ¿No notas el calor? —Thrain vio que la sugestión surtía efecto.

Cindy dejó de temblar y le miró.

—Tienes razón. Está caliente, ¿cómo lo has hecho?

Thrain se encogió de hombros mientras le agarraba de la camisa.

—Estás muy abierta a la sugestión. —La palabra «abierta» le despertaba infinidad de imágenes mentales. Thrain rugió internamente.

Cindy se sujetaba la camisa para que él no se la quitara.

Thrain respiraba con impaciencia.

—Te estoy intentando quitar la ropa, tienes que colaborar.

—No lo podemos hacer aquí porque…

—¿No sería cómodo y te rascarías la piel? Puedes estirarte en mi chaqueta.

Mmmm, el salvaje que llevaba dentro empezaba a expresar palabras como «estirarse», «abierta» o «caliente».

—¿Cómo sabías lo que iba a decir? —Miró a Thrain con ojos felinos—. ¡Me has leído la mente! —Ahora estaba indignada—. Vamos a dejar clara una cosa: Mantente alejado de mi mente, no quiero que me leas los pensamientos y ¡no quiero que te inmiscuyas en mis recuerdos!

Thrain se frotó la nuca y mientras recogía los trozos de su autoestima de lector de mentes. Cindy tenía razón.

—Lo siento. —La buscó con la mirada—. No volveré a entrar en tu mente sin tu permiso y no volveré a cambiar tus recuerdos.

Mientras Thrain pensaba en silencio lo que le había dicho, volvió a proponerse a sí mismo que esa noche sería la más sensual que Cindy habría vivido nunca. Él no tenía ni idea de cómo encajaría en la vida futura de Cindy, pero era lo bastante egoísta como para desear que los futuros amantes de Cindy no ocuparan un lugar tan importante en su mente. ¿Futuros amantes? El solo pensamiento de otro hombre tocándola desataba en él una furia incontenible. ¿Celos? Pues no lo sabía porque nunca había sentido ese tipo de emoción y, desde luego, no quería volver a sentirla.

—¿Te sientes incómoda en el cementerio?

Setecientos años de experiencia sexual le habían curtido lo bastante como para estar seguro de que, en cuestión de minutos, ella ya no sabría ni dónde estaba.

La sonrisa de Cindy resplandeció con una enorme pureza en la luna pálida.

—He vivido lo suficiente como para no ser supersticiosa y ya me has explicado la lógica de lo que hemos visto aquí. Así que no, no me da miedo el cementerio. Es uno de los pocos sitios donde no me vienen a agobiar con preguntas. Y, ya que estamos con los preliminares, no tengas miedo a decirme que no usas protección. Sé que somos inmunes a las enfermedades. —La sonrisa de Cindy se desvaneció y dio paso a una expresión melancólica—. Y no me puedo quedar embarazada. Hace mucho tiempo me quedé embarazada y aborté, ahora ya es imposible.

Su tono era seguro, pero Thrain percibía su tristeza y, de nuevo, sintió la necesidad de apoyarla.

—Cuando llegamos a cierta edad, perdemos los poderes reproductivos, pero, ¿quién sabe? En un par de siglos, los científicos descubrirán más vías para poder tener hijos.

—Sí, y eso será lo que me explicarás mañana, ¿no? —Cindy volvió a sonreír.

—Mañana. —Se acercó a ella y le empezó a levantar la camisa poco a poco mientras ella levantaba los brazos para hacérselo más fácil—. Pero hoy sólo vamos a pensar en el placer.

—Mmmm. Y ahora el placer es muy diferente desde que he descubierto la exaltación de mis sentidos.

Sus brazos blancos brillaban en la noche mientras desabrochaba suavemente su camisa y la separaba de sus hombros. Thrain se la acabó de quitar por sí mismo y la tiró al suelo mientras se deleitaba con los suaves hombros de Cindy y la sinuosa superficie de su vientre. Su sujetador rojo le provocaba y le tentaba hasta evidenciar las inevitables dimensiones de su miembro viril, que seguía enojado con él después de la decepción anterior, aunque volcaba todo su optimismo poniéndose duro e impetuoso para expresar su malestar y exigirle la transformación.

La sonrisa de Cindy transmitía una inocente impaciencia y una seducción madura.

—La última vez no nos besamos, Davis. Un experimentado

como tú, me debe un beso. —Le acarició el labio con la punta del dedo.

Sin dejar de mirarla, empezó a lamerle el dedo. Tras su primer suspiro, Thrain la atrajo hacia él y la besó.

La timidez ya no tenía cabida. La lengua de Thrain exploraba y saboreaba el calor de la lengua de Cindy y su cuerpo bramaba por la transformación. «Esa noche no. Y con Cindy no».

Sus ansias efusivas apenas controlaban su ferocidad y, en algún momento, Cindy se dio cuenta de que estaban encontrando sus mutuas necesidades. Tan pronto como ella interrumpió el beso para recorrer su cuello con la lengua, él le desabrochó el sujetador y Cindy no se dio cuenta de que se le estaba cayendo al suelo.

Los labios de Cindy insistían en su cuello. El deseo ardiente que ya se convertía en dolor bloqueaba todo el cuerpo de Thrain. ¡Por la ira de Thor! Si cada célula de su ser gritaba por sentir el placer de sus dientes hundiéndose en su piel, para unirse en una sola entidad. Pero no iba a ocurrir. Sólo los que son miembros de un clan conocen el hambre de sangre.

«¿Podrías hacerlo sin esa parte de la culminación sexual?». Si él se hacía esa pregunta pensando en las vampiresas con las que había estado, la respuesta era que no. Pero, al estar con Cindy y experimentar todas aquellas sensaciones que ella le reportaba, no echaría de menos ese otro placer. ¿Lo peligroso? Thrain nunca había hecho una concesión como esta a ninguna mujer.

Se levantó y la ayudó a estirarse. Se habían arrancado la ropa hasta quedar desnudos y Thrain estiró su chaqueta y tumbó a Cindy encima.

Haciendo todo lo posible por tranquilizarse, intentó controlar el ímpetu, el deseo devastador que le martirizaba para que le abriera las piernas y se zambullera dentro de ella inmediatamente.

—Yo no lo quería hacer así. —Se acostó a su lado mientras dibujaba círculos en su hombro delicado—. Yo quería que fuese lento. Quería que nos quitásemos la ropa poco a poco y disfrutásemos del momento para compensarte por lo de antes.

—Mmmm. Pues yo no. —Se subió encima de él mientras su cabello largo y negro dibujaba ilimitados laberintos de tortura en su pecho—. Esto no es una sala de masajes; es algo más excitante—. Suave y lentamente, empezó a lamerle los pezones.

Thrain se mordió el labio inferior para no estallar de placer. Pero, cuando pasó a chuparle los pezones con esa lengua sabia y empezó a deslizarse por su abdomen, el gemido fue inevitable. Sintiendo una ola desaforada de placer, vio cómo ella presionaba con la boca la punta de su erección. El rugido de animal que le sobrevino tras el primer contacto caliente de su boca encima de su pene hizo que ella lo mirara y le sonriera.

Su sonrisa vertía el goce lascivo del triunfo femenino.

—Me pones caliente, Davis. Tu cuerpo es perfecto y ardiente; estaría todo el día lamiéndolo.

Ella acarició su erección con los dedos y la sostuvo con la mano.

—... Pero estoy empezando a notar que mis sentidos se revolucionan. —Sus manos no dejaban de tocar su cuerpo y de masajear, con dulzura, la cara interna de sus muslos—. Aquí siento un calor demasiado fuerte. —Se llevó la mano a la entrepierna y apretó fuertemente como si intentara sofocar la fuerte llamarada—. Este olor a hombre y a sexo, el sabor de tu erección, tus ruidos cuando te hago esto...

Hizo una pausa para demostrárselo. Apartándose el cabello negro de la cara, hundió su boca en su miembro. El calor que ya lo envolvía y la inevitable fricción lo hicieron gritar de placer. Arqueó la espalda y, cuando vio cómo recorría su lengua por el glande para mordisqueárselo en seguida, Thrain supo que había alcanzado el límite. Antes de recrearse más en lo que le estaba haciendo, la tumbó de espaldas y se colocó entre sus piernas abiertas.

—Ya no puedo más. —Él lucía una sonrisa hambrienta, unas pupilas dilatadas y un cuerpo preparado para la transformación. Pero eso no podía ocurrir. Esa noche no podía sacar los colmillos, no podía alimentarse. —Por cómo me tocas y me relames, veo que te puedes saltar los preliminares.

—Ni de coña. —Hizo un gesto de rechazo—. ¿Nos saltamos los juegos con las manos? ¿y con la boca? ¿Qué es lo que queda? Bueno, los pies, pero…

Thrain se acercó a ella para besarle detrás de la oreja y susurrarle.

—Me vuelve loco todo lo que haces: cómo te muerdes el labio inferior cuando estás pensando, tu astuta y provocadora sonrisa cuando sabes que has ganado.

Se detuvo un momento y fue directo a lamerle un pezón mientras le restregaba suavemente los dientes. Ella gimió y le agarró del pelo.

Abandonando el pezón, le sonrió y ella le miraba sin pestañear.

—…Me excitan hasta tus pies. Estoy seguro de que hay muchos lugares donde tus pies…

Sin esperarlo, Cindy soltó una carcajada. Y él descubrió que su risa era contagiosa.

—Creo que estamos en un impasse. Cuando te toco, te vuelves loco de frenesí. Y, si me sigues haciendo estas cosas, voy a explotar de placer. Creo que tenemos que posponer estos largos preliminares para otra noche. —Apoyó la nuca sobre las manos y examinó su cuerpo—. ¿Nunca te han dicho que estás buenísimo?

Él arrugó las cejas.

—No, supongo que tú eres la primera.

¿De qué estaban hablando?

—Sonríe. —Como él seguía encima de ella, no tuvo que alargar mucho el brazo para hacerle cosquillas en el torso.

Con una impresionante carcajada, se reclinó hacia atrás, apoyándose en los talones para que ella no le alcanzara.

—Eres impresionante. Nadie me ha intentado hacer cosquillas en toda mi vida.

Con sus amantes, no había lugar a juegos. Sólo sexo, intenso y desenfrenado.

—Bueno, a todo el mundo le gusta que le hagan cosquillas, incluso a los que vivimos tanto tiempo. —Su mirada se volvió seria—. ¿Qué es lo que esperas de esta noche, Thrain?

Él le sonrió.

—Quiero que sea el acto de seducción más intenso de estos setecientos años y que ningún otro hombre llegue a sentir lo que yo.

¿Por qué le había dicho semejante tontería?

—...Pero creo que lo he estropeado.

Por un momento, él habría jurado que se le empañaban los ojos. Se sentó y se llevó las manos a la cara.

—¿Es que no lo entiendes? Enrollarse es lo más fácil, pero eso no es sexo. Lo bonito es lo que pasa aquí dentro cuando la otra persona te está tocando. —Se tocó la cabeza con una mano—. La atracción sexual es una mezcla entre lo físico y lo emocional. —Se volvió a estirar boca arriba y examinó, otra vez, su cuerpo—. Es la conexión entre la mente y el corazón.

Como él no tenía corazón, esta noción se le escapaba. Para él, la única conexión que existía era el «mete y saca», pero esta vez tenía que admitir que sus emociones también estaban implicadas: la primera vez en su larga experiencia sexual.

Ella le sonrió.

—...Y, a parte de tener una desnudez tan impresionante, lo más sensual que puedes hacer es ser tú mismo; ser alguien con quien yo pueda bromear, reír o hablar sobre dónde estabas cuando estalló la Guerra de la Independencia. Alguien con quien me pueda sentir a gusto porque, en definitiva, compartimos experiencias.

«No del todo, cariño».

La culpa lo golpeaba en silencio; algo inaudito para él. Después de tantos siglos, se había vuelto muy pragmático. Si el sexo simplificaba la vida, lo hacía. Pero en ese momento, ya no podía perpetuar esa falacia con ella. Por ello, continuaría con el viaje interrumpido hacia el orgasmo prometido.

—Creo que tienes razón con lo de los preliminares. —Cogió una mecha de sus cabellos negros y se la enroscó entre los dedos—. Vamos a ir a por las caricias mutuas hasta que no podamos más. Duraremos… unos tres o cuatro minutos.

—¿Tanto? Humm —le sonrió.

Por un instante, Thrain pensó en la sensación de levantarse cada día y contemplar esa sonrisa; en seguida abandonó este pensamiento.

Thrain la acarició. No era la exploración lenta y sensual que había planeado, sino una inducida por un deseo sexual contenido. Deslizó sus manos por toda la longitud de su cuerpo, prometiéndose a sí mismo que recordaría para siempre el brillo de su piel pálida en la luna llena y el tacto de sus pechos.

Y, aunque la excitación sexual erizaba cada pelo de su piel, quería más de ella. Mientras besaba su pantorrilla, ascendió hasta sus muslos y se propuso besar cada milímetro de su cuerpo. Quizá esa noche no, pero tenía todo el tiempo del mundo.

Sin embargo, había un rincón de su cuerpo que no podía seguir ignorando. Mientras ella abría casi instintivamente las piernas hacia él, Thrain deslizó la lengua en este rincón caliente. No quiso ir más lejos.

Ella gritó, levantó las caderas y le agarró del pelo, forzándole a hundirse en su abertura brillante y resbaladiza.

—Vale. —Dijo Cindy entre jadeos—. He llegado a mi límite; quizá no han pasado dos minutos, pero es que has marcado un tope de tiempo muy alto.

Empujando su cara dentro de ella, la miró con todo el deseo y las ansias que pudiera sentir.

—... Quiero tocar tu sexo antes de que me lo metas, pero antes necesito arañar tus... —Su sonrisa creció en atrevimiento y calidez— tu culo y hundir mis dedos en tu carne y sentir cómo me clavas este culo fantástico.

Thrain escondió la cara en su cuello y se puso a reír. Sólo reír. No sentía el urgente deseo de hundirle los dientes, sino un inmenso goce al poder enterrarse en esta extraordinaria mujer.

—A mí también me encanta tu culo; a ver qué puedo hacer con él... —Antes de que ella supiera lo que iba a hacer, la levantó y la colocó contra el árbol que custodiaba la lápida de Molly Carson.

No había tiempo que perder mientras se enderezaba y le separaba las piernas. Acariciando su culo redondito, la levantó un poco. Ella lo abrazó con las piernas y, justo antes de penetrarla, le alcanzó el miembro con las manos y lo apretó y sacudió suavemente.

Todo se precipitó a partir de ese momento. El intenso estímulo sexual estuvo a punto de desbordarle y, durante unos segundos cruciales, Thrain pensó que perdería la batalla y se transformaría allí mismo delante de ella. Recuperó el control y se introdujo dentro de ella. Thrain se quedó quieto durante un instante, saboreando el impacto sexual. Caliente. Húmedo. Contraído. Y entonces Cindy empezó a moverse y se unió a ella en el movimiento rítmico del sexo. Le agarró de los hombros y, mientras él la apuntalaba contra el árbol y la embestía, Cindy gritaba de placer.

«Rojo». Era su color del sexo. Thrain no entendía cómo los humanos no gozaban, también, de los colores como parte del placer sexual. Mientras Cindy abrazaba fuertemente su sexo con las paredes de su carne y la espiral creciente de placer hacia la liberación final ahogaba un grito en él, una oleada brillante de tonos rojos refulgentes le daba color a su universo.

El rojo se iba oscureciendo mientras poseía a Cindy, la envolvía con sus brazos y desplegaba todo el poder sensual que había acumulado a lo largo de los siglos como vampiro. Al penetrarla de nuevo, ambos se encontraron con un frenesí compartido.

Thrain lanzó un alarido de triunfo mientras las olas rojas se hundían y emergía el color negro. Mientras su orgasmo devoraba todos sus sentidos en ese mismo momento climático, el negro engullía todos los elementos de su mundo excepto el placer supino. Cindy se sumó a él lanzando otro alarido y, de repente, les dominó un momento de silencio absoluto.

Él notó la unión final mientras la tensión, el agarrotamiento de músculos y la respiración entrecortada los embargaba, intentando sostener lo insostenible, la sensación del nirvana físico que los había llevado a un lugar único al que no alcanzaba ninguna otra experiencia humana.

Y entonces él volvió a caer en el rojo, sintiendo la respiración ahogada de Cindy, escuchando el bombeo de su corazón y sabiendo, al fin, que nunca antes había sentido tal sensación de plenitud.

Estiró a Cindy suavemente y se dejó caer, casi bloqueado, a su lado. Ambos intentaban recuperarse y, sólo cuando empezó a pensar con normalidad, le sobrevino un azote de realidad. El orgasmo había saciado absolutamente toda su hambre. No sentía deseo de alimentarse. Se quedó perplejo ante este acontecimiento maravilloso.

—Eres una mujer muy especial, Cindy Harper. —No tenía ni idea de hasta qué punto. Él nunca habría llegado a pensar que gozaría tanto del sexo sin necesidad de colmar su hambre. Por supuesto, la satisfacción no era la única palabra que describía lo que había sentido.

Cindy lo miró con ojos llenos de emoción.

—Nunca habría pensado; nunca me habría imaginado que... —Agitó la mano al no poder explicarse. —Ahh, es increíble.

Thrain le sonrió. Le gustaba que, de vez en cuando, le halagaran un poco. Le gustaba comprobar cómo ella no encontraba palabras para describir lo que habían compartido.

—Yo no puedo explicar lo inexplicable. Me has llevado al negro.

—¿Al negro? —Ella no tenía ni idea del elogio que Thrain le acababa de dedicar.

—Yo veo el sexo mediante colores. El rojo siempre es el color que veo durante el coito. Cuanto más intenso es el rojo, más placentero es el orgasmo. —Le apartó varios mechones de la cara—. Pero nunca voy más allá del rojo. El negro es el color más sexual de todos, porque absorbe todos los demás colores y en su poder subyace el orgasmo definitivo. No sé cómo habrá sido en tu caso, pero esta noche he experimentado el negro.

—Le acabas de dar un nuevo significado a la frase «pasarlas negras». —Le tendió la mano para que la ayudase a levantarse y se vistió rápidamente. En cuanto hubo acabado, fue por la linterna y se volvió hacia él. —Yo también tengo un elogio para ti tan bonito como el tuyo—.

Él se puso la chaqueta antes de cogerla de la mano.

—Dame la mano. —Ella se le acercó para colocarle bien el cuello de la chaqueta—. Estaría todo el día tocando tu jugoso culo. Tienes un imán que me atrae y me obliga a estar todo el día enganchada a ti, de los millones de partículas sexuales que desprendes. Siento decirlo, Davis, pero, a partir de ahora, tu culo es mío.

Él se echó a reír. En ese instante, con una mujer como esa, la existencia era perfecta.

—De acuerdo, tomo nota.

Mientras se alejaban del cementerio, Cindy, de repente, hizo una parada.

—Escúchame; me he vuelto tan loca que se me ha olvidado decirte una cosa. Desde el primer beso, he tenido la extraña sensación de que no estaba sola, de que había alguien en mi mente.

—Le lanzó una mirada sospechosa—. ¿No habrás sido tú?

—No. —Thrain entornó los ojos mientras barría el lugar con la mente, buscando a alguien que pudiera haber interferido. Se quedó quieto en cuanto encontró al que se había entrometido y en seguida se relajó. Volvió a mirar a Cindy y le sonrió.

—Molly Carson quiere que te dé las gracias.

—¿Molly Carson? —La voz de Cindy era un grito de alarma. Deslizó la mirada sobre la lápida donde se habían estirado.

—Dice que nunca se ha sentido tan viva como hoy y nos invita a volver cuando queramos. —Su sonrisa crecía al mismo ritmo que la sorpresa de Cindy.

—¿No dijiste que no había fantasmas reales aquí? —Entornó esos enormes ojos azules y labios sensuales de pura atrocidad.

—Mmm, me parece que no dije eso del todo, aunque es un fallo comprensible. Estaba tan distraído por otras cosas que me olvidé de Molly. —La intentó conducir hacia el hostal otra vez, pero se apartó de él y se puso los brazos en jarras.

—Espero que no haya habido una turba de fantasmas mirando cómo hacíamos el amor mientras criticaban y comían palomitas. —Se metió las manos en los bolsillos. Ahora que el calor se había evaporado, tenía frío.

—La gente se equivoca con el tema de los fantasmas. —Apoyó su brazo encima de su hombro tenso mientras seguían caminando—. Se piensan que los únicos espíritus que deambulan por un lugar son los que murieron trágicamente o los que sufrieron una pérdida horrible. No es así. A ese tipo de espíritus se les traga la luz blanca en cuanto la persona muere. ¿Por qué ibas a querer quedarte en un lugar donde eras infeliz? Molly es diferente. Molly ama estos bosques en muerte como los amó en vida. Ella vivía en una de las fincas ahora abandonadas que están en tu terreno. Le encanta el hostal y, de vez en cuando, se une a tus huéspedes, espera que no te importe. ¿Te molesta?

Cindy lo miró sorprendida y se limitó a sacudir la cabeza. Pero si él quería romper su promesa y entrometerse igualmente en su mente, sabía que, a partir de ahora, sus pensamientos estarían muy ocupados con la idea de tener a un fantasma entre sus grupos de coloquio en el hostal.

Él le apretó el hombro a modo de gesto amigable.

—Pero Molly es el único fantasma real de todo el cementerio, ¿te sientes mejor ahora?

La miró y le guiñó un ojo.

—Me siento mejor a cada minuto que estás conmigo.

[illegible]
[illegible]
[illegible]
[illegible]
[illegible]

[illegible]
[illegible]

# Capítulo 9

¿Cómo podía ser que, en una sola noche, su vida hubiese cambiado tanto y la pudiese analizar desde tantas perspectivas diferentes? Había visto hechos paranormales; los entes no-humanos existían y su padre estaba vivo.

Cindy se quedó al mando de la recepción del hostal mientras Thrain iba en busca de Troyano. Tenía doce días para ir al castillo de sus ancestros en Escocia y para conocer a su padre y nadie la iba a detener. También tenía que reflexionar muy bien sobre lo que Thrain le revelaría al día siguiente. No era estúpida: si la razón de su longevidad era tan simple como un defecto genético, ya se lo habría dicho.

Caminó a paso lento hacia el salón de reuniones.

«¿Y qué sentirás por Thrain después de esos doce días?». No era consciente de que sus emociones se hallaban tan sólo en el primer estadio del apego sentimental, pues su excitación sexual siempre había estado ligada al amor. Y Cindy jamás había sentido un deseo sexual tan intenso como el de esa noche, aunque dos noches y un solo orgasmo no tenían por qué significar nada. Pensaría en Thrain cuando estuviese más tranquila y se hubiese recuperado de esa velada.

La mayoría de huéspedes habían subido a sus habitaciones, pero fue al salón de reuniones para comprobar si estaban Gerry, Donna y Kim. Quizá una retahíla de disculpas y un falso discurso de arrepentimiento la librarían de tener que pagar un camión lleno de zapatos.

De camino hacia el salón, se cruzó con los cuatro hombres que Thrain había definido como peligrosos. Parecían personas normales hasta que Cindy los miró fijamente. Se puso a temblar. Tenían una mirada fría, hueca ... y hambrienta. ¿Cómo no se había dado cuenta antes?

Uno de ellos se paró delante de ella. Pelo negro, rasgos comunes; se habría merecido una mirada indiferente si Cindy lo hubiera visto por la calle. Pero esa noche, había algo en él que le hacía dar un paso atrás. Quizá la exaltación de sus sentidos la hacía ser demasiado suspicaz con la gente.

—Su hostal es un lugar perfecto; ideal para escapar y para cazar tranquilamente. No sabe las ganas que tenía de hospedarme aquí y de conocerla. ¿Le parece bien tomar algo en algún momento antes de que me vaya? —Su sonrisa traslucía oscuros intereses.

—Sí, por qué no, intentaré tener un hueco. —Quizá. Aunque sabía que su reacción cauta tenía mucho que ver con la advertencia de Thrain, Cindy no iba a coquetear con este hombre. Pero les debía cortesía a sus huéspedes.

En cuanto se hubo retirado, Cindy continuó hacia el salón. Los únicos que quedaban allí eran Prada, Horus y Hathor. Horus y Hathor se identificaban como dioses egipcios. Cuando se hospedaron, Cindy les había hecho la inspección ocular pertinente y ya no tenía sentido volver a hacerla. No más inspección hasta que supiera quién era auténtico y quién no.

Prada estaba sentada en una alfombra al borde de la chimenea con los demás. Le saludó con la mano y Cindy se acercó a ellos. Cindy estaba demasiado cansada como para simular un gesto de simpatía, pero, por suerte, había reservado una sonrisa para casos de emergencia.

—Espero que te lo hayas pasado bien esta noche.

El rostro de Prada estaba iluminado. Cindy nunca la había visto baja de moral y era precisamente por el sexo, que le daba energías. De repente, Cindy se la imaginó siendo el conejito de las pilas de anuncio pero con vestido negro, ceñido y escotado.

—Hathor es el consorte de Horus. Les estoy intentado ayudar con algunos baches que han sufrido durante su andadura sexual. Si te quieres animar a darles algún consejo... —La sonrisa maliciosa de Prada sabía que Cindy no era la más idónea para darles consejos.

Prada tenía razón. Cindy podía hacer cualquier cosa menos aconsejar sobre este tema, si bien prefería ser lapidada a aceptarlo delante de su sonrisa altiva.

—Bueno, lo puedo intentar. ¿Qué os pasa?

Hathor se apartó el cabello largo y castaño de la cara y suspiró.

—Soy una vaca.

—¡Pero qué dices! ¡Para nada! —Indignaba ante la sospecha de que alguien pudiera llamar «vaca» a esta dulce y entrañable mujer, Cindy saltó en su defensa—. Tienes una cara y un cuerpo preciosos. Las mujeres pagan a cirujanos para tener un cuerpo como el tuyo.

Hathor estaba desconcertada por sus palabras.

—No, quiero decir que me convierto en vaca.

—Ah. —Vaya, todo quedaba claro ahora—. Bueno, no sé mucho sobre diosas egipcias.

Hathor le sonrió dulcemente.

—¿Cómo ibas a saberlo? Soy la Señora de los Cielos y la Diosa del Amor, la Felicidad, la Música y la Danza.

—Ah, bueno, yo...

—No he acabado. —La sonrisa de Hathor nunca desfallecía.

—Perdona.

—Soy la Madre de todas las Madres, la Cuidadora Celestial, el Vengativo Ojo de Ra y la Dama de los Alcohólicos.

¿La Dama de los Alcohólicos? Estaba de guasa, ¿no?

Cindy siguió mirando a Hathor, que parecía muy concentrada. No, iba en serio. Por dios.

—También soy el Ama de la Vida, la Gran Vaca Salvaje, su versión dorada y la Dama del Oeste. Ostento otros tantos títulos más, pero ahora mismo no los recuerdo. —Gesticulaba con la mano para indicar la enorme cantidad de nombramientos.

¿La Gran Vaca Salvaje? Cindy intentó por todos los medios no reírse. Se imaginaba a gente sufriendo una muerte dolorosa por haberse reído de las diosas.

—Ahá. ¿Y qué significa el título Dama del Oeste? —Desde luego, era una pregunta ingeniosa.

Hathor le dio una palmadita amable en la mano.

—Soy la Diosa de la Muerte, cariño.

Cindy no tenía por qué saber eso. Antes de hacer otra pregunta tan inteligente, se mordería la lengua.

La risita divertida de Horus desvió la atención de Cindy. Un hombre guapo, de rostro despierto, mirada inteligente y ojos negros e intensos; parecía la antítesis de la dulzura y la candidez de Hathor. La tierna y amable Hathor, Diosa de la Muerte y Dama de los Alcohólicos; a Cindy le costaría olvidarla.

—Hathor es una diosa muy longeva; de ahí sus numerosos títulos. —Le dedicó una amplia sonrisa a Cindy—. Te voy a decir los míos. De momento, quédate con que soy dios de los cielos y que me transformo en halcón.

«Gracias». Cindy seguía mirando a Hathor, patidifusa, mientras pensaba en la letanía de tareas divinas a las que debía hacer frente.

—Creo que es el típico caso de crisis sexual en toda pareja de mediana edad. —Prada parecía dispuesta a ponerse la bata de sexóloga—. Hathor piensa que su identidad de vaca le resta sensualidad a sus encuentros, mientras que Horus, como halcón, representa la virilidad, hombría y masculinidad.

¿Cómo os lo podría explicar? —Miró hacia el fuego para esgrimir la mejor manera de explicarse—. Qué narices, la cuestión es que se están acercando a Horus otras diosas y Hathor está cabreadísima.

Guau, Prada tenía un tacto increíble para las situaciones delicadas.

Hathor se permitió un ligero sollozo.

—Hace sólo dos semanas, esa zorra de nombre Sekhmet, la diosa de la guerra y la destrucción, se fijó en Horus y él no se mostró muy esquivo precisamente. —Le lanzó una mirada acusadora a Horus—. Y claro, una diosa leonina es mucho más espectacular que una vaca.

Horus levantó las manos.

—¡Basta ya! Esto es absurdo. —Miró a Cindy, buscando su complicidad.

—Absurdo. —Le apoyó Cindy.

—No nos pongamos desagradables. Creo que se puede solucionar, ¿no, Cindy? —Prada hizo una pausa para que asintiera.

—Claro que sí. —Cuando Cindy estaba cansada, no quería discutir con nadie. Y estaba rendida.

—Primero, ¿cuál crees que es la mejor manera de solucionar tu problema con Sekhmet, Hathor? —Prada esperó pacientemente mientras Hathor consideraba la respuesta.

—Arrancarle el pelo de raíz sería una solución muy eficaz —Hathor les brindó una sonrisa traviesa y divertida.

—Mal. No crees que está mal hecho, ¿Cindy? —Prada asumía de tal modo su papel monosilábico que ni siquiera se volvía para mirarle.

—Sí, mal hecho. —Cindy, demasiado cansada para disentir.

Horus emitió un sonido de disgusto.

—Ya he tenido suficiente. Se supone que he venido aquí para relajarme, no para que me fastidien siempre con lo mismo. —Hizo el ademán de levantarse.

—Siéntate. —Prada no le levantó la voz; sencillamente, lo miró.

Sobrecogido, Horus volvió a sentarse. Poco a poco, su mirada asustada fue cambiando hacia una sonrisa misteriosa.

—Eres una muchacha con carácter, Prada.

—¿Lo ves? —el tono de Hathor era sumiso—. Está a punto de babear. Le gustan las mujeres agresivas y temperamentales.

Prada suspiró. Su rostro delataba que jamás había visto tanta estupidez en tan poco espacio.

—Vamos a ver cómo podemos solucionar esto. —Su sonrisa era casi depredadora—. Me encanta ayudar a las parejas que creen que son totalmente opuestas, que no tienen nada en común o que, incluso, se temen la una a la otra. Su unión sexual es siempre mucho más explosiva y satisfactoria porque está potenciada con una mezcla de emociones intensas y volátiles.

La mirada de Prada se posó en Cindy y allí se quedó.

—Muchas veces lo que más tememos es lo que más necesitamos.

¿«Lo que más tememos»? Cindy no dudó ni un instante de que el comentario de Prada iba dirigido a ella y sólo a ella. Pero no tenía ni idea de lo que pretendía decirle.

Horus respiró ansioso.

—¿Qué has pensado, entonces? Estoy abierto a sugerencias. ¿Y tú, preciosa? —Miró a Hathor.

Ella asintió, todavía pensativa.

Prada volvió a centrar su atención en la pareja.

—Creo que tendrías que empezar por esclavizarlo un poco. Hathor, podrías atarlo a la cama y hacer con él lo que quisieses.

—Oye, pues me gusta. —Horus parecía estar imaginándose la escena.

Hathor estaba insegura.

—No sé si yo sabría…

—Claro que sí. Para eso estoy aquí. —Prada hurgó en la delantera del vestido y sacó un fardo de hojas dobladas—. Yo soy el genio que se esconde tras la novela *Amas al poder*. Te aconsejo que te leas el capítulo de dominar a un hombre cautivo y volverlo loco de lascivia. No sólo conseguirás que Horus te vea sensual y provocativa, sino que, además, tendrás la oportunidad de liberar un poco tu agresividad acumulada. Desde un punto de vista estrictamente sexual, claro. —Le sonrió—. Ah, y si el tema os interesa de verdad, te vendo una copia por veintidós dólares con noventa y cinco. No te cuento el IVA.

Hathor le arrebató esas hojas. Sus ojos brillaban de excitación y Prada se dio cuenta de lo bella que era.

—Quiero leerlo y probarlo ahora. —Hathor agarró la mano de Horus y ambos se levantaron.

Cindy vio a la feliz pareja corriendo hacia la habitación y miró a Prada.

—Vale, supongo que tienes motivos para querer hablar conmigo.

Prada bajó la vista después de mostrarle un brillo en los ojos.

—Sólo te quería demostrar que incluso las personas que se ven alejadas por un mar de distancia se unen a través del puente del sexo.

Cindy ya estaba harta de la gente que hablaba por hablar.

—¿Qué estás diciendo? ¿que amordace a Thrain para resolver nuestros problemas?

Prada levantó la vista, horrorizada, mientras su mirada se congelaba.

—No, no. Claro que no. Nunca practiques juegos sadomasoquistas con Thrain.

—¿Por qué no? —Cindy se apartó bruscamente el pelo de la cara.

Prada sabía algo de Thrain y más le valía decírselo de una vez.

Prada evitó su mirada.

—No creo que le guste el sado. Yo esas cosas las huelo.

«Mentirosa».

— ¿Y a qué te refieres cuando dices «lo que más tememos es lo que más necesitamos» —Prada miró al fuego.

—Hay cosas que no sabes de Thrain o de alguno de nosotros, por lo que parece. Dentro de poco te enterarás de algo, referente a Thrain, que te va a... defraudar. Sólo te quiero advertir para que tu primera reacción emocional no dé al traste con todo.

—Odio los rodeos. —Cindy sacudía a Prada con sus palabras para extraerle información.

Prada suspiró.

—Y yo odio guardar secretos. —Tras un gesto amargo, volvió en sí—. Vamos a cambiar de tema. No todas las técnicas sexuales son adecuadas para todas las parejas. Yo te podría pasar una lista de juegos eróticas que se adaptan perfectamente a los gustos de Thrain. —pronunció la palabra «gustos» en un tono tan bajo que Cindy se tuvo que acercar para oírla.

No se rendía tan fácilmente.

—Yo quizá no te conozco del todo, pero Thrain sí. Cuando le dije que tú y Troyano erais perturbadores cósmicos y que tú me dijiste que habías sido una gata blanca, bramó algo entre dientes. Creo que ahora está buscando a Troyano. Sé guardar secretos. —No se esforzó en parecer sincera—.

Prada le miró con ojos felinos y casi estuvo a punto de bufarle.

—Eso ha sido bastante torpe de tu parte. —Comenzó a buscar ansiosamente por el salón—. Estoy harta de ayudar todo el día a la gente con problemas sexuales. Subo a mi habitación.

¿Ayudar? ¿No sería, en todo caso, manipular? Y ¿qué relación tenían Thrain, Troyano y Prada? Cindy miraba a Prada mientras esta salía corriendo del salón. Al levantarse para ir detrás de ella, Cindy se dio cuenta de que Prada se había introducido en su mente en algún momento para conocer sus miedos. Cindy empezaba a cansarse de que su mente fuera como el metro y de que no dejaran de pasearse entes por allí. Sin embargo, en esa noche extraña, su «apertura de mente» no era el mayor de sus problemas.

Por fin, Thrain encontró a Troyano. El gato estaba en la despensa, agazapado detrás de unas latas de víveres. No tenía muchas ganas de ver a Thrain.

—No sé lo que quieres, pero mantente alejado. Esta chuleta de cerdo lleva mi nombre. ¡Lo que hay que hacer para conseguir comida decente en este sitio! —Levantó la vista de la chuleta que estaba custodiando con vehemencia fiera—. La cocinera me ha pillado robando y me ha intentado perseguir con la escoba. —La sorna brillaba en sus ojos—. Pero en seguida ha desistido en cuanto la escoba se ha convertido en serpiente y le ha enseñado los dientes. —Intentó hacer un mohín de arrepentimiento—. Creo que Cindy tendrá que contratar a una nueva cocinera porque esta se fue corriendo a buscar su monedero y se largó. Los humanos no tienen sentido del humor.

—Come con tranquilidad, Ganímedes. Te vas a atragantar con la chuleta. —Thrain se apoyó en la pared y se cruzó de brazos.

Aparentemente atragantado con el último trozo, Troyano dijo:

—¿Estás seguro de que no me confundes con otro?

—Afirmativo. Vamos a ver si me acuerdo bien de lo que me explicó Darach. Tú eras el representante de la Agencia Cósmica de Viajes en el Tiempo y llevabas a clientes del futuro a conocer el castillo de los Mackenzie. Chispa de Estrellas, conocida ahora como Prada, era tu espía. Estaba camuflada bajo el cuerpo de una gata blanca y siempre husmeaba y buscaba información sobre Darach porque tú querías echarlo del castillo. Recuerdo que Darach dijo que tú y Chispa erais un incordio, aunque tú al final les salvaste la vida a Felicia y a Darach. Ah, y todo esto ocurrió en el mil setecientos ochenta y cinco. ¿Me he dejado algo?

—Hummmmh. —Troyano tuvo que posponer su apetito.

Thrain estaba atónito. Troyano no soltaría la chuleta de cerdo ni aunque se destruyese el universo.

—Se te da muy bien interrumpir las comidas ajenas, chupasangre. —Miró con lástima la chuleta de cerdo medio mordisqueada—. Y no tengo que pedirte permiso para estar aquí.

Thrain se separó de la pared y se sentó de cuclillas a su altura.

—Supongo que siempre haces lo que quieres, pero sólo una cosa: no voy a dejar que te entrometas en mi misión aquí.

—¿Ah, sí? ¿y qué vas a hacer? —Troyano se sentó y le lanzó una mirada penetrante, aunque la mancha de grasa en su barbilla le restaba credibilidad.

Thrain no lo pudo evitar: se echó a reír, aunque la risa era un craso error ante el poder aniquilador de Troyano.

—No creo que tu visita sea coincidencia, así que presupongo que sabes que Cindy es la hija de Darach. Sólo quiero que Cindy acepte su identidad y poder llevarla a conocer a Darach. Se lo debo a él por haberme salvado la vida. —Thrain no creía que Troyano supiese la influencia que él había tenido en la separación entre Cindy y su padre y prefería dejarlo así—. Y, entonces, ahora te pregunto yo. ¿Por qué estáis aquí tú y Prada?

—En los primeros tiempos, yo nunca me entrometía en la vida personal de los humanos. Me encargaba más de los temas importantes (erupciones volcánicas, erupciones solares, sequías, brotes de peste). Pero, después de tantos miles de años, todo ese rollo del caos masivo y la destrucción devastadora ya no estaba muy de moda. Entonces, decidí mutar en ser pequeño y entrometerme en la vida de los humanos porque descubrí que era muy divertido. —Su expresión relataba que verdaderamente echaba de menos esos días de maldad—. Supongo que era demasiado bueno en las tareas maliciosas, porque el Gran Jefe me impuso un castigo.

—¿El Gran Jefe?

—Sí, el mandamás. El que se ocupa de la bondad y la luz. El que corta el bacalao. —La sonrisa de Troyano desfalleció—. Bueno, pues me dijo que no podía infligir más daño a los humanos. Ni siquiera me dejó ser un chupasangre. No era nada personal: renovarse o morir. ¡Vaya dilema!, ¿no?

—Ahá. ¿Y eso que tiene que ver con Cindy? —Thrain pensó que, al ritmo que iba, le explicaría toda su vida.

—Ahora voy, ¡hombre! —Troyano le dedicó una mirada melancólica a su chuleta de cerdo—. Cuando llegué al castillo con mis huéspedes, Darach ya estaba allí. El Gran Jefe no me permitiría poner en práctica hechos malignos y divertidos para librarme de Darach, así que llamé a Chispa para que me ayudara. Ella vivía cerca del Gran Jefe y gozaba de su consentimiento, así que podía hacer lo que quería.

Troyano miró, pensativo, hacia la cocina.

—Me irá bien algo dulce y frío para bajar esta chuleta. ¿Por qué no me sirves un plato de helado? Creo que he visto a Ben y a Jerry por ahí.

—Sí, huyendo de ti, ¿no?

Thrain refunfuñó mientras iba y volvía de la cocina. Aún así, quería oír el resto de la historia y sabía que, si no alimentaba a Troyano, no oiría más que gruñidos.

Con la cara hundida en la tarrina de helado, Troyano siguió con su historia.

—Me he olvidado de decir que Chispa se encargaba de producir caos sexual y no le importaban mis problemas con Darach. De hecho, le urgía mucho más unir a Felicia con Darach. Para resumirlo un poco...

Thrain exhaló un fuerte suspiro de paciencia. No creía en su capacidad de síntesis.

—...Chispa me puso en medio de Darach y Felicia. Y en seguida les empecé a caer bien, imagínate.

Troyano levantó su cara untada en helado e inmediatamente empezó a limpiar el estropicio con su patita gris.

Thrain pensó que esta limpieza requeriría, al menos, diez patas gatunas más.

—...Chispa se ha introducido en la vida sexual de todo el mundo. Debe tener una base de datos ilimitada en su cerebro. No sé cómo lo hace. Y le encanta pararse a observar de vez en cuando su trabajo y regodearse. —Troyano acabó su limpieza y restregó su cara contra los tejanos de Thrain—. De momento, no se ha entrometido en tu vida sexual, pero está decidida y te sigue la pista. Ha tardado al menos dos siglos en resolver a quién estabas buscando. Cuando me lo dijo, decidí que tenía que asegurarme de que hacías el bien con Cindy. Quiero decir, que Darach me deja llevar a un grupo turístico al castillo de los Mackenzie una vez al año y yo también se lo debo.

Thrain sonrió.

—Sabía que detrás de toda esa apariencia se esconde un buen chico.

Troyano desplazó las orejas hacia atrás y le ofreció un gruñido silencioso.

—Nadie me ha insultado de esa manera en un millar de años. Tienes suerte de que el Gran Jefe me tenga bien atado, porque, si no, ni existirías.

Thrain frunció el ceño.

—Mañana le voy a decir la verdad a Cindy. No está preparada para oírla, pero ningún día es bueno. Espero no hacerle mucho daño por el bien de Darach.

Un sonido extraño detrás de la puerta de la despensa captó su atención. Thrain se quedó inmóvil, rezando para que nadie lo estuviera escuchando. Al no oír nada más, se relajó.

—Puedes contar con Chispa y conmigo si necesitas algo. Somos seres de renombre. —Troyano caminó hacia la puerta con Thrain—. Ah, y, como aquí nos conocen por nuestros nombres falsos, será mejor que mantengamos este anonimato hasta que nos vayamos.

Thrain sonrió mientras abría la puerta y dejaba salir a Troyano. Era justamente lo que necesitaba: a dos seres de renombre como Troyano y Prada, el dúo de cósmicos.

Thrain estaba subiendo por las escaleras para ir a su habitación cuando se acordó de la cámara de fotos de Sam Pierce. Se detuvo mientras pensaba qué hacer. Los primeros rayos del amanecer empezaban a penetrar por la ventana del final del pasillo y, además, no sabía en qué habitación se alojaba Sam. Cuando la hubiese encontrado, ya habría amanecido.

Necesitaba correr las cortinas y estirarse en la cama. Quizá en el transcurso del siglo siguiente se ejercitaría para poder exponerse a la luz, aunque sólo fuese un ratito. «¿Y desde cuándo has querido tener una habilidad humana hasta el punto de utilizar tus poderes para conseguirla?». Thrain no podía engañarse a sí mismo. El organismo de Cindy estaba preparado para exponerse al sol. De repente, le vino a la cabeza la idea de dar un paseo con ella en un día soleado.

Se quedó inmóvil delante de la puerta de su habitación. Le había estado dando vueltas al tema de la cámara y, de repente, había vuelto a pensar en Cindy. Y todo sin su permiso. Sacudió la cabeza y entró en la habitación.

Sí, se le había pasado el tema de la cámara. Igualmente, Cindy sabría la verdad antes de ver las fotos y, en ese espacio de horas, Thrain ya había pensado en crear un poco de sugestión en la mente de Sam para convencerle de que tenía la cámara estropeada.

Corrió las cortinas y se metió rápidamente en la cama. Después de todo lo que había ocurrido esa noche, Thrain pensaba que se merecía unas horitas de sueño para olvidarse de las preocupaciones.

Cindy abrió la puerta de su piso y se apoyó, exhausta, sobre la puerta. Había salido corriendo desde la despensa antes de que Thrain saliera de la cocina.

Había oído una voz en la despensa cuando se disponía a ir a su piso y entró para ver quién era. Una vez detrás de la puerta, reconoció la voz de Thrain. Cindy había llegado en la última frase de Thrain, pero fue suficiente para aterrorizarla. ¿Qué era aquello tan horrible que le tenía que decir y ante lo cual nunca estaría preparada?

Una mujer fuerte habría esperado detrás de la puerta; la habría abierto y le habría pedido explicaciones. Cindy siempre se había considerado una mujer fuerte, ¿y ahora? Quizá no tanto. Porque, por el amor de dios, ella no quería enfrentarse a ninguna revelación más, no quería oír nada que apagase bruscamente sus ilusiones de conocer a su padre vivo.

Respiró profundamente y caminó hacia su habitación. De repente, alguien llamó a la puerta. Una ola de calor recorrió todo su cuerpo.

«Dejadme en paz». No quería responder a nadie; no quería enfrentarse a ningún otro problema que le aguardase al otro lado de la puerta. Y estaba claro que tenía que ser un problema, porque nadie solía ir a su apartamento para agradecerle lo buena que estaba la cena en pleno amanecer.

Continuaban llamando. Finalmente, se rindió y caminó hacia la puerta. El hostal le daba dinero, así que, por mucho que le fastidiara, debía atender las necesidades de sus clientes.

Era Sam Pierce. Llevaba un portátil pegado al pecho y lucía una llama de excitación en la mirada.

—Perdón, ya sé que no es momento para molestarte, pero tienes que ver unas fotos. Atravesó la puerta, colocó el portátil en la mesa del comedor y lo abrió.

Mientras cargaba las fotos, Cindy pensó en darle una patada en el culo y enviarlo a una casa de acogida.

—Sam, estoy muy cansada. ¿No pueden esperar las fotos?

—No. Son las que he sacado en el cementerio. —Se apartó del portátil para dejarle sitio.

Durante un instante, no vio nada extraño. Bueno, tampoco es muy normal la imagen de unos cuantos fantasmas suspendidos en el aire y tres mujeres vestidas de vampiresas, pero era una foto que mostraba lo que había ocurrido.

—Yo no…

—Mira mejor. —Él escudriñaba la foto detrás de Cindy—. No te fijes en lo que ves; fíjate en lo que no ves.

Cindy suspiró y se acercó para ver mejor. Los fantasmas, las mujeres, ella y… nada. Y luego estaba la foto que sacó cuando los dos se dieron la vuelta. Ella salía, pero Thrain no.

Sin esperar respuesta, Sam agrandó la foto que les tomó cuando Thrain y Cindy miraron a la cámara. Cindy sintió un pinchazo en el estómago y, por un momento, dejó de respirar al contemplar una imagen en la que sólo salía ella mirando a la cámara con ojos de posesa.

—¿Alguna razón por la que haya desaparecido tu novio? —La sonrisa de Sam adelantaba que él ya había llegado a sus propias conclusiones—. ¿Sabe lo que tenemos aquí, señorita? Tenemos una ristra de indicios misteriosos; usted está tripulando el barco de los frikies. Y yo voy a ser el único que le va a quitar paja a este asunto. Cuando empiece a vender mis novelas como churros, usted será famosa. —Su sonrisa se dilató—. Y yo, rico.

Por mucho que le replicara, Cindy sabía que su instinto era proteger a Thrain. Ya intentaría buscar los motivos más tarde.

—Puedes haber borrado a Thrain de todas las fotos.

Esta acusación le proporcionó un gran alivio. Ya lo tenía: Sam estaba tan desesperado por inventarse una historia que había manipulado las fotos.

Sam le sonrió sutilmente.

—Pues da la casualidad de que no. Y aquí… —Se dio golpecitos en la cabeza—. Sabes que no es verdad. —Se frotó las manos regordetas—. Qué ganas tengo de publicar estas fotos. Cuando oí por primera vez la historia de la aparición del Diablo de Jersey, no me la creí. Pero, después de esta noche, me costaría menos creérmela.

Atónita y sin habla, Cindy le observó mientras cerraba el portátil, canturreaba hacia la puerta, la abría y desaparecía.

Sam Pierce era un hombre codicioso e insoportable y Cindy tenía que impedir que su hostal pasase a ser, de la noche al día, un lugar de peregrinación para la prensa. Ella siempre había procurado que su paraje fuese conocido, pero no quería convertirlo en un aeropuerto.

Le podía pedir a Thrain que se deshiciera de Sam… no, no le iba a pedir nada a Thrain hasta saber qué as se guardaba en la manga. Y, para salvaguardar su propia salud antes de saberlo, no pensaría más en Thrain, en sus secretos o en las estúpidas fotos de Sam. De momento, fue capaz de desvestirse y ducharse sin pensar en nada. A Cindy se le daba muy bien poner la mente en blanco y la última vez que utilizó esa habilidad fue con Anna.

Durante todos sus siglos de vida, Cindy pasaba diez años como máximo en cada lugar, pues, después de ese tiempo, la gente empezaba a darse cuenta de que no envejecía. Sin embargo, Anna se convirtió en una buena amiga y, después de esos diez años, le contó la verdad. Lejos de juzgarla, Anna la aceptó tal y como era. Cindy se mudó igualmente, aunque de vez en cuando iba a visitarla. Y estuvo con ella cuando murió a los ochenta y cinco años.

Sí, tener la capacidad de aislar un recuerdo doloroso mantenía el sufrimiento inerte hasta que tenía las suficientes fuerzas para volver a recuperarlo. Este aislamiento, además, le prevenía desarrollar cualquier enfermedad mental.

Sin embargo, al acostarse en medio de la oscuridad, no podía evitar sentir miedo todas las noches. Sus miedos, como las enormes raíces de un sauce, rodeaban e invadían cada surco de su mente.

La noche siguiente iba a ser muy larga.

# Capítulo 10

Si los huéspedes esperaban encontrarse con una anfitriona bella y resplandeciente, se iban a llevar una gran decepción. Las ojeras de Cindy habían adquirido tal magnitud que se parecían a dos globos aerostáticos difícilmente disimulables de no ser por la existencia del maquillaje y el anti-ojeras. Demos las gracias a Estée Lauder.

Eran ojeras que Cindy se había ganado por méritos propios. Cuando por fin concilió el sueño, empezó a soñar con que le perseguía una criatura muy parecida a la descripción que había hecho Jim Kehoe sobre el Diablo de Jersey. Y, cada vez que avanzaba hacia ella, le bramaba las palabras «ven con papá».

La pesadilla se interrumpió bruscamente cuando Hal llamó a la puerta para decirle que Mimi había dejado el trabajo. Después de que Mimi le explicara que la escoba se había convertido en serpiente; que la cocina estaba maldita y que no volvería al Siniestro Hostal ni aunque su santa madre bajara de los cielos para pedírselo, Cindy empezó a buscar a una nueva cocinera.

Después de que picara el anzuelo Katie Holcomb, una cocinera experta que trabajaba en el Campamento de Pesca Piney Woods, Cindy no tuvo tiempo de investigar sobre la extraña anatomía de la escoba. De hecho, sólo tuvo tiempo de regresar al piso, quitarse los tejanos harapientos y la camiseta de la universidad de Rutgers y cambiarse de ropa. Hal tuvo que salir antes del trabajo y, cuando todavía no era de noche, el hostal se llenó de clientes que deambulaban por el salón preparados para las actividades nocturnas. Sorprendentemente, había una cantidad anormal de personas en la biblioteca leyendo y tomando notas. Thrain no apareció hasta la noche, y para ese momento Cindy ya había lidiado con multitud de problemas.

Uno de esos problemas se hallaba en la cocina, donde Cindy ayudaba a Katie a preparar su primera comida para el Siniestro Hostal.

—Va a ser una noche dura. —Sam sostenía una grabadora pequeña y el bulto de su bolsillo revelaba la presencia de la cámara amenazadora—. He concertado una cita con Leo Varinski. Me ha prometido que me pasará información calentita sobre brujos. Después me acercaré al bosque para darle un susto al Diablo de Jersey. No te preocupes, no voy a acosar a tus clientes ni a reírme de ellos. Después de ayer por la noche, me he dado cuenta de que el tema es bastante serio. Oye, y, si no quieren hablar conmigo, ningún problema. —Hizo una pausa, pensativo—. ¿Tú crees que Thrain aceptará que le haga una entrevista? Así me podría explicar por qué…

—No lo sé. —Cindy ya había salido de la cocina, pero Sam continuaba persiguiéndola. Después de echar un vistazo al pasillo para poder darle esquinazo, vio a Thrain bajando por las escaleras. ¿Por qué no se lo preguntas tú mismo?

Qué boba. No había caído en que, si lo llevaba a ver a Thrain, iba a solucionar dos problemas a la vez. Y en ese momento tenía que atender otros asuntos, hablar con otras personas y solucionar otras cuestiones.

De hecho, había estado tan ocupada que no se había percatado de que esa noche Thrain estaba tan arrebatador como para caerse al suelo. Sin embargo, Cindy tenía muchas cosas que hacer, así que no tenía tiempo de atender a ese impresionante hombre vestido con pantalones de cuero negro, botas desgastadas y camiseta negra ajustada sin mangas. No quiso cuestionarse, ni por una décima de segundo, por qué llevaba una camiseta sin mangas en pleno mes de octubre, pues, a raíz de sus encuentros, era perfectamente consciente de la cantidad de calor que desprendía. Y no tenía tiempo para deleitarse con esa melena de vikingo o con esa boca sensual. No, no le podía estar pasando a ella.

De hecho, estaba tan ocupada no mirándole que se chocó de bruces con uno de los cazadores nocturnos, el mismo que la había parado esa misma mañana. Avergonzada, se vio reflejada en sus ojos negros mientras él levantaba la vista y la tranquilizaba. Buscó en su memoria un nombre para asociar con esa cara. Darius.

—Precisamente quería verte. —Le dijo, con una amplia sonrisa.

Tenía unos dientes relucientes y una sonrisa muy amable, pero los ojos seguían pareciendo hambrientos. No sabía definir qué tipo de hambre; no era sensual, era diferente. Era algo que la hacía sentirse incómoda.

—Todavía me debes ese paseo en el bosque. —Su sonrisa creció aún más. —Y no te voy a dejar escapar—. Él me mostraba todas sus cartas. —Soy tu cliente y el cliente siempre tiene la razón. No me voy a sentir satisfecho si no doy un paseo contigo.

—Por supuesto. Mañana por la noche damos el paseo.

Darius tenía razón: era el cliente y sólo porque ella se sintiese incómoda con él no lo iba a tratar como si fuese un psicópata. No pasaba nada por ir a las ruinas de la mansión de los Hart. Además, Cindy evitaría cualquier intento de proposición por parte de él hablándole de la tétrica historia del lugar. Y, como ya había decidido llevar la pistola cada vez que saliera al bosque, se sentía conforme con la decisión tomada.

Thrain le había dicho que los cazadores nocturnos eran peligrosos y ella empezaba a notar el peligro real justo detrás de su espalda.

Lo podía sentir. Calor, cólera y un aire controlador que escapaba incluso de su capacidad de control.

Darius desvió su mirada y su sonrisa se desvaneció. Asintió, se dio media vuelta y espetó un ávido reproche.

Canalla.

Previendo lo inevitable, Cindy se topó con la cara de Thrain. Thrain ardía en ira; y no estaba ardiente de pasión. Estaba cabreado.

—No irás a dar un paseo con Darius. Es peligroso.

Thrain la estaba controlando con vehemencia, sentido dominador... con un porte tan sensual como irresistible.

Sin embargo, dejó a un lado su papel de amo y dueño.

—Por lo que veo, la mitad de mis clientes son peligrosos. Tú también eres peligroso. He ido contigo al bosque y he salido enterita. —Más o menos.

Thrain estaba a punto de enseñar los dientes. Su rabia y frustración hicieron vibrar el aire.

—Los cazadores nocturnos son vampiros; creía que ya habrías llegado solita a esa conclusión.

Cindy tuvo que tragarse el nudo en la garganta antes de poder hablar. De acuerdo, nada de paseos en el bosque con Darius.

—Stan, Lisa y Carl son vampiros y no me prohibiste ir al bosque con ellos.

—¿Pero habrías ido con ellos después de decirte lo que eran? —Su expresión aventuraba que ya sabía la respuesta.

—No. —Cómo odiaba ser predecible—. Me encanta la conversación, pero tengo que ir a vigilar el desayuno. Mimi ha dejado el trabajo porque dice que la escoba se ha convertido en serpiente y he tenido que contratar a otra cocinera. —Empezó a caminar hacia la sala del restaurante mientras Thrain la seguía. No había tenido mucho éxito en su intento por esquivarlo.

Thrain no le hizo ningún comentario sobre la escoba mutante, pues no era un acontecimiento extraordinario en la escala de sucesos en el Siniestro Hostal.

—¿Cuándo podremos hablar?

Otra vez. Pese a haber pasado toda la vida intentando descubrir quién era, la verdad le aterrorizaba. Le aterrorizaba que Thrain hundiera su creencia de que era humana; le aterrorizaba no poder aceptar lo que él le iba a decir.

—Tengo un rato después de la charla nocturna en el salón de reuniones. —Cindy miró hacia el buffet que Katie había preparado. Rico y copioso—. Ahora, si la escoba se comporta, las cosas volverán a su cauce.

Thrain le sonrió y ella lo miró como a otro de los suculentos platos del desayuno. Sin embargo, no caería en la tentación. Thrain ofrecía un buffet de los sentidos que aportaba muchas más calorías que una tostada de mantequilla. Cindy pensó, además, en las tremendas tentaciones que suscitaba y cambió de idea. Aguantó la tentación con firmeza hasta que escuchó lo que él le dijo.

—Creo que Katie es mucho más valiente que Mimi. —Le mostró una amplia sonrisa—. Katie practica el Wicca.

—¿Cómo lo sabes? —Se pensaba que la podía sorprender, pero ella ya no se asustaba por nada. Se sentía más segura con una cocinera que convertía la escoba en serpiente que con los huéspedes que caminaban, absortos, hasta el desayuno.

Thrain se encogió de hombros.

—Le he echado un vistazo a su mente. Ha notado que me introducía en su cabeza, pero no le ha importado. Pídele que te dé clases, tiene mucho que enseñar.

—Ya se lo pediré. —Cindy se sirvió una taza de café y fue hacia el salón de reuniones acompañada de algunos huéspedes que ya habían acabado de desayunar. Él la siguió. Thrain no tocó nada del buffet y Cindy no se preocupó por su falta de apetito.

Mientras atravesaban la puerta, Cindy observó el espejo antiguo bañado en oro que quedaba a su altura. Nunca lo miraba y no tenía por qué fijarse. Pararon por delante de él y ella lo miró atentamente.

Un estremecimiento le sobrevino al instante; era una reacción física ante lo que sabía que vería pero no quería aceptar. El miedo agarrotó sus músculos y la hizo sentir patosa, como si tuviese el cuerpo separado de la cabeza. Quizá era verdad. Quizá siempre lo tuvo así.

—¿Ya has visto lo que esperabas ver? —La voz de Thrain era tranquila y sosegada; hablaba con el mismo tono que utilizaría si le pidiese que le pasase la sal, aunque, desgraciadamente, ella sabía que nunca se lo pediría.

—Sí. —Sólo se había visto a sí misma reflejada y eso era lo que esperaba y temía ver. Sin buscar su mirada, se sentó en el sofá al lado de Leo. Thrain se sentó a su lado; Cindy se acercó más a Leo, pero su muslo seguía rozando el de Thrain. Cindy cruzó las piernas—. He oído que le has concedido una entrevista a Sam. —Cindy se volvió para mirar y sonreír a Leo el brujo, un hombre con el que no convenía visitar cementerios.

—Sí. —Leo estaba pensativo—. Qué hombre más rarito, a lo mejor lo convierto en rana, aunque no será tan divertido como lo de la noche pasada.

Se activó una alarma en sus ojos.

—Por favor, no lo hagas. Ya tengo suficientes problemas. —Mi cocinera de siempre se ha ido porque la escoba se le ha transformado en serpiente y la cocinera nueva practica el Wicca.

«Cállate, Cindy. Estás balbuceando».

—¿De verdad? Pues eso le da un giro a mis planes; tengo que conocer a esa nueva cocinera. ¿Crees que me verá guapo?

—Por supuesto. —Cindy intentó ignorar la sonrisa sarcástica de Thrain—. Y estoy segura de que le encantará conocer a un brujo. Vais a hacer buenas migas.

Cindy le pidió perdón internamente a Katie, pero tenía que idear alguna manera para que Leo no lo convirtiera en rana. Aunque, pensándolo bien, como rana podría aportar más cosas a la humanidad que como escritor impertinente.

Cindy se sintió aliviada y vio cómo los huéspedes iban sentándose. Había pensando que, al levantarse para iniciar su habitual discurso de bienvenida, podía aprovechar para alejarse de Thrain e ir a sentarse a otra parte del salón.

Pensándolo mejor, se dio cuenta de que su reacción era bastante absurda, aunque no menos predecible; era lo que había hecho toda la vida: escapar de los problemas. Y, en el fondo, no le gustaba comportarse así.

Cindy resistió la tentación de mirar a Thrain al levantarse. Con la sonrisa de azafata encantadora pintada en la cara, levantó la mano para pedir silencio.

—Antes de empezar la charla, quiero que sepan que han ocurrido algunas cosas extrañas en el bosque las dos últimas noches. Hemos visto espíritus, un demonio y al Diablo de Jersey en el cementerio. —Y, como colofón, a un félido y a un hombre lobo peleándose en la terraza trasera. Cindy incluyó lo del demonio porque no quería dejar en ridículo a los falsos hombres lobo diciendo que habían corrido escapando de un coche—. Nadie ha sufrido daños, pero, en cualquier caso, les pediría que no se alejaran del hostal por su seguridad.

En los rostros había una mezcla de fascinación y miedo. Incluso algunos no-humanos estaban intrigados. El misterio del bosque atraía a sus huéspedes como si de una película de terror se tratara. La única diferencia era que lo ocurrido en el bosque era real; no se le podía dar a ningún botón para detener estos hechos.

—... si, igualmente, persisten con su idea de ir al bosque, lleven móvil y vayan en grupos. —Cindy albergaba la esperanza de que todos los huéspedes hubiesen comprendido la importancia de no hacerse daño. Estaba dispuesta a cerrar el hostal por las noches. Pero, entonces ¿dónde podrían ir los huéspedes a divertirse? Por desgracia, el Diablo de Jersey no era un huésped y no atendía a órdenes. Por supuesto, siempre existía la opción de que

Thrain y los demás hubieran visto al Diablo de Jersey bajo los efectos de una alucinación. Sí, estaba a punto de creérselo.

Caminó lentamente por el centro de la sala en dirección a la puerta.

—...Bien. ¿Quién más quiere explicar sus experiencias sobre ayer por la noche? —A partir de ese momento, se limitó a escuchar mientras eludía astutamente la mirada juguetona de Thrain. Ella sabía perfectamente cómo la estaba mirando porque empezaba a ser muy buena intuyendo sus gestos, y eso era terriblemente peligroso.

Cindy no prestaba mucha atención a Clark y a sus amigos hombres lobo en su disertación sobre las aventuras que habían vivido. Estaban sentados encima de un mueble y disfrazados con el mismo traje inadecuado de siempre. ¿Por qué no se podían comprar trajes sintéticos? «Shhh». A continuación, Gerry, Donna y Kim explicaron el desgraciado incidente con los zapatos, la visión alucinógena de fantasmas y la redacción de una queja formal que les llevaría a hincharse de chocolate.

Cindy se dejó llevar por sus pensamientos e intentó imaginarse qué le diría a Thrain cuando estuviesen solos. ¿Quería de verdad estar a solas con él? Quizá la chimenea era un buen sitio.

El gesto petrificado de sus huéspedes la hizo retomar la conversación.

—Perdona, Clark. ¿Qué decías?

Clark sostenía un libro en la mano y lo levantó para que todo el mundo pudiera verlo.

—Me he encontrado este libro en tu biblioteca, Cindy. Está muy bien. No lo había visto antes. Explica un montón de hechizos interesantes.

—¿Y para qué lo necesitas? —Cindy frunció el ceño. Tenía una gran colección de libros, pero no recordaba haber comprado uno sobre hechizos.

Clark se encogió de hombros y la miró, un poco avergonzado.

—Ah, no, para nada. A mí me gustan mucho los hechizos; son como la base de la magia. —Volvió a mirar el libro—. Lo único malo es tener que encontrar la cola de un hombre lobo. Es imposible. Se tienen que utilizar ingredientes muy raros para hacer los hechizos que explica el libro. Es que, ¿cómo va a haber un hombre lobo que done su cola?

—Cállate, Clark. —Una voz anónima sonó firme y contundente.

—Sí, perdona. No tendría que haber traído este libro. Lo siento. —Soltó una risita comprometida y se sentó—. Soy incapaz de hacer el mal con un hechizo, así que mi cola está a salvo.

Andrea y Adolfo parecían incómodos y Darren se reía. Adolfo miró a Darren.

—El hechizo saldría mejor si sustituyeses la cola de hombre lobo por la cola de un félido.

Darren dejó de sonreír.

Cindy se sentía totalmente al margen. Los demás parecían interesados en el libro de Clark aunque le criticasen por hablar de él. Imagínate.

—Bueno, ¿alguien más tiene algo que añadir?

—A mí me gustaría saber lo que hay que hacer para poder desayunar algo decente aquí.

Ahora era Cindy la que se quedaba boquiabierta. Era voz extraña. ¡Y en su cabeza!

—...Para lo mucho que chillas en otras ocasiones, no has gritado nada. Soy yo, Troyano, tu pobre gatito hambriento. No hace falta que respondas, sólo escucha.

Con ojos pasmados, Cindy vio como todos los huéspedes iban vaciando el salón en busca de aventuras nocturnas.

—Eh, aquí abajo.

Bajó la vista y encontró a Troyano sentado encima de sus grandes posaderas.

—...Mira, no había pensado en estar de cháchara contigo,

pero, como hablo con Thrain, no voy a negarte a ti la palabra. Conozco a tu padre, es muy buen tío. Él no me habría echado nunca de la cocina.

Cindy sólo podía pestañear. ¿Que conocía a su padre?

—...Sí, tu padre y yo somos colegas desde el año mil setecientos ochenta y cinco. Ahora, vamos con el tema de la comida. He entrado en la cocina para desayunar y la nueva cocinera me ha intentado echar sin mucho éxito. Me gustaba más la cocinera de antes. Esta no se asusta de nada; pasa de las serpientes, insectos gigantes o de cualquier bicho amenazante. Quiero comer. Y no, no me gusta la porquería esa de comida de gato. Si no quieres que estalle una guerra nuclear en la cocina, por favor, dame algo de comer.

Cindy miró a Thrain, que estaba a su lado.

—Troyano me ha hablado. Tengo la conversación en la cabeza; creo que me ha leído los pensamientos, también. Pero bueno, tampoco es tan raro, porque todo el mundo se mete en mi cabeza. Ya no entiendo nada.

Cuando estaba asustada, ponía una cara preciosa. Thrain la cogió del brazo; se la llevó fuera del salón y caminaron juntos hacia la cocina.

—Después te lo explico, pero antes vamos a darle algo de comida a ese culo gordo. —Thrain bajó la vista para mirarlo—. Y tú, cállate. No digas nada más. —Thrain se introdujo en la mente del gato y le explicó rápidamente las consecuencias negativas de nombrar a su padre con esa dosis de frivolidad. Como esas mismas consecuencias abolían ciertos privilegios en la cocina para él, Thrain estaba seguro de que, a partir de ese momento, Troyano cerraría la boca.

Ya en la cocina, Thrain pudo comprobar que Cindy no sabía cómo acercarse a la nueva cocinera. Sin embargo, reunió el valor suficiente, pues le marcó allí mismo una serie de directrices.

—Ah, Katie, a partir de ahora quiero que le sirvas a Troyano la misma comida que al resto de invitados. —Cindy limpiaba un poco la encimera evitando sutilmente la mirada de Katie.

—¿En la mesa también, señora? —El cuerpo pequeño y ancho de Katie casi se agitaba de puro descontento.

—No, por supuesto que no. Estoy segura de que no le importará comer en la despensa. —Exhaló un fuerte suspiro y se encontró con los ojos de Katie—. Todavía no ha desayunado; ponle algo del buffet.

—Hmmgg. —Katie sacaba platos a regañadientes e iba seleccionando vituallas de las bandejas del desayuno—. No está bien mimar a un demonio. Nunca se dan por satisfechos.

Thrain casi pudo oír el gruñido de Troyano.

—¿Demonio? ¿Me ha llamado demonio? Ni un millar de demonios serían tan malignos como...

—Déjate de tonterías. —Thrain lo tenía todo controlado. Sólo le quedaba estar a solas con Cindy para poder hablar.

Cindy y la cocinera se volvieron para mirarle.

Thrain contó hasta diez. Tranquilidad.

—Noo, quería decir que a Troyano le gusta comer helado con cada comida. Vamos a ver qué tienes por aquí. —Con la mirada de ambas atravesándole el cráneo, fue hacia la nevera y sacó una tarrina—. Ah, qué bien. Tienes helado Ben & Jerry. Me encanta porque cada sabor dice algo de la persona. No te molestes en sacar un plato, abro la tapa y se lo dejo en el suelo.

Thrain se dio la vuelta y sonrió a la cocinera, que no salía de su asombro.

—Ahora que ya está todo aclarado, Cindy y yo te dejamos trabajar. —No dejaba de sonreír pese a estar notando los dientes de Troyano clavados en la pantorrilla.

—Esto por la respuesta de antes, chupasangre. Tienes suerte de ser mi compañero, porque, si no, ya me encargaría yo de hacer algún cambio molecular con tu cuerpo.

Thrain resistió bien el mordisco. No le iba a dar esa satisfacción a Troyano. Sabiendo que le molestaría al gato, le hizo la siguiente pregunta a Cindy mientras abandonaban la cocina.

—¿Por qué no se ocupa Prada del gato? Es suyo.

Cindy sacudió la cabeza.

—¿Prada? No sé ni dónde está. No ha venido a la reunión del salón.

Justo antes de salir de la cocina, Cindy volvió a ir hacia la cocinera.

—Me he olvidado de decirte que Leo Varinski, uno de los huéspedes, tiene ganas de conocerte. Creo que tenéis muchas cosas en común.

Katie asintió con gesto serio. Todavía estaba enfadada por lo de Troyano.

La risita burlona de Troyano retumbó en la cabeza de Thrain.

—Tu amiguita me acaba de dar una ilusión. La fríe-huevos cascarrabias ahora estará muy ocupada con el brujo y no me fastidiará las comidas. Ah, y Prada no se tiene por qué preocupar por mi estómago porque está rociando de sensualidad el apartamento de Cindy, que buena falta le hace. Me dijo que Cindy tenía el piso más soso que había visto nunca. Ala, ahí va eso. Por haber dicho que soy el gato de Prada.

Cindy miró a Thrain.

—¿Lo oyes en tu cabeza, no? Y ahora, ¿por qué a mí no me habla? ¿Me quiere decir algo?

Thrain se encogió de hombros.

—Nada importante. Dice que no sabe donde está Prada. Oye, vamos a mi habitación, que aquí hay muchas distracciones.

Cindy pensó en contradecirle, pero se limitó a asentir. Seguía intentando entender el juego de Troyano. O, quizá, se estaba acordando, como Thrain, de lo que habían hecho en su piso la noche anterior y no quería que ese recuerdo les influyera. En cualquier caso, Thrain logró persuadirle para no ir a su apartamento y, además, no quería estar cerca cuando Cindy viera lo que Prada le había hecho en el piso.

Él le aguantaba la puerta de la habitación para que ella entrase. No había muchos objetos suyos esparcidos. Thrain se planteó hasta qué punto se habían refinado sus sentidos. La reacción que tuviese al estar en la habitación le daría la respuesta. Cindy dio una vuelta a la habitación y observó el suelo descolorido de estilo oriental y los muebles antiguos de cerezo. Levantó la vista.

—Noto... energía. La habitación está llena de energía. —Se movió hacia la cama de baldaquín y recorrió los dedos por la colcha de color vino—. Es tu energía, ¿no?

—Muy bien. —Cerró la puerta y se sentó en una de las dos sillas—. En cuanto agudices un poco más los sentidos, serás capaz de percibir la energía de todos los huéspedes que se han alojado.

Cindy arrugó el entrecejo y fue a sentarse en la mecedora que había delante. No parecía muy emocionada con su recién estrenado poder.

Cindy desplazó la vista hacia la mesita que les separaba. Lo miró intensamente con sus ojos azules. El notó cómo el miedo les envolvía a los dos, aunque también se palpaba tensión sexual en el ambiente. Por un instante, Thrain pensó en fortificar la habitación para que no pudiese escapar hasta que terminara de explicárselo todo. Pero eso sería una falta de consideración hacia Cindy. Thrain se permitió mostrar una sonrisa de arrepentimiento. Por otra parte, también se habría cabreado y le habría atizado con toda su mala saña.

—Supongo que esa sonrisa significa que me vas a explicar el resto de la historia de mi familia paterna. —Tragó saliva y empezó a mecerse.

—Sí. —Thrain no lo iba a postergar más, no conseguiría nada. Se reclinó en la silla, intentando relajarse. Pensarás que, en una habitación tan cargada de tensión, él no iba a pensar en sexo.

Sin embargo, Thrain tenía la firme convicción de que el deseo sexual los perseguía allá donde iban.

Cindy asintió y subió el ritmo de su vaivén. Lo único que deseaba Thrain es que no se cayera hacia atrás en cuanto oyese la palabra «vampiro».

—Lo que te voy a explicar es absolutamente cierto; es la parte que me queda por contarte. —En ese momento, él también necesitaba una mecedora.

—Me explicaste sólo la parte buena.

Thrain hizo un gesto de contrariedad.

—Depende de cómo lo veas. Yo, en general, me siento satisfecho con lo que soy.

Ella no musitó ni una palabra, pero Thrain podía notar cómo su mente analizaba y diseccionaba la expresión «lo que soy». Por su gesto, pudo intuir que no le habían gustado sus palabras.

—... De jóvenes, los miembros del clan somos humanos. Durante ese período, comemos, crecemos, envejecemos y podemos morir como cualquier joven. Pero, entre los veinticinco y los treinta y cinco, cambiamos.

Él la observaba tímidamente mientras ella dejaba de balancearse y se empezaba a tranquilizar.

—...Con el cambio, nuestro organismo se adapta a lo que vamos a ser durante el resto de nuestra existencia. Somos inmunes a todas las enfermedades y no somos fáciles de matar.

Ella abandonó por un momento su sosiego.

—¿El organismo se adapta? ¿A qué? Eres humano. Tienes cuerpo de humano. Hombre, si te oigo respirar. —Sus enormes ojos le suplicaban que afirmara que todo seguía como siempre.

—Lo que ves son actos reflejos que se conservan del período anterior al cambio. Mi cuerpo recuerda las acciones que realizaba y las hace por costumbre. —Bien, ahora lo duro—. Aunque ya no las necesite hacer más. —Corrió a refugiarse en su discurso para evitar los ojos aterrorizados de Cindy—. No estoy muerto, Cindy. Soy diferente, es lo único.

—Diferente. —Cindy respiraba nerviosamente, intentando entender la verdad que se escondía detrás de la palabra «diferente».

—Con el cambio llega el poder. Empezamos muy lentamente, pero se va incrementando con la edad. Las habilidades no se interiorizan automáticamente. Almacenamos nuestro poder durante años y entonces lo utilizamos para adquirir una habilidad. Como es un proceso muy largo, tenemos que escoger las habilidades que creamos más importantes. Tu padre, por ejemplo, quiere retomar características humanas que perdió en el cambio. —Thrain se quedó pensativo—. A mí me interesan más las habilidades que me reportan seguridad.

—Muy bien, vale. —Se agarró un par de mechones de su cabello negro—. Entiendo lo del poder. —Levantó la vista y lo traspasó con la intensidad de su mirada—. Ahora explícame lo que soy.

Las siguientes palabras iban a cerrar un ciclo de setecientos años de lucha y arrojo.

—Con el cambio, nos convertimos en...

—Vampiros. —La palabra era un dardo acusador que los separaba como si alguien hubiese interpuesto una verja electrificada entre ellos dos—. Siento haber estropeado tu discurso, pero tenía que decirlo primero. Así pienso que controlo más la situación. —Se levantó y se puso recta como si se tuviese que preparar para recibir un buen golpe—. Mordéis a la gente y os bebéis su sangre. ¿Me he dejado algún detalle importante?

—Escúchame, Cindy, lo...

—No hace falta ser experta en parapsicología para entenderlo. Tú no comes. Tienes esos poderes. No has aparecido en las fotos de Sam y tu imagen tampoco se refleja en los espejos. —Respiró profundamente y entrelazó las manos—. Mi hostal está plagado de vampiros. ¿Es una venganza cósmica o qué? Lo que temes te persigue.

—Si me escuch…

—Ya te he escuchado bastante. Yo soy un híbrido; no tengo rasgos vampíricos exceptuando la longevidad. —Se encaminó hacia la puerta—. Lo superaré. Mientras no me dé por dejar de comer, la vida es bella.

La vida no era bella. Thrain estiró las piernas y se fijó en la marca de los dedos en sus botas. Primera norma para calmar a cualquier persona asustada: no mirarla. El contacto visual directo se percibía como una amenaza.

—Bueno, ahora que ya lo sé todo, me voy a ir a mi piso y…

—No sabes nada, Cindy. Siéntate. —Intentaba mantener un tono calmado, pero la tensión crecía minuto a minuto.

—Te dedicas a morder a la gente en el cuello. No necesito saber nada más. Me voy. —Alargó la mano hasta el pomo.

—No tengas prisa. Tienes todo el tiempo del mundo.

Muy bien, Davis. Insúltala y encima dale órdenes. Seguro que, así, se quiere quedar.

Sorprendentemente, Cindy se dio la vuelta.

—Tienes razón. —Caminó hacia la mecedora y se sentó otra vez. Thrain notó que estaba agarrando con tanta fuerza los brazos de la mecedora que los nudillos le sobresalían de manera inaudita—. No es que tuviera prisa; me he querido ir porque no se me ha ocurrido otra manera de reaccionar. La verdad es que ahora me cuesta pensar con lógica.

Aliviado, Thrain se masajeó un poco el cuello para liberarse de los nervios.

—No te equivoques pensando que todos los vampiros somos iguales. Hay muchas familias, clanes, razas o como quieras llamarlas. Tu clan…

Cindy hizo un gesto de dolor. Había obviado muy rápidamente su pertenencia a un clan.

—... Yo vivo con muy poca cantidad de sangre humana, así que me alimento una vez cada dos semanas. Nunca tomo excesiva sangre del donante y siempre dejo a los humanos con un recuerdo agradable de la experiencia. —Thrain observaba cómo los ojos de Cindy escapaban por la habitación, sin detenerse en él. También se había dado cuenta de que había pasado a hablar en primera persona—. Sólo bebo una pequeña cantidad de sangre de una vez, porque, si mezclo mi sangre de vampiro con demasiada sangre humana... —Guau. Demasiada información—. No es muy beneficioso.

—¿Por qué? —Dejó de evitar su mirada y lo miró con ojos felinos.

No podía negar la verdad y era mejor para ella afrontarla.

—Si me sacio totalmente, destruyo el equilibrio de sangre vampírica en mi organismo. Cada vez sentiría un ansia más grande de sangre humana hasta que la gula sería demasiado fuerte como para resistirla. Al final, me convertiría en un monstruo asesino descerebrado que sólo vive para alimentarse.

—Ah. —No dijo nada; sus ojos desorbitados ya lo decían todo.

Thrain se apresuró en acabar la explicación para que ella pudiera salir corriendo, por fin, de la habitación.

—No suele pasar a menudo, porque todo el mundo sabe las consecuencias de la sobrealimentación y los que han conservado la edad de tu padre o la mía tienen demasiado autocontrol como para caer en esa trampa.

—Ya. Autocontrol. ¿Hay algo, a parte del hambre, que os provoque esta ansia de alimentaros? —Si seguía agarrando así la mecedora, dejaría la marca de los dedos en el mimbre.

«No le mientas. Tiene que saberlo todo». Su sed de información chocaba con su hastío de revelarla. Perdiendo la batalla, Thrain pronunció la palabra.

—Sexo.

Sus ojos se abrieron más que nunca, consiguiendo lo imposible.

—O sea, que cuando estábamos…

—He controlado muy bien mis reflejos durante setecientos años. —Sin embargo, no le dijo que ella había puesto a prueba su control más que nunca en toda su existencia como vampiro. Eso no le daría seguridad.

Sólo algunas revelaciones más y ya habría acabado. Entonces, la pelota estaría en su tejado.

—Los del clan tenemos que regresar al castillo de nuestros ancestros una vez cada veinte años y permanecer allí un mes. Tenemos el deber de acabar con la vida de los miembros traidores que vienen a matar. Casi nunca aparece nadie, porque los únicos que nos buscan son los que han enloquecido por consumir demasiada sangre humana. Aunque no puedan razonar, el instinto les lleva a casa. No importa dónde nacieron o dónde han estado, todos vuelven a casa al final.

Cindy asintió, pero apretaba con fuerza los labios e hizo una caída de párpados, derrotada por el cansancio. Thrain fue incapaz de saber en qué estaba pensando y no quiso entrar en su mente sin su permiso.

—¿Por eso está allí mi padre?

Ahora le tocaba a él asentir.

—El deber de Darach termina en once días. ¿Sigues queriendo conocerle?

¿Qué haría si ella le decía que no?

—Sí.

Aliviado, dejó a un lado todas sus preocupaciones.

—Valoro mucho todo lo que has hecho para que conozca a mi padre. Gracias. —La voz de Cindy era distante y formal—. Pero necesito estar un tiempo alejada de ti hasta que consiga digerir todos mis sentimientos.

Se levantó, lo dejó solo en la habitación y cerró la puerta despacio.

«Mierda».

# Capítulo 11

Ganímedes miraba a Chispa de Estrellas con ojos de apatía y de maldad. Tan perverso, frío y manipulador como de costumbre. Vaya pieza. Ella llevaba un vestido negro largo y ceñido con una raja que le llegaba casi hasta el ombligo. El cambio les requería mucho tiempo y esfuerzo a los perturbadores cósmicos y ya era casi de noche. Les esperaban muchas aventuras.

—Qué rabia me da cuando intento mediar en la vida sexual de las personas y no colaboran. —Chispa respiraba con rabia sentada en la ventana, desde donde observaba a la noche penetrar en el bosque.

Se detuvo delante de la cama, donde Ganímedes estaba holgazaneando.

—Cindy lleva cuatro días cambiándose el horario con el señor «Hal-a, qué contento estoy». Ella sabe que a Thrain no le puede dar la luz del sol; por eso ha cambiado su turno de noche con el ayudante y se ha cogido el turno de dia. Es patético. Y me empiezo a cansar de tu cuerpo de gato.

—Sí, yo también. No me deja hacer nada. —Ganímedes le lanzó una mirada juguetona—. Ansías ver de nuevo mi cuerpo de dios moreno, ¿no, bruja?

—Pues sí. —Ella caminó, inquieta, hacia la silla y se sentó—. ¿Por qué habrá huido de esta manera, Medes?

—Me parece que tienes que ser más tolerante con ella.

Thrain le acaba de explicar su linaje vampírico y eso le debe de haber roto todos los esquemas. No todo el mundo espabila rápidamente con tu graciosa maldad. De todos modos, debe de habérselo pensado mejor porque he oído que Hal le decía a un huésped que Cindy se incorporaría por la noche. Justo a tiempo. Ya no aguanto otra noche más a Hal con su estúpido alborozo. Es que me pone enfermo con la frasecita «¿Cómo está mi gatito preferido esta noche?». Como me la vuelva a decir, le arranco un dedo de un morisco.

Chispa le sonrió sin darle mayor importancia. Estaba preocupada por Cindy.

—He hecho todo lo que estaba en mis manos para llenar de sensualidad su piso y ni una palabra de agradecimiento. Y yo, de mientras, madrugando para que no me pillara. Como mínimo, me merezco algunos gritos de cabreo. Y así podría haber utilizado su rabia como trampolín para hablarle sobre sexo y le preguntaría por qué necesita seguir haciéndolo con Thrain. Pero, ¿qué he conseguido? Nothing de nothing. Es indignante.

—A lo mejor no se ha enterado. —Ganímedes se levantó, dio una vuelta sobre sí mismo y se volvió a recostar. Suficiente actividad física.

—¿Que no se ha enterado? ¿Estás tonto? ¡Es evidente! He colocado mi alfombra patentada de seducción en medio del comedor. Cuando se estira encima una pareja desnuda, las fibras emiten minidescargas que incrementan el flujo de sangre y liberan feromonas para impulsar la excitación sexual. Y es de color rojo chillón, por favor. ¿Cómo no vas a ver algo de color rojo chillón en un piso de grises y blancos?

—Sí, bueno. A lo mejor ha pensado que una alfombra en el suelo no era para montar en cólera. —Ganímedes miraba, pasmado, las caderas de Chispa mientras ella alzaba las manos al aire y proseguía con su paseo.

—No te habrás creído que sólo he colocado la alfombra, ¿no?

—Ella merodeaba por la habitación: una depredadora cósmica preparándose para la caza.

Le encantaba verla cabreada.

—No; sorpréndeme.

Chispa se sentó al pie de la cama.

—He escrito pintadas sobre sexo en todas las paredes del piso. He cambiado la crema corporal por mi ungüento especial que despierta un deseo sexual voraz. He colocado velas aromáticas en puntos estratégicos donde se pueden producir encuentros sexuales. He llenado la nevera de manjares que aumentan la libido y he cargado todas las estanterías de libros sobre cómo gozar de una buena vida sexual y de revistas con fotos de hombres aceitosos y desnudos. He esparcido álbumes de música sensual por todo el piso y he programado la televisión para emitir películas porno. También le he reservado una sorpresa en la cama para que oiga gemidos cada vez que se estire. —Suspiró—. ¿Qué he hecho mal? ¿Cómo puede aguantar cuatro días sin decirme nada?

—Hmmm. —Ganímedes intentaba no reírse. Chispa se tomaba muy en serio estas gilipolleces—. Quizá se está guardando la rabia hasta límites insospechados y, cuando te vea, te arrancará la cabeza. Y, cuando haya acabado contigo, agarrará a Thrain de los pelos y se lo llevará a su piso para fornicar como animales encima de tu alfombra.

—¿Tú crees? —Inmediatamente cambió el gesto.

—Seguro. Para mí es lo más lógico.

Una vez disipadas las preocupaciones de Chispa, ya era hora de centrarse en lo realmente importante: crear un abanico de problemas a gran escala.

—Vamos a hablar de la invocación del hechizo.

—He hecho aparecer una pila de libros con hechizos falsos y los he distribuido por toda la biblioteca de Cindy. Estoy viendo a los humanos cómo los leen y toman nota de toda la información y es que me parto de risa. —Se acercó a Troyano y le rascó la oreja.

Él se restregaba contra su mano.

—Lo de la cola de hombre lobo fue un golpe de astucia. Las dos últimas noches uno no podía moverse sin toparse con la cola peluda de algún hombre lobo.

—Hmmm. ¿Y qué te pareció el ingrediente de la escoba de bruja? —Empezó a acariciarle la espalda.

«Ohh, sí, cariño. Esta es la única ventaja de ser gato».

—Muy interesante. Les podría haber dicho, ya de paso, que no le robaran la escoba a la cocinera. Pero no se lo dije. Estaba cenando cuando el primer idiota la intentó robar. —Hizo una pausa para saborear el recuerdo.

—¿Y qué paso? —Prada dejó de acariciarle y se examinó una de sus largas y rojas uñas—. Recuérdame que utilice otro tono. Este rojo es demasiado chillón y queda hortera. Necesito una tonalidad más profunda, más intensa. Una tonalidad que refleje mi compromiso inviolable hacia el sexo.

—La escoba empezó a atizarle durante todo el camino hacia su habitación.

Ganímedes sabía que había que cambiar de tema cuando a Prada le daba por hablar de sus uñas.

—¿Me estás diciendo que la cocinera le pegó con la escoba y lo persiguió hasta su habitación? —Chispa se levantó.

—No, fue su escoba. La escoba estaba cabreada.

Troyano saltó de la cama.

—Y el chico se ha marchado esta mañana. Cindy se va a cabrear.

—¿En serio? —Chispa caminó hacia la puerta y se detuvo con la mano en el pomo—. ¿Cuándo vamos a hacer la invocación?

Ganímedes se detuvo y se sentó a su lado.

—Dentro de muy poco. Si Cindy y Thrain resuelven su distanciamiento gracias o no a tu intervención, se irán a Escocia a conocer a Darach, así que la invocación debe hacerse antes de que se vayan porque yo también quiero ir con ellos. Sabes que me encantan los finales felices. —Una mentira desproporcionada que, sólo en este caso, constituía una excepción.

Prada entornó los ojos.

—Me gustaría que respetaras mi trabajo. —Había en sus palabras una amenaza implícita.

Si no había respeto, se quedaría sin el mes prometido de goce sexual.

Ops.

—Oye, no. Te respeto hasta la muerte, mi preciosa conejita. Me encanta tu trabajo de intervención. Si tu intervención tiene éxito con ellos y acaban revolcándose en un sinfín de juegos sexuales, no se enterarán de la invocación del hechizo. Así que tu trabajo de intervención es bueno.

—En ese caso, vale. —Su expresión se dulcificó—. ¿Por qué no hacemos la invocación el día veintisiete, cuando todo el mundo esté, todavía, entusiasmado y nadie se haya parado a probar la autenticidad de los hechizos que he diseñado?

¡Uf! Eso era dentro de nada.

—Bien pensado, pero sólo nos da dos noches más de margen para pensar. —Ganímedes la miró mientras se iba y cerraba la puerta. En seguida, empezó a seguirla por el pasillo—. Creo que tendríamos que hacer la invocación en la valla de césped de la entrada. Delante de todos. Y tendríamos que conseguir que Cindy y Thrain no se entrometieran. Ah, y recordar a todos que no les dejen entrometerse. No queremos que nadie más intente detenernos. No podrán. —Estaba todo tan bien calculado… si hubiera tenido manos, se habría puesto a aplaudir allí mismo.

Ganímedes no se lo había vuelto a pasar bien desde hacía mucho tiempo, en parte debido a la gran censura que había sufrido. Bajo la supervisión del Gran Jefe, era difícil maquinar acciones maliciosas con la suficiente sutileza como para que el Señor no pusiera el grito en el cielo. Bueno, al menos había desistido de prohibirle que dijera tacos.

—¡Joder, mierda; mierda, joder!

Chispa le lanzó una mirada inquisitiva.

—¡Qué pasa! Ahora lo puedo decir.

Cindy había pagado un alto precio por evitar a Thrain: no podía dormir. Y su cambio repentino de horario no era la única razón que le obligaba a dar vueltas constantemente en la cama hasta el amanecer.

Cada noche notaba a Thrain detrás de su puerta. Podía sentir su nerviosismo, su necesidad de ella. ¿La parte mala? Lo deseaba tan intensamente que le dolía todo el cuerpo. Después de convivir con las marcas descaradas de lascivia y deseo que Prada le había dejado, se sorprendía a sí misma por no abrir la puerta y saltar encima de él. ¿Podía temer y desear a alguien al mismo tiempo? Sí, por supuesto.

Cindy tenía que concederle un poco más de confianza. No había entrado ni en su piso ni en su mente, aunque también sabía que, en el caso de hacerlo, no se lo podía impedir. Era extraño, pero siempre lo reconocía en seguida cuando entraba en su mente, pues había dejado una señal luminosa desde la primera vez que entró. Sin duda, otros también se habían aferrado a sus pensamientos, pero ninguno como Thrain había dejado tal impronta en su conciencia.

No se podía seguir escondiendo de él. A parte de Troyano, era el único que la podía llevar a ver a su padre. Y Troyano no era una opción viable. Se imaginaba a ella misma sentada entre Prada y Troyano en su versión humana, aguantando toda la duración de un vuelo trasatlántico, y le venían escalofríos. Cindy ya había buscado un vuelo el día de antes; por lo que le había dicho Thrain, no tendría mucho tiempo para conocer a su padre y ver el castillo de los ancestros. El castillo de sus ancestros.

Bueno, su vuelta al turno de noche no tenía que ver sólo con su padre. Cindy echaba de menos a Thrain. Pero, ¿cómo puedes echar de menos a alguien a quien conoces sólo de un par de noches? ¿qué había, más allá de atracción sexual?

Cuando se sentía relajada con él, le encantaba su sentido del humor y la sensación de seguridad que le aportaba. Aunque la noción de «vampiro» le erizaba los pelos de la nuca, había llegado a la conclusión de que ya no volvería a pasar miedo con él en el bosque. No le acercaría mucho el cuello a la boca, pero estaba segura de que él la protegería ante cualquier amenaza.

Y Thrain estaba conforme con lo que era. Y ella lo admiraba e incluso envidiaba. Quizá, si Thrain se quedase más tiempo, su conformidad se le contagiaría. «Pero, ¿tú quieres que se quede más tiempo?». Se inclinaba hacia el sí.

Cindy respiró profundamente para coger fuerzas; abrió la puerta del piso y caminó hacia el hostal. Angela, que sustituía a Hal en sus días libres, estaba allí para pasarle las novedades del día. Por suerte, había trabajado los dos turnos para que Hal y Cindy pudiesen recuperar sus horarios y se había ofrecido para sustituir a Cindy durante su estancia en Escocia.

Después de ser informada de que un huésped se había marchado tras ser atacado por la escoba de la cocinera, Cindy se despidió de Angela y la miró mientras se marchaba. Hmmm. ¿Sólo un ataque de escoba? Una noche tranquila. Angela también le había dado buenas noticias. Había recibido muchísimas llamadas de reservas durante el día. Era evidente que la historia del Diablo de Jersey estaba cuajando.

—¿Dispuesta a enfrentarte al gran vampiro amenazador, cariño? —Incluso cuando se ponía sarcástico, la voz de Thrain era profunda y sensual.

Sorprendida por su súbita exaltación de júbilo, Cindy se volvió hacia él.

—No me he escondido. Sólo necesitaba un poco de tiempo para asumirlo todo sin nada que me distrajese.

—Pero las distracciones pueden ser muy sugerentes y divertidas. —Sus labios se estiraron para mostrar una sonrisa que no alcanzó a sus ojos—. ¿Sigues queriendo conocer a Darach?

—Si, he comprado dos billetes de avión para Escocia. Sale el viernes noche, pero es imposible no coger alguna hora de sol. Supongo que ya tienes remedio para estas situaciones. Espero que tengas el pasaporte vigente. —Cindy sabía que estaba enfadado con ella, pero no podía entender la chispa de emoción que traslucían sus ojos. No es que tuviese miedo de conocer a su padre; por encima de ello, primaban los esfuerzos de Thrain.

—Nos vamos el viernes. No vamos en avión normal. —Thrain le acarició la cara, descendiendo hasta el cuello, donde se detuvo justo en el punto en el que latía su pulso.

Cindy intentó sofocar un estremecimiento si bien se dio cuenta de que su reacción tenía más que ver con el estímulo sexual que con el miedo. Su tacto encendía el calor de su piel e intensificaba aún más el poder de sus sentidos exaltados; mucho más de lo que él podía sospechar. Cindy se encontró con su mirada.

—Me muero por descubrir cómo llegaremos a Escocia.

—Bueno, yo mutaré en murciélago gigante y batiré las alas cruzando el Atlántico mientras tú te agarras a mis talones. —La sonrisa alcanzó y suavizó sus ojos.

—Gracias por no decir que me llevarás entre tus fauces. —Hasta el momento, no se había imaginado ninguna imagen divertida asociada a colmillos o fauces, pero se sorprendió de su propia ironía.

—No me gusta decepcionarte, pero el vuelo será tranquilo como una balsa de aceite. —Caminó con ella para ir a supervisar el desayuno e ir, después, hacia el salón para atender la primera reunión de la noche.

—Nuestro clan organiza vuelos especiales para nosotros. La luz del día no será un problema.

«Nuestro». Por primera vez, se alegró al sentirse parte de algo.

—Está bien saber que tengo parientes ricos. Ya me explicarás cosas de ellos en el vuelo.

Su risita de sorna le persiguió mientras tomaba asiento al lado de Leo, en su silla habitual. Thrain se sentó al lado de ella.

—Ey, Leo. ¿Qué tal con Katie? —Cindy miró al salón, deteniéndose en Darius. Como de costumbre, él y sus colegas cazadores nocturnos se sentaban en una esquina oscura del salón. Darius le sonrió y, mientras ella le devolvía la sonrisa, pensaba en qué excusa le podía dar para ahorrarse el paseo con él.

Cindy siguió mirando y se topó con los ojos de Prada. Troyano descansaba sobre su regazo. Los labios provocativos de Prada se curvaron para esbozar una sonrisa. Cindy la contemplaba desde la distancia. Ya se ocuparía de la Doctora Amor más tarde.

—Katie es una mujer tan fantástica como poderosa. —Los ojos de Leo brillaban de júbilo y excitación—. He esperado dos siglos a encontrar una mujer como ella y no la voy a dejar escapar. Katie te iba a decir lo del viaje, pero, ya que estás aquí, te lo explico yo. La voy a llevar a Atlantic City para disfrutar de los casinos. Prada dice que el jueves es el mejor día para salir. Vamos a pasar todo el día y puede que la noche. —Le dio un codazo de complicidad a Cindy—. Si tengo suerte, ¿eh?

—¿Toda la noche?

Guau. Qué bien. Si Leo tenía éxito, Cindy tendría que buscarse a otra cocinera.

—No te preocupes por la cocina. Katie dice que enviará a su hermana Gloria para preparar las comidas.

—¿Y Gloria es…?

Leo le sonrió.

—Es perfectamente normal. No colecciona escobas embrujadas.

—Gracias. —Cindy ya no sabía lo que significaba el concepto «perfectamente normal»—. Y espero que arrases en el casino.

Leo parecía atolondrado.

—Sí, sí, claro. Algo haré. Son las ventajas de ser brujo.

—Claro. —Cindy siempre se sentaba y escuchaba todas las conversaciones de sus huéspedes, pero, si bien la voz de Thrain era como su canción favorita, la charla continuada de cualquier cliente era como la lectura insana de la guía telefónica.

No hubo respuesta.

Rozó a Thrain con el muslo, sin la mínima intención de separar la pierna. De hecho, había resuelto que se dejaría tocar enteramente por Thrain, excepto en el caso de que deslizara los dientes por su cuello. Era increíble la cantidad de verdades que había descubierto con la ayuda de la comprensión y el deseo.

—¿Qué vas a hacer? —La pregunta de Thrain era una combinación espontánea de todas las preguntas que, a su vez, se hacía Cindy.

—¿Cómo? —Sorprendida, se volvió hacia él.

—Tu escritor preferido ha ido contando a todo el mundo que estaba en el cementerio asustando a los fantasmas cuando un cuerpo enorme se abatió de repente sobre el suelo. Dice que no lo vio bien porque en seguida se puso a correr para escapar y que, cuando se dio la vuelta, había desaparecido. La breve descripción que hace encaja con el Diablo de Jersey.

Cindy asintió.

—Las dos apariciones han tenido lugar en el cementerio. Esta criatura tiene un instinto territorial muy arraigado a este sitio, pero no sé por qué no apareció cuando estábamos allí con Leo y las tres mujeres.

Thrain sonrió con ciertas reservas.

—No tuvo un encuentro muy agradable la primera vez conmigo y con Troyano y se habrá querido ahorrar un segundo enfrentamiento. —Frunció el ceño—. O a lo mejor estaba durmiendo la noche del cementerio.

Cindy se levantó para dirigirse a los huéspedes. Cómo había cambiado en una semana. La semana anterior, si alguien le hubiese dicho que previniera a sus huéspedes contra el Diablo de Jersey, le habría recomendado una visita al psiquiatra. Pero siete noches la habían convertido en toda una creyente.

—Escuchadme todos. Por la seguridad de todos los huéspedes, queda prohibido ir al cementerio hasta que aclaremos lo que está pasando.

Thrain la miraba con gesto irónico.

—Ya lo has conseguido. Ahora, por decirles que no vayan, los tendrás allí cada noche. Es la tentación irreprimible de lo prohibido.

No tuvo tiempo de sorprenderse.

—Ya, ya lo sé. —Cindy hizo desaparecer la arruga entre sus ojos mientras los huéspedes se iban levantando y salían del salón en busca de aventuras nocturnas—. Me siento un poco abrumada por todo. ¿Qué les puedo decir, sino, a mis clientes humanos? ¿Qué se les puede decir, para que no corran peligro? «Alejaros del bosque porque el Diablo de Jersey os tiene manía. Tened cuidado con Leo Varinski porque, si lo hacéis enloquecer, llamará a algunos espíritus u os convertirá en rana. No os metáis con la cocinera o su escoba os pegará una paliza y que nadie se líe con Andrea porque está con un félido muy celoso».

Cindy levantaba las manos con vehemencia.

—...Todavía no he mencionado al variado elenco de hadas, dioses y diosas, vampiros, hombres lobo y al mayor grano en el culo de todos: nuestros también conocidos y residentes en el hostal perturbadores cósmicos.

—¿He oído que nos criticabas? —Prada se detuvo delante de Cindy llevando a Troyano en brazos—. Oye guapa, tienes que dejar de darle a mi gatito el helado ese Ben & Jerry. Pesa una tonelada. Cuando muda de cuerpo dice que el cambio no le hace justicia y lo compensa atiborrándose de helado. Y, cuando vuelve a forma humana, odia a todo el mundo mientras suda en el gimnasio para bajar el michelín.

—No sé cómo aguanto a esta mujer. Los ojos anaranjados de Troyano se convirtieron en dos rayas ladinas—. ¿Cómo la aguanto? Dímelo.

Desconcertada, Cindy se topó con la mirada de Troyano.

—¿Me estás hablando a mí? —Por primera vez, se dio cuenta de que Prada y Troyano ponían la misma cara cuando estaban enfadados.

La sonrisa de Prada era sensual y reposada.

—Me aguantas porque no hay ni un ser en todo el planeta que pueda hacer lo que yo le hago a los hombres.

Vale, no quiero oír más.

—Thrain, ¿te importaría ir a la cocina y traerle una tarrina de helado a Troyano? Me parece que todavía no ha probado el helado de plátano con trozos de chocolate y nueces. Necesito hablar con Prada. A solas.

La cara sumisa de Thrain y la exultación de Troyano lo decían todo. Prada colocó con cuidado al gato en el suelo y lo miraba mientras caminaba torpemente al lado de Thrain.

—Los machos de todas las especies son tan fáciles de complacer... Sexo y comida. Me encanta la simplicidad de sus necesidades. —Prada se volvió para mirar a Cindy—. No como nosotras.

Cindy levantó una ceja para dedicarle una expresión cínica.

—Ah, ¿te interesa algo más aparte del sexo? Nadie lo diría.

La sonrisa de Prada era delicada y triunfadora.

—Estás enfadada conmigo. Eso me hace sentir un hormigueo allí abajo...

—Sí, supongo que todos sentimos ese hormigueo de vez en cuando. En cuanto al piso...

—Te has dado cuenta. ¡A que es excitante! —Prada la agarró del brazo y se la llevó hacia una silla.

Cindy se sentó en la primera silla que vio y Prada se sentó frente a ella.

—¿Sabes que no deberías…

—¿Cómo te has sentido con lo que te he preparado? —Los ojos de Prada resplandecían con un brillo fanático.

—Cabreada. Pensaba que ya había quedado claro. —De alguna manera, Cindy sabía que no escucharía ninguna disculpa de Prada.

—Pero, ¿cómo te hice sentir en el fondo? —Prada intentaba arrancar alguna confesión sincera de Cindy—. Mientras absorbías todo el potencial sexual del piso y te imaginabas a Thrain desnudo, ¿cómo te sentías?

—Cabreada. —Y, cuando se le pasó el cabreo, encendió las velas, se embadurnó de loción erótica, contempló todas las fotos, escuchó la música sensual y casi se atraganta con la comida afrodisíaca. Tal y como Prada había supuesto, Cindy se imaginó atragantándose con otras cosas. Prada tenía que responder ante muchas cuestiones. Era la culpable, en parte, de que Cindy no hubiera podido dormir.

Prada suspiró, cruzó las piernas y repiqueteó con la uña contra la rodilla.

—Guapa, estoy abalada por expertos. Tú no cumples los requisitos. Tu padre es un hombre muy sensual y la sangre de vampiro procrea calidad, así que estoy llegando a la conclusión de que tú sólo eres una señorita sexy y rebelde.

Prada también conocía a su padre. Parecía que todo el mundo conocía al famoso Darach menos ella. Pero Cindy no quería enfrascarse en una discusión con Prada cuando ya le estaba costando acabar con ese diálogo.

—¿Por qué una alfombra roja? —Estaba plantada en medio del comedor y era un atentado directo contra la elegancia y la neutralidad de su piso.

—Es mi alfombra preferida. Cuando Thrain y tú echéis chispas de lo calientes que estáis, será el momento de revolcaros en esa estupenda alfombra. Vas a tener un orgasmo profundo y devastador de esos que se repiten cada muchos años como una lluvia de estrellas. —Prada se acercó a Cindy y le lanzó una mirada lasciva—. Y voy a tener un poco más de paciencia contigo. Tú y Thrain: dejaros de chorradas y a lo vuestro. Y pórtate bien.

—Vale. Me portaré bien. —Si Cindy hubiese querido seguir alimentando la conversación, le habría dicho a Prada que, durante esas cuatro noches alejada de Thrain, había resuelto todos los problemas excepto dos. La imagen de los dientes de Thrain cerca de su cuello le aterrorizaba, si bien el resto de su cuerpo seguía sintiendo atracción sexual hacia él. ¿El Gran Hacedor de Vampiros no tenía a otro Thrain sin colmillos? La segunda preocupación iba más allá del miedo. Sin el permiso de su cerebro, su corazón le estaba enviando un mensaje que, si era capaz de traducir correctamente, indicaba que se había metido en un lío. Su corazón obviaba el miedo a los colmillos e iba directo a la verdad. Cindy deseaba a Thrain. Mucho más de lo esperado.

—Estoy segura de que no has utilizado el kit de ayuda para mujeres mojigatas en estas noches. ¿A que no? Prada movía la pierna nerviosamente.

—Bueno...

—Ya no necesitas un kit de ayuda. Lo que necesitas es un cambio radical. —Prada se levantó—. Ven a mi habitación; te voy a poner una ropa de infarto. Vamos a olvidarnos de los tejanos y a concentrarnos en lo provocativo. —Ella ladeaba la cabeza para observarla—. Tengo un vestido rojo de seda; tiene poca tela, pero lo tapa todo. Vas a estar impresionante con todo el pelo negro suelto y también te dejaré mis zapatos rojos de fulana con dos palmos de tacón. Con un látigo en la mano, ningún hombre se te podrá resistir.

—Yo...

—¿Y qué te pareció la cama? —Prada se levantó.

—He dormido en el sofá. —Cindy frunció el ceño. Había sentido muchas emociones contradictorias sobre Thrain y sus raíces vampíricas. Y, por encima de ello, emergió una pregunta—. ¿De dónde eres, Prada?

Prada se quedó pálida y la miró y Cindy sintió por primera vez el goce de haber sorprendido a la «Señorita Caliente y Segura». Prada había bajado la guardia.

—¿Es una pregunta capciosa? ¿Cómo voy a saber cuál es mi puñetero origen? —Prada estaba completamente indignada con su pregunta—. Sencillamente, vivo. ¿A qué viene esa pregunta?

—¿No te interesa saber dónde has nacido o quiénes eran tus padres? —La verdad se desplomó sobre ella con toda la contundencia de quien no tiene miedo a preguntar.

Prada pestañeó varias veces.

—Pues no, no necesito saber de dónde vengo; sencillamente, estoy aquí.

—Sí, eso creía yo. —Cindy la seguía por las escaleras mientras iban a buscar el vestido corto de tela y los zapatos de fulana—. He estado setecientos años renegando de mi pasado y estaba convencida de que debía pensar en el presente. Pensaba que mi longevidad era consecuencia de una anomalía genética y que la ciencia me daría todas las respuestas. Cada vez que me golpeaba el más mínimo pensamiento de que yo no era humana, lo apartaba bruscamente. Ignoraba el pasado y me centraba sólo en lo nuevo y en lo caduco, pero seguía sintiendo una gran frustración.

—¿Y adónde quieres llegar? —Prada abrió la puerta y dio un paso al frente.

Cindy la siguió y se quedó de pie mientras Prada rebuscaba en su armario.

—Tengo que aceptar el pasado para sentirme bien en el presente.

—¿Y el problema? Vuelas a Escocia, te rindes a los brazos de papá y adquieres toda la paz del mundo. No es tan complicado. —Prada dio media vuelta con el vestido rojo colgado del brazo y los infames tacones de fulana pendiendo de los dedos—. Personalmente, creo que es muy exagerado hablar de «paz», pero es una opinión mía.

El padre de Cindy no era el asunto difícil. Lo complicado era Thrain. Quería acercarse a él en muchos sentidos y, de momento, sólo había habido demostraciones de deseo físico. Pero, por mucho que deseara hacer el amor con él, no podía ignorar su naturaleza de vampiro. Cada vez que le rozaba el cuello con la boca, sentía pánico. Tenía que encontrar la manera de contrarrestar su miedo. El mordisco de un perro no podía calar tan hondo en sus setecientos años de vida.

Murmurando unas palabras de agradecimiento, Cindy aceptó las sugerencias de Prada y se dio la vuelta para marcharse.

—Eh, no tan rápido, guapa. Ahora mismo vas al baño y te lo pruebas. No te voy a conceder el privilegio de que vayas a tu piso y lo dejes abandonado en el armario. —Prada mostraba una férrea expresión.

Cindy pensó que se libraría más rápido de ella si se probaba el vestido allí mismo sin discutir. Después de algunos suspiros nomanifiestos, Cindy caminó hacia el baño, se quitó los tejanos, el top y los zapatos y se deslizó cuidadosamente dentro del trozo de tela rojo. Subiéndose a las sandalias rojas de vértigo, apartó la ropa y salió tambaleándose del baño. Dios mío, caminaba con la misma torpeza que el gigante de la fiesta mayor.

Cindy había estado tan ocupada intentando aplacar el miedo que le había llevado a la misma úlcera durante setecientos años, que ni siquiera se había mirado nunca en el espejo.

—Esto sí que es un vestido. Eres una bomba sexual que va a explotar en cinco minutos o... no sé, el tiempo que tardes en conseguir que se desmaye ese vampiro al que pones cachondo. —Prada le abrió la puerta—. Y tienes que acabar lo que empiezas, cariño.

—¿Cómo? ¿«Bomba sexual»?

—Confía en mí. Llegarás a ese momento tan especial cuando tus sentimientos hacia Thrain sean un eclipse que te permita olvidar para siempre esa mordida de perro.

Por primera vez en todos sus encuentros, la sonrisa de Prada se reveló sincera, sin segundas intenciones.

—¿Cómo has sabido...? —Cindy la escudriñó con la mirada—. ¿Has estado en mi mente, no?

Prada lo admitió con un gesto afable.

—Claro, y en la de todos los demás. —Le ofreció a Cindy una sonrisa de comprensión—. Ahora mismo, sin ir más lejos, eres el sueño erótico de medianoche de Thrain. Ve a por él.

Prada cerró lentamente la puerta, dejando a Cindy sola en el pasillo.

Tras un largo suspiro, Cindy empezó a bajar las escaleras y caminó hacia la cocina; quizá Thrain seguía allí con Troyano. Pero se encontró a un Troyano solitario con los bigotes sumergidos en la tarrina de helado que ni siquiera se esforzó en mirar quién entraba.

—Noticias frescas. Estás descubriendo muchas cosas esta noche. Como experto, te recomiendo que no dejes que todas estas paridas de auto-análisis te afecten demasiado. A veces hay que aplicar el instinto visceral.

Cindy se resignó a aceptar sus palabras.

—Veo que Prada no ha perdido tiempo escampando la noticia.

—Ella sabe que yo también necesito saber. Nos interesas, nena. —Troyano abandonó la tarrina con gesto de desagrado—. Y el vestido de Prada es un gran trampolín para ti. —Le guiñó uno de sus ojos anaranjados—. Thrain te espera en la puerta de tu piso. Está impaciente.

Cindy le miró fijamente a los ojos y por primera vez pudo ver a un ser emergente detrás de ese cuerpo de gato. Sintió y reconoció un poder de tal envergadura que le hizo temblar. Prefería la imagen de gato gordinflón y cascarrabias.

Al salir de la cocina, Cindy bajó la mirada para verse en el vestido de Prada por primera vez. ¡Ay! ¡ay! Se le veía hasta el ombligo, pero no tenía sentido seguir aplazando lo inevitable. Se apresuró hasta el apartamento para encontrarse con Thrain.

# Capítulo 12

El enfado de Thrain hacia Cindy yacía bajo un aparente auto-control que ni siquiera la lógica podía disimular. ¿Pero qué le pasaba? Tenía que estar contento, no enojado. Había cumplido, después de tantos años, con los objetivos que se había marcado: Darach se reencontraría con su hija.

Con la espalda apoyada contra la puerta de Cindy, intentaba sincerarse consigo mismo. En el transcurso de una semana, había pasado de la firme determinación de no involucrarse sentimentalmente con la hija de Darach al punto donde se encontraba en ese momento: colado hasta las cejas.

Lo más terrible de todo era que su enfado no tenía nada que ver con el sexo. La frustración sexual no le enfurecía; le provocaba hambre. Se trataba de algo bien distinto. Más profundo. Y esta profundidad no era buena señal, porque lo único que dejaba entrever es que Thrain estaba reconociendo un sentimiento en su ser por el que nunca antes había atravesado; y al que no quería llegar. Además, si empezaba a crear un vínculo sentimental con Cindy se acabaría auto-destruyendo. Tenía miedo de sí mismo (y, más concretamente, de sus colmillos) y del límite que pudieran soportar sus dientes.

Se apartó de la puerta al escuchar el repiqueteo de unos tacones. Cindy dobló la esquina y siguió caminando hacia él. Thrain no creía en el destino, pero era incapaz de controlar la terrible premonición que se arrojaba sobre su sino al verla con ese vestido rojo provocativo que abrazaba todas sus curvas.

Mientras recorría la mirada por esas piernas largas y delgadas que acababan en unos zapatos sensuales de tacón, una ola roja de deseo hizo su acto de presencia. Cindy debería ser más cautelosa a la hora de ponerse delante de un vampiro hambriento con un vestido así.

Se detuvo delante de él, con las mejillas encendidas y los ojos chispeantes expresando lo que él sólo podía identificar como una muestra de excitada determinación.

—Tenemos que hablar. —Intentaba controlar su voz para que su tono fuera lo más afable posible y para no ofenderla de ningún modo—. Este vestido es muy práctico, me ha estado hablando desde el primer momento en que has aparecido.

—¿Ah, sí? ¿Y qué te ha dicho? —Cindy levantó la mano—. No, es igual. Prefiero no saberlo. Tampoco es mío, me lo ha dejado Prada. —Miró hacia abajo y se pasó la mano por el vestido—. Ven, vamos para adentro y tomamos algo. —Hizo un gesto contrariado—. Oh, lo siento, no tengo tu brebaje favorito. —Abrió la puerta y entró en el apartamento—.

No le respondió; estaba muy ocupado contemplando el vaivén provocativo de sus nalgas mientras la seguía.

—Tengo que felicitar a Prada por su gusto en vestidos.

—Sí, ya. Prada se cree que va a solucionar todos mis problemas vistiéndome como a una conejita de Playboy. —Se quitó los zapatos de tacón y los apartó. Respiró aliviada—. Siéntate.

Por fin pudo despegar la vista de su vestido y empezar a fijarse en otras cosas.

—¡Por la ira de Odin! ¿Qué le ha pasado a tu casa?

Su reacción le provocó una gran sonrisa.

—Prada ha pasado por aquí. Decidió darle un toque sensual al piso con la firme teoría de que este decorado sencillo y austero me convertiría en una bestia sexual capaz de saltar encima de ti como una hiena poseída.

Thrain le devolvió la sonrisa.

—¿Y funciona? —Si la colección de literatura erótica surtía efecto, sin duda premiaría a Prada.

Cindy levantó la vista y se encontró con sus ojos.

—No necesito la ayuda de Prada. —Apartó sus ojos de él—. Te quería conseguir por méritos propios.

—¿Pero? —Él sabía que había un «pero» porque se lo había dicho su hilillo de voz y su mirada huidiza.

Cindy tardó un momento en responder y Thrain tuvo miedo de que ella no quisiera continuar con la conversación.

—¿Por qué estás enfadado conmigo? Lo he notado nada más verte.

Su sonrisa no desfallecía.

—Porque me tienes miedo. —La verdad se impuso. Este pequeño secreto había habitado en su subconsciente hasta que, de pronto, saltó a la arena para su sorpresa. Nunca le había importado darle miedo a la gente, pero, en el caso de Cindy, era diferente. Y esta era otra advertencia de que Thrain estaba construyendo unos lazos emocionales mucho más fuertes de lo que había pensado. Y el juicio no tenía nada que ver con sus sentimientos hacia ella.

Cindy suspiró.

—Pues yo estoy mucho más enfadada conmigo misma. —Se encogió de hombros—. Y voy a combatir mis miedos por mí misma. ¿Te apetece ver el resto de la decoración espantosa que Prada se ha permitido el lujo de colocar?

—Claro que sí. —Thrain entendió lo duro que le resultaba sentarse a hablar, aunque tampoco se tenía que sentir forzada a estar con él—. ¿Qué hace esa alfombra roja en medio del comedor? —Observó todos los cuadros colgados en la pared. Era obvio que las personas retratadas se lo estaban pasando muy bien y estaban empleando la imaginación.

Por primera vez, Cindy soltó una carcajada.

—Es la alfombra del amor de Prada. Dice que cualquiera que tenga ganas de fornicar salvajemente tiene la obligación de hacerlo encima. Asegura que en esta alfombra se pueden hacer cosas extraordinarias.

—¿No ha diseñado un catálogo de precios? No me importaría quedarme con esta alfombra. —Thrain le acarició la espalda mientras ella le conducía hacia la habitación—. Y también te habría comprado este vestido. Ahora mismo, mi visión es del mismo color. —La cogió del hombro desnudo mientras ella señalaba las velas, la crema corporal y los demás enseres. Su piel se calentaba con su tacto mientras la encarnación de sus deseos se iba volviendo más y más oscura; pronto llegaría al negro.

Se detuvieron delante de la habitación de Cindy.

—Si no hubiese querido que probaras la creatividad sensual de Prada, no te habría dejado entrar. Esto es tan bueno que tienes que verlo. —Le mostró una sonrisa juguetona, aunque la tensión seguía latente en su cuerpo.

Thrain miró alrededor. A parte de las fotos de parejas haciéndolo y de las velas, no veía nada fuera de lo normal.

—¿No hay nada más? —Se sentó al pie de su cama.

—¡Ohhh! ¡Ahh! ¡Mmmm! ¡Sííí! —Gemidos de placer emergieron de la cama.

—¡La madre que! La zorra de la cama está teniendo un orgasmo. —Se levantó y las voces callaron—.

Cindy sonrió y le empujó hacia la cama, justo cuando los gritos de goce sexual les volvieron a rodear.

—¿A que es raro? —Cindy tenía que levantar la voz para hablar por encima de los gemidos ascendentes.

—Ya basta. Los únicos gemidos que valen son los nuestros. —Miró fijamente el colchón y visualizó la caja de resonancia que emitía los gemidos. Las voces callaron—.

—Prada se va a enfadar si se entera de que le has roto el juguete. —La voz de Cindy había perdido parte de su sensualidad. Se mordió el labio inferior y Thrain en seguida supo que ella quería empezar a gemir en breve.

Thrain no le dejó tiempo para pensárselo. Se incorporó, la hizo caer de espaldas en la cama y se puso a su lado. Todavía sentía su tensión.

—Tengo que decir que la genial decoración de Prada me ha puesto a mil por hora, pero podría ser algo engañoso. No creo que esto sea…

Thrain le acarició los labios.

—¿Responsable? No me importa. De momento, he llegado al color rojo y esto es mucho.

—Entonces, ¿qué es lo que te puede poner a mil por hora? —Intentó sonreír sin mayor éxito.

Al menos, él ya no veía terror en sus ojos, sólo precaución

— El vestido rojo. Empieza aquí… Se acercó y deslizó su lengua entre sus pechos, donde colgaba su collar de plata.

Un estremecimiento recorrió todo su cuerpo y su respiración se entrecortó, pero no lo apartó.

—… y acaba aquí. —Recorrió su dedo por sus piernas y su muslo, deteniéndose en la falda que le daba forma a un trasero espectacular.

Thrain escuchó su pequeño suspiro y su corazón acelerado.

—Y todo está bien colocado. —Descendió la mano por debajo del pecho y la dejó deambular por todo su cuerpo; la posó encima de su estómago y, después, a la altura de la falda de este vestido rojo de seda y seducción—. Quiero hacer el amor contigo, Cindy. Me lo he imaginado cada noche mientras tú dormías. Por cierto, un poco tramposo escapar de mí por medio de la luz. —Se sujetó la cabeza con la mano y la miró de arriba abajo.

—Ya lo sé. Notaba tu presencia detrás de la puerta cada noche. —Lo miraba con sus intensos ojos azules.

Thrain buscó algo en su cuerpo con la boca y volvió a sentir su tensión muscular. Le sonrió, dejando escapar sus intenciones y utilizando sin ningún tapujo el poder de seducción sexual que había almacenado durante siglos.

—Te quiero desnuda en esta cama y quiero que el único color presente sea el rojo sexo de mi mente. —Toqueteando su cuerpo, le levantó un poco la falda hasta que pudo ver el encaje blanco de sus medias.

Ella no quería detener sus pasos, pero Thrain podía sentir el nerviosismo recorriendo su cuerpo.

—¿Sólo rojo? Yo esperaba el negro. Me decepcionas, Davis.

—Está a punto de llegar. —Pero no podía avanzar mucho si ella no liberaba su tensión—. No te voy a morder el cuello, Cindy.

Ella se estremeció ante la rotunda afirmación.

—Ya sé que puedo confiar en ti, pero mi miedo no atiende a razones.

—En el cementerio no tenías miedo. —Reticente, le colocó bien la falda—. Thrain tenía el presentimiento de que este problema necesitaba un análisis más profundo. Su cuerpo gemía de angustia.

—En el cementerio yo no sabía que eras un...

—Vampiro, sí. —Había llegado el momento de sacar a relucir su miedo, de examinarlo desde cada ángulo y de vencerlo—. Pero los vampiros no son los únicos seres con dientes. Todos los hombres con los que te has acostado tienen dientes. —«Acostarse con ellos». Su «yo» irracional se negaba a imaginarse a Cindy haciendo el amor con otro hombre.

Una sensación cercana al dolor le invadió cuando Cindy se sentó, se alejó de él y se apoyó contra el cabezal. Estaba de brazos cruzados y tenía las rodillas dobladas en postura de protección. Sus ojos se habían oscurecido al recordar imágenes terroríficas.

—Tienes razón, pero los humanos no destacan por los dientes. En mi cerebro, la palabra «vampiro» sólo significa una cosa:

cazador nocturno que me va a clavar los dientes y va a absorber mi vida como a punto estuvo el perro que me atacó. —Se encogió de hombros, pero no quiso mirarlo—. La lógica me dice que tú nunca me lo harás, pero el miedo puede más que todo eso. —Cindy le sonrió tímidamente—. Aunque no me acuerdo de cómo era ese perro, todavía puedo sentir el miedo que pasé. Y me es imposible acercarme o tocar a un perro. —Levantó las manos, resignada—. Si te hace sentir mejor, también te confieso que me da mucho miedo acercarme a los hombres lobo y a los félidos de aquí. Tengo pánico a acercarme demasiado a cualquier criatura que me pueda desgarrar con sus dientes.

—Me siento mucho mejor sabiendo que me incluyes en la familia de los perros. —No debería haber recurrido al sarcasmo, pero se sentía herido y esa fue su primera reacción—. Al menos es más honesto matar con los dientes. Los humanos son mucho más crueles cuando se aniquilan los unos a los otros.

—Enfadándote así no vas a conseguir nada. —Se apartó el pelo negro de la cara—. Que se te meta en la cabeza que no puedo hacerle nada; lo llevo dentro. ¿Qué quieres de mí?

«Quiero que me hagas el amor y que me mires como si fuera...»

¿Como si fuera quién? No estaba seguro. ¿Había intentado descubrirlo? Sí. Con Cindy, había descubierto un sentimiento que nunca antes había experimentado. Y esperaba salir vivo de la experiencia.

—No eres la única que tiene traumas.

¿Era prudente hacerlo? ¿Podía explicarle, él también, ese episodio tan horrible que le había empujado a huir de cualquier fémina antes de conocer a Cindy?

—Vamos a hacer un trato. Yo te confieso un miedo que tengo si me dejas luchar contra el tuyo.

Cindy lo examinó atentamente. ¿A qué podía temer un vampiro tan aparentemente invencible? ¿A un ejército de cocineros italianos amenazándole con ristras de ajos? ¿Y por qué tenía que saber ella sus miedos? Sentía curiosidad, pero hasta cierto punto. Una fuerza fiera y protectora que emergía de su ser no quería que él tuviese miedo a nada, pues el miedo nacía del dolor. De repente, Cindy sintió un extraño deseo de machacar a quien hubiese hecho daño a Thrain.

Durante muchos años, ella siempre había ignorado sus emociones hasta el extremo de actuar, casi, mecánicamente. Así de sencillo. Pero ahora, si tenía que enfrentarse a su propio miedo para desentrañar quién había herido a Thrain en lo más profundo, sin duda lo haría.

Cindy asintió y se preguntó a sí misma qué le quedaba por oír.

—De acuerdo. Te dejo ayudarme.

«Porque quiero acercarme a ti sin miedo, sin ninguna barrera psíquica o física».

Se acercó a ella y se apoyó, también, en el cabezal.

—La agrupación de mujeres me aterroriza. Es un miedo que llevo conmigo desde el mil setecientos ochenta y cinco. Podría liberarte de tu miedo borrando ese recuerdo del perro y sustituyéndolo por recuerdos de mascotas tiernas, pero no puedo hacer lo mismo con mis propios recuerdos.

Cindy sacudió la cabeza.

—Yo no querría que me borraras ese recuerdo; sería algo artificioso. Quiero tener la suficiente fortaleza como para superarlo yo misma.

Thrain le dedicó una sonrisa comprensiva que simbolizaba que eran mucho más parecidos de lo que ella pensaba.

—Te voy a llevar a mis recuerdos, pero esta vez no me separaré de ti. —Su sonrisa se desvaneció—. Nunca he podido recordar esto, no lo puedo resistir.

Ufff. Sentimientos delicados y resbaladizos. Ella le cogió de la mano.

—¿Y por qué ahora?

Él le agarró de la mano.

—Porque nunca podré acabar con tus miedos si tú no descubres los míos. Tengo una filosofía práctica, no me gusta dar consejos sin comprometerme con los demás.

—Y si el recuerdo me impresiona demasiado, ¿lo puedo interrumpir? —Se odiaba a sí misma por hacerle esa pregunta. Así es como había ido por la vida. Cuando las cosas se complicaban, huía.

—No. —Le agarró aún más fuerte la mano como gesto de protección durante el recorrido de su recuerdo—. Fuiste capaz de interrumpir el recuerdo que inserté en tu mente sobre la nave espacial porque yo no estaba participando activamente. Esta vez estoy contigo y lo revivimos juntos. Una vez empiece el recuerdo, ninguno de los dos podrá ponerle fin hasta que no acabe tal y como acabó.

Cindy percibió su pánico al notar un torrente de sensaciones revulsivas circulando por su brazo hasta llegar a la unión de sus manos. Se acercó más a él hasta quedar pegada a su brazo y a su hombro, dándole su apoyo mediante la unión física.

—¿Sólo seré una observadora?

Sacudió la cabeza y su sonrisa le asustó.

—Vas a poder participar. ¿Quieres que lo dejemos?

Allí estaba ella. Ante sus ganas de huir. Si de ella dependiera, habría desistido. Pero Thrain tenía que combatir su miedo para empezar a superarlo. Cindy sacaba fuerzas cuando estaba en juego el bienestar de Thrain.

—No. Vamos a ello. —Sin importar lo que acarreara—. ¿Te tienes que concentrar mirándome a los ojos?

—No. —Su voz era ya distante, como si se estuviera alejando de la situación—. Cuando empiece a desplazarme, te llevaré conmigo.

¿Cómo podía hacerlo? ¿Cindy tenía miedo? Muuucho. Le

sudaban las manos y tenía un tic en el ojo derecho que sólo se manifestaba en las situaciones más estresantes. ¿Cómo se sentiría? ¿Entendería bien lo que estaba a punto de vivir? ¿Sabría...?

Abrió los ojos. Los había cerrado un momento para saborear totalmente el éxito de esa empresa. Esa noche representaba la culminación de años y años de esfuerzo luchando por lo mismo. Esa noche alcanzaría finalmente la inmortalidad.

—La hermandad dicta que eres la primera en escoger vampiro, Elizabeth. —Los ojos de Margaret brillaban con una excitación contenida—. Ha sido idea tuya machacar las hojas de mirto y lanzar el polvo al aire. Cuando se exponen a él, se debilitan muchísimo. Y gracias a ti, también, hemos dado con el hombre que sabía preparar el brebaje para que los vampiros aumenten su erección tanto si quieren como si no.

—Te agradezco mucho este reconocimiento. —Fingía inocencia cuando lo único que quería era deshacerse de Margaret y largarse de allí para clavarse encima de la verga más potente y viril—. Pero, sin tus espías, nunca podríamos haber encontrado tantos de una tacada. Y todo ha salido a pedir de boca. No me puedo creer que tengamos siete para montar esta noche.

Margaret aceptó los elogios de Elizabeth.

—Desde que la hermandad descubrió que exprimir sólo a un vampiro no es ninguna garantía para alcanzar la inmortalidad, he puesto todo mi empeño en cazar a un nuevo grupo que nos satisfaga. —Margaret asintió mirando al centro del gran salón—. Recordad que debéis montar, al menos, a tres para conseguir la inmortalidad y el brebaje mantendrá su erección hasta que acabemos todas. —De repente, hizo un gesto de preocupación—. Espero que aguanten toda la noche. Me temo que la pérdida excesiva de sangre y su desgaste pueden reducir los efectos del brebaje, pero extraeremos lo que podamos de ellos.

A Elizabeth le quedaba otro asunto pendiente.

—¿Qué podemos hacer con ellos una vez hayamos acabado?

Margaret se encogió de hombros.

—Los expondremos a la luz del sol, así no serán testigos de nuestras acciones y nunca se podrán vengar.

—Lo tienes todo bien pensado. —Elizabeth odiaba felicitar a las que, para ella, estaban por debajo, pero debía guardar una relación cordial con Margaret si quería ascender en los círculos de la hermandad.

—Ya no te voy a hacer esperar más lo que tanto ansías. —Margaret hizo un gesto hacia las siete plataformas elevadas—. Recibe lo que te has ganado con tu esfuerzo.

Elizabeth respiró profundamente y caminó hacia las plataformas. Siete machos desnudos yacían con las piernas abiertas apuntando hacia ella. Todos ellos presentaban una dolorosa erección, pero ella no se preocupaba por su dolor. Eran animales que debían ser utilizados, tal y como marcaban los objetivos de la hermandad.

Arrugó la nariz al ver la sangre que emanaban los cortes de sus cuerpos. Por desgracia, cuando desaparecían los efectos de la hoja de mirto los vampiros se volvían incontrolables aunque estuvieran atados. En ese caso, la única manera de controlarlos era haciéndoles perder mucha sangre.

Era imposible no mancharse el vestido de sangre a no ser que se lo quitara. Pero no estaba dispuesta a hacerlo porque no quería parecerse a las criaturas que yacían maniatadas. Más allá de su necesidad de adquirir la inmortalidad, debía admitir que disfrutaba viendo la desesperación de esos vampiros despojados de ropa.

Elizabeth entornó los ojos mientras se pensaba muy bien cuál escogería. Elegiría al espécimen más musculoso para asegurarse la eyaculación más potente. Y, por supuesto, los machos más poderosos y fuertes se sentirían mucho más afectados ante tal depravación. Los machos eran criaturas tan orgullosas... Y, en su fuero interno, lo reconocía. Gozaba con el sufrimiento, la humillación y la matanza de esas criaturas.

Ya sabía cuál usaría primero. En realidad, Elizabeth lo había escogido desde el principio. Sus mechones de pelo largo y rubio contrastaban con la sangre desparramada en su cara, inclinada y severa. Cuando lo capturaron, no tenía ese rostro de vampiro, pero, desde luego, su cara humana volvería loca a cualquier mujer (dura y viril pero suavizada por unos enormes ojos azules rodeados de unas pestañas largas y negras). Sus sensuales labios eran una tentación irresistible para cualquier hembra.

Elizabeth apretó los labios ante el pensamiento doloroso de que un hombre con esa cara y ese cuerpo nunca la querría como mujer. Ya lo tenía asumido. Pero saborearía su venganza utilizando el cuerpo de este hombre.

Delante de su elegido, hizo una pausa para dejarle sufrir un poco más ante la siniestra expectativa de que iba a tomar control absoluto sobre él. Deslizó su lengua sobre su labio inferior, sintió su emergente hambre de sexo y descubrió, tristemente, que una copulación así sólo se podría dar sometiendo al macho y dejándole débil e indefenso. Encorvando los dedos y amenazándolo con sus largas uñas, disfrutaba con la idea de arañar y desgarrar cada surco de ese cuerpo perfecto hasta hacerle eyacular. El delicioso pensamiento de infligir dolor le provocó un profundo suspiro.

Arremangándose el vestido, se montó encima de él y le miró, exultante, desde su trono de poder. Pensaba en lo misterioso de un animal tan bello como este. Desde sus anchos y musculosos hombros y su pecho hasta sus caderas estrechas y sus fuertes muslos y piernas, su cuerpo desnudo relucía con una capa fina de sudor que resaltaba todos sus músculos.

Sin embargo, la furia y el horror de sus ojos de vampiro desataron aún más su deseo sexual.

—Te voy a poseer y te voy a hacer más daño mientras eres mío, vampiro. Y vas a ceder porque no hay nadie que te pueda ayudar. —Se acercó y le sonrió—. Y te vas a dar asco por ser tan débil.

No decía nada, sólo luchaba contra los nudos que le mantenían abierto de pies y manos para que ella pudiera hacer lo que quisiese con él.

Lentamente, acelerando su agonía, fue descendiendo encima de su miembro mientras el glande ya se había resbalado...

De repente, su cuerpo no obedecía a su mente. Se sentía diferente, como si un ser extraño la hubiese poseído y estuviese luchando contra ella. ¿Qué le estaba pasando? Se dio unos golpes en la cabeza para poder desentrañar el caos que se había formado en su cabeza. La vista se le empezaba a nublar; los latidos de su corazón ahogaban los demás ruidos y su respiración era ya un vano grito de agonía. ¿Quién era? ¿Dónde estaba? ¿Por qué estaba allí? Lo último que sintió fue ira por no poder obtener placer. No podía dejar que esto ocurriera...

—¡No! —Cindy se arrastraba en medio del recuerdo con una furia desbordada. No quería acabar de contemplar la secuencia, no quería seguir siendo el instrumento de tortura de Thrain. Nunca había sentido odio y ahora lo reconocía en su piel. Le quemaba por dentro. En ese momento, mientras Cindy contemplaba el alma retorcida de Elizabeth, empezaba a encontrar la razón para calmarse y entendió por primera vez el deseo de matar al otro.

Cindy desató un llanto irreprimible y se dio cuenta de que las lágrimas invadían su rostro. Se dio la vuelta para mirar a Thrain. Él la miró con unos ojos todavía vivos y enterrados en horror.

—¿Cómo has conseguido salir del recuerdo? —Su voz retumbaba con sus alaridos silenciados y Cindy no dejaba de apretar su mano temblorosa mientras se apartaba el pelo de la cara.

Cindy le habló con rabia.

—¡Cómo puedes pensar que te haría daño, aunque estuviese en el alma de otra mujer! —Se acercó a él y le acarició la mandíbula apretada—. Soy mucho más fuerte que eso y me preocupo más por ti de lo que crees. Tú sientes las cosas a través de colores. ¿Qué color viste?

—¿Al final? El blanco. —Su mirada era sombría—. El final de la vida, la nada.

Cindy respiró profundamente para recuperar fuerzas y tomar la decisión.

—Entiendo tu miedo, Thrain. Te voy a ayudar a combatirlo. No lo podrás olvidar, porque nadie puede olvidar semejante salvajada, pero quiero ayudarte a que te comuniques con las mujeres sin tener que recordar la cara de esas zorras depravadas.

Thrain asintió.

—Nos ayudaremos el uno al otro. —Intentó esbozar una sonrisa, pero a Cindy le dolió ver lo mucho que le costaba—. Me viste con cuerpo de vampiro. ¿Mi cara te desagradó? —Thrain desvió la mirada y se fijó en una de las orgías retratadas por Prada.

«Cuidado». Él había sufrido de tal modo que Cindy no quería hacerle padecer más. Tenía que ser honesta con sus sentimientos.

—No. Tu cara era una representación de ti y me gustas estés como estés. Tus ojos eran enormes y casi negros. Supongo que tenías las pupilas dilatadas. Las ventanas de la nariz eran un poco más grandes y la boca también, por los colmillos. En suma, tu rostro era precioso.

Thrain se volvió hacia ella con una lógica sensación de alivio.

—Gracias por ser sincera conmigo. Si te hubieras reído de mí, lo habría soportado, pero me habría dolido. —Incómodo con lo que había dicho, intentó explicarse—. Los vampiros tienen un ego muy sensible.

Lo miró con ojos desorbitados.

—Y la sinceridad es mi seña de identidad. —Cindy quería saber, desde lo más profundo de su ser, qué le había pasado a Thrain después de que ella interrumpiera el recuerdo, pero necesitaba unos minutos para recuperarse y apoyarlo. Hablaría de otras cosas hasta que tuviera la suficiente fortaleza como para enfrentarse con el resto de la historia.

Cindy se había dado cuenta de lo poco que conocía a Thrain después de asistir a su trágica vivencia.

—Me has seguido durante siglos, así que supongo que te conoces hasta la marca de mi pasta de dientes. Pero yo no sé casi nada de ti, así que tengo muchas preguntas pendientes.

—Cuando quieras. —Su expresión dejaba entrever que entendía por qué había cambiado de tema.

—¿Dónde vivías y a qué te dedicabas? Porque supongo que algo hacías. —«¿Y con quién has compartido cama durante todos estos años?». Bueno, no quería escuchar nada sobre su vida sexual.

—He vivido en diferentes partes del mundo. —Se estiró para coger una caja de terciopelo rojo que había en la mesita de noche—. En todos los sitios, menos en Escocia. No había vuelto desde el mil setecientos ochenta y cinco. —Acarició la caja y Cindy volvió a darse cuenta de lo bellísimo que era—. Va a ser la primera vez que vuelvo después de mucho tiempo. Y tengo que enfrentarme a ello con valentía. —Levantó la vista hacia ella—. A tu lado.

«A tu lado». Cindy sentía cosquilleos en el estómago. Se sentía mucho más contenta con tres palabras que con cualquier otra gran experiencia que hubiese vivido en el pasado. Esas palabras confirmaban que ella era especial en su vida.

—Soy jefe de varias empresas, pero me encargo de los asuntos del trabajo vía móvil o correo electrónico. Casi nadie me ha visto nunca y así la gente desconoce mi longevidad. Cuando llevo en la empresa el tiempo que llevaría una persona muy adulta, muero y el puesto pasa a depender de mi hijo. —Se encogió de hombros—. Podría vender mañana mismo todas mis empresas y no me tendría que preocupar por el dinero, aunque me encanta enfrentarme a nuevos retos.

Muy bien. Ahora la pregunta que se moría por hacerle. Que temía hacerle (aunque su deseo de saberlo todo sobre él estaba por encima de los complejos).

—¿Qué te pasó después de que yo interrumpiera el recuerdo? Ya sé que es muy difícil para ti y lo entenderé si no quieres hablar de eso... —Empezó a parlotear sin sentido, ocultando la importancia de que él acabara de recordar lo que le había sucedido.

Thrain permaneció en silencio durante un largo rato y ella creía que declinaría hablar del recuerdo. Cindy lo asumiría, pero quería que confiara en ella plenamente y sólo al compartir historias mutuas crecería su nivel de empatía.

—Elizabeth me usó como las demás. Sólo paraban cuando veían que yo estaba demasiado débil para satisfacerlas más. —Sus dedos se aferraron fuertemente a la caja hasta hundirla, totalmente absorto—. Este ultraje sangriento me despojó de casi todas las fuerzas. Merescían muerte, pues que se aventuraron a fazer tan grant locura... ca mejor es la pérdida o la muerte, defendiendo omne su derecho et su onra que bevir passando en estas cosas mal et desonradamente... —No se dio cuenta de que estaba hablando como en esa época—. Al amanecer, nos llevaron a la luz del sol para dejarnos fenecer. No sé de dónde saqué las fuerzas para liberarme y liberar a los demás. Estábamos a punto de morir y estábamos desesperados por beber sangre.

La miró sin ocultar en ningún momento la angustia en sus ojos. Le estaba demostrando que confiaba en ella. Aunque se alejara de ella para siempre después de llevarla a conocer a su padre, guardaría esos recuerdos valiosos para el resto de sus días.

—... tienes que entender que los miembros de nuestro clan son diferentes a las demás especies. Nunca bebemos tanta sangre como para acabar con nuestra vida. Si nos saciamos hasta el punto de matar a nuestra víctima, estamos condenados. —Inspiró aire poco a poco como acto reflejo de su vida como humano—. La aniquilación conlleva a la gula por la sangre y cada vez nos queremos alimentar más y más hasta convertirnos en criaturas que sólo viven para cazar. En ese momento, ya no podemos ser redimidos y debemos ser derrotados. Con el instinto de supervivencia, nos pasamos una noche entera cazando y dejamos un reguero de muertos. Yo he tenido más suerte que otros. Tuve la intuición de parar antes de enloquecer por completo.

Cindy frunció el ceño.

—¿Eso fue positivo para ti, no? Te paraste a tiempo y no te tuvieron que aniquilar.

Thrain sacudió la cabeza mientras sus mechas doradas, todavía húmedas por el recuerdo de la pesadilla, acariciaban su rostro.

—Yo estaba redimido de mis errores, pero conservaba la capacidad de acordarme de lo que había hecho. Cuando los miembros del clan se hallan próximos a la muerte, el instinto los lleva al castillo ancestral en Escocia. Es un conocimiento que tienen interiorizado todos los del clan y jamás se puede quebrantar. Viajaremos hasta allá juntos. —Distraído, toqueteaba la maltratada caja de terciopelo.

—Sigue. —El estómago de Cindy se había encogido con la crueldad que había padecido Thrain, pero estaba retando a su propia sensibilidad. Era importante que acabara la historia.

—La culpa me ha mantenido alejado de Darach desde que ayudé a Aesa a abandonarlo. Y, al saber que estaba a punto de morir, quise que fuera mi gran amigo Darach quien acabara con mi vida. Darach estaba en el castillo, esperando a que llegasen los vampiros condenados a morir para liberarse y yo sabía que él siempre había honrado a los que morían con dignidad en la batalla. Les dio muerte a todos, pero no pudo matar a su amigo. —Thrain hizo una pausa y ella sabía que estaba rememorando la escena al lado de su padre.

—... yo necesitaba sangre de algún miembro del clan para equilibrarla con el aporte de sangre humana y poder sobrevivir. No podía morder a Darach por mucho que él me hubiese obligado a ello porque lo impedían las leyes del clan. Y habría preferido morir antes que violar las leyes del clan. —Thrain ignoró su comentario malhumorado sobre la inutilidad de las leyes—. Por suerte para mí, Darach tenía una pareja fantástica, una mujer sabia que venía del futuro. Ganímedes, el que se hace llamar Troyano, había llevado a un grupo de turistas al castillo como parte de un viaje en el tiempo organizado por la agencia que él gestionaba. —Por primera vez desde el inicio de su historia, Thrain sonrió—. Ella me hizo una transfusión con la sangre de Darach que evitaba el trance del mordisco. Estaba salvado. Desde ese momento, siempre he querido hacer algo para devolverle su enorme gesto y para premiar nuestra amistad. —Abrió la tapa de la caja.

—No has premiado la amistad. La amistad no se paga; sencillamente, se tiene. —Guau, sí que se había puesto profunda, ¿no?

—¿Pero qué coño es esto? —Miró dentro de la caja.

¡Qué rápido había vuelto al lenguaje del dos mil cinco! Era de apreciar, ya que, con su discurso anterior, había estado cerca de la explosión lacrimógena.

—Es el kit de ayuda para mujeres mojigatas de Prada. Según ella, una mujer que no acaba de adquirir el placer sexual máximo con su hombre necesita un poco de ayuda.

Thrain cogió una cinta de vídeo.

—*¿El placer de la auto-estimulación*?

Cindy desvió la mirada.

—Mmmm, no creo que Prada defienda esa filosofía, pero aconseja la cinta para los cabezotas solitarios y los desinformados.

Revolviendo dentro de la caja, al final sacó una cosa… uff, vaya.

—Explica esto.

Si sacaba algo aún más fetichista, podría venderlo todo a un sex-shop.

—Esto es un juguetito sexual de alta tecnología. Es un vibrador del tamaño de un dedo. Se introduce en el puerto USB del ordenador. —Cindy tenía que dejar una cosa clara—. Oye, yo nunca he usado estas paridas.

Thrain parecía intrigado.

—No tengo ordenador, es el momento de comprarme uno. Podríamos...

—Ni lo sueñes. —Le arrancó la caja de los dedos, se puso de pie y tiró la caja a la papelera. Levantó la papelera todo lo que pudo y la tiró al suelo. Qué descanso. De acuerdo, estaba rompiendo sus enseres a escondidas. ¡Alguna vez podría necesitar la caja! Pero esa noche no tenía sentido la acción física.

—No lo necesito. Esto es para una mojigata.

## Capítulo 13

—Estoy buscando señales de éxtasis sexual por tu cuerpo: orejitas mordisqueadas, andares de pato, esmalte esparcido tras un orgasmo opulento... —Prada se reclinó en el sofá, cruzó las piernas y miró hacia la oscuridad a través de la ventana del salón de reuniones —. Pero no encuentro nada. ¿Qué no ha pasado, bonita? —Sus labios apretados y su mirada escrutadora certificaban que Cindy la había decepcionado mucho.

—... He rociado de sexo tu ropa y tu apartamento; ¿qué he hecho mal? —El cuerpo entero de Prada parecía cargar con toda esa indignación.

—¿«Orejas mordisqueadas»?, ¿«andares de pato»?, ¿«esmalte esparcido»? —Prada estaba tan adelantada en cuestiones de sexo que a Cindy le costaba seguirle.

—Vamos a ver, ¿cuántos siglos has vivido sin tener ni idea de todo esto? —Prada entornó los ojos para expresar lo inconcebible que era que un ser hubiese vivido tanto tiempo sabiendo tan poco—. Después de una noche intensa de sexo, las orejas lo dicen todo. Las orejas rojas son garantía de un sexo potente y desenfrenado. Son marcas ineludibles, se tienen o no se tienen. ¿Y qué pasa con los andares de pato? Después de una noche entera con las piernas enganchadas a tu hombre y después de todo ese meneo y de todo ese vaivén, estás condenada a caminar de manera un poco extraña. Y tu esmalte de uñas está intacto, lo cual me decepciona aún más. Ninguna mujer sexualmente completa y satisfecha llevaría ese color de uñas tan enterito y virginal. —Señaló directamente a las uñas rosas de Cindy—. Te miro y puedo afirmar que eres uno de mis peores fracasos en mi lista de intervenciones sexuales. ¿Estás conmigo en que algo ha fallado?

La primera reacción de Cindy habría sido echarla a patadas, pero necesitaba hablar con alguien y ¿quién mejor que Prada? Nadie más iba a entender el extraño giro que había tomado su vida y Prada era una de las mayores responsables de este cambio, así que, como mínimo, entendería las palabras de Cindy. Desde la noche anterior, cuando se comprometió a ayudar a Thrain a superar su miedo, Cindy había pensado en varias maneras de luchar contra sus fantasmas. Y había llegado a una conclusión asquerosamente hueca.

—Estoy conociendo mejor a Thrain. —¿Le creería? No.

—Tiene un paquete impresionante y te pone cachonda. ¿Qué más quieres conocer? —Prada mostraba una inocente confusión.

Cindy tomó aire y se lo explicó todo.

—Es una larga historia. De pequeña, un perro me mordió en el cuello y, desde ese momento, he tenido mucho miedo a los seres que muerden. Thrain es vampiro, ergo muerde. La historia es que tengo miedo de sus colmillos. Me conformaré con tener sexo telepático con él.

Prada pestañeó varias veces.

—Estás de broma.

Si no fuese tan importante para ella el tema, Cindy se abría echado a reír con la perplejidad de Prada.

—Así que, a no ser que se te ocurra algo, creo que no vas a poder hacer nada conmigo.

Prada apretó los labios y endureció la mirada.

—No voy a dejar que desprestigies mi exitosa carrera. No vas a ser una mancha de mostaza en mi fantástico vestido de Nicole Miller, ni la patilla doblada de mis exclusivas gafas de sol de Gucci, ni el asa rota de mi mochila moderna Fendi. —Respiró profundamente y se agarró de la cadena de oro que pendía de su cuello—. La verdad es que está siendo complicado. Normalmente no invierto tanto esfuerzo en unir a dos personas diferentes. Liar al félido y a la mujer lobo fue pan comido. Y mira después la que montaron. Me encanta. ¡Ah! Y no puedo olvidarme de Finvarra y Aibell. ¿Has visto alguna arpa o tablero de ajedrez últimamente? Me parece que no. Están exultantes de gozo sexual.

Cindy se imaginó a sí misma formando parte de la lista de nombres de Prada, aunque su contacto con ella estuviese a punto de extinguirse.

—¿No me puedes ayudar con alguna sugerencia?

—Mmmm. Tú eres un caso raro. Casi siempre escojo a mis víctimas, o sea... sujetos y procedo a un pequeño y claro acto de manipulación con ellos. Después, dejo que la naturaleza siga su curso. Los seres humanos son penosamente predecibles. —Prada la escudriñaba—. Tú eres todo un desafío. Pensaba que, después de vencer tu incredulidad sobre la existencia de vampiros y la tozudez de Thrain respecto a las relaciones con humanas, todo estaría solucionado y podría respirar tranquila. Pero veo que no. Encima, tú siempre has querido encontrar a alguien inmortal como tú y a Thrain le ponías cachondo desde el principio. ¡Es inaudito, habéis retado mis poderes! —Su sonrisa desvelaba un carácter calculador—. Nadie ha probado mis poderes en cientos de años, y lo necesitaba. Tengo que seguir creciendo si quiero mejorar mi posición de Reina Viciosa en el escalafón del *Grupo Avanzado de Perturbadores Cósmicos*.

—¿Y eso qué significa, que me vas a ayudar o no? —Cindy no quería perder más tiempo mientras Prada se vanagloriaba de sí misma.

La uña perfectamente fucsia de Prada repiqueteaba contra su rodilla. Pero bueno, ¿cuántos vestidos cortos y negros tenía Prada? Todos dejaban las rodillas al descubierto. Cindy estaba desconcertada. ¿Y a qué venía ahora eso de los vestidos de Prada?

—Llevo vestidos cortos porque los hombres son criaturas simples en cuanto a seducción se refiere. Si una mujer tiene una buena delantera, enseña unas piernas largas y sabe mover el cuerpo, los hombres la seguirán adonde sea. —Prada no la miraba al hablarle. Su expresión delataba que seguía pensando en la fobia de Cindy.

Qué injusto. Prada había leído la mente de Cindy sin el más mínimo esfuerzo.

—Date prisa. Thrain puede bajar en cualquier momento. —Se llevó un susto enorme al ver que Darius y los demás cazadores nocturnos la estaban observando. Estaba segura de que él seguía queriendo ir a la mansión de los Hart con ella y debía buscarse una excusa pronto. Y, si le decía que no iría a ninguna parte con un chupasangre como él, no sólo le haría enfadar, sino que, además, perdería a cinco clientes de golpe. Igualmente, ya había perdido a muchos.

—Si no estuvieras loca por Thrain no me estarías pidiendo ayuda, así que mi pregunta es… —La expresión de Prada desvelaba que no estaba acostumbrada a ahondar en cuestiones que fueran más allá del sexo—. ¿Lo amas?

«¿Amarlo?». Oír ese verbo le daba auténtico… ¿auténtico qué? Pavor. ¿Y si de verdad le amaba? ¿Y si no lograba una forma de vencer su fobia? ¿Y si no volvía a sentir nunca más un sentimiento tan profundo? ¿Y si se degollaba con la espada de Thrain?

Cindy cerró los ojos.

Mierdamierdamierda.

—¿Eso es un sí, no? —La voz de Prada sonaba chistosa. Y estaba muy segura de lo que decía.

Cindy abrió los ojos y empezó a gesticular, muy confusa. Se encogió de hombros.

—Quizá necesitas un momento decisivo en tu vida, una vivencia que te permita sentir emociones con mucha claridad. Hmmm.

Prada dejó la mirada perdida y Cindy casi podía notar como se movían sus engranajes mentales. ¡Qué miedo!

De repente, Prada asintió para dejar claro que había tomado una decisión.

—Mira, voy a hablar con un par de individuos. Nos vemos más tarde y entramos en faena, ¿de acuerdo?

Sin esperar su respuesta, se levantó y empezó a hablar y deambular con los cazadores nocturnos.

Cindy se quedó perpleja. No podía esperar más de Prada. Le convenía volver al psiquiatra. Se levantó, cruzó el salón y se detuvo en la puerta. Thrain acababa de bajar las escaleras y Troyano se le acercó.

Cindy había visto muchas modas de ropa masculina, pero no había absolutamente nada que se pudiese comparar con esa camisa negra y esos tejanos que llevaba Thrain y que le cortaban la respiración. Los observó mientras caminaban hacia la cocina. Sus reservas de Ben & Jerry estaban a punto de sufrir otro saqueo.

Volvió al piso y se conectó a Internet para buscar un psiquiatra que lidiara contra la angustia acumulada de setecientos años. Ya había concertado hora con uno para mañana.

De vuelta al hostal, fue a controlar la sala de reuniones. El desayuno ya había acabado y todos debían estar preparados para la reunión de la noche. De camino hacia el salón, en un rincón del hostal, Cindy se topó de frente con Darius. «No, ahora no». No tenía ganas de discutir con ese cazador nocturno cuando tenía tantas cosas por hacer.

—Esta noche voy a visitar la mansión de los Hart, Cindy. Vas a venir conmigo. —No era una pregunta y algo oscuro emergía de sus ojos.

Cindy intentó desviar la mirada de sus ojos, pero le fue imposible. El pánico la bloqueaba. Intentó abrir la boca para pedir ayuda. No pudo. No le venían palabras a la mente. El pánico se convirtió en agarrotamiento. ¿Qué le estaba pasando?

—Estoy controlando tu mente para que no se te ocurra decir ninguna palabra que excuse nuestro paseo. —Le sonrió, levantando sutilmente el labio para mostrar unos colmillos largos y afilados.

¡Dios mío! Cindy estaba preparada para huir, pero tenía las piernas y los brazos inmóviles como si tuviese que arrastrar una piedra gigantesca.

—Después de ti. —Darius señalaba hacia la puerta.

Cindy intentó resistirse. Imposible. Se adentró en la noche con Darius. Los otros dos cazadores nocturnos les esperaban afuera y se unieron a ellos. En silencio, caminaron juntos por el bosque.

¿Podía llamar mentalmente a Thrain? Nunca lo había intentado, pero se veía bastante incapacitada.

—No puedes. —El tono de Darius era calmado y silencioso, pero no dejaba de ocultar una amenaza latente—. He bloqueado tus pensamientos; no te oirá.

Cindy intentó tranquilizarse para dejar de sentir ese tremendo nudo en la garganta. En cuanto llegaran a la mansión de los Hart, la atacarían. Lo sabía, pero no podía hacer nada.

Dolor. Colmillos. Cuello. Muerte. Con cada palabra, el terror ahogaba las esperanzas de salir viva como gotas de lluvia débiles en medio de un incendio y, cuando el incendio hubiese arrasado con todo, sería demasiado tarde para atender sus súplicas. Empezó a sentir náuseas. Temblaba sin control.

—Seguro que te preguntas, «¿Por qué a mí?». —Se acercó a ella y Cindy retrocedió un paso. Era tan despreciable, tan nauseabundo—. En realidad nos alojamos en el hostal por Thrain. Los miembros de su clan tienen una sangre muy potente. La sangre humana es muy pobre comparada con la suya. Thrain nos podría proporcionar un poder inaudito, pero somos conscientes de que necesitamos ser más de dos para derrotarlo e incluso así, nos podría batir. Es increíblemente fuerte. Pero no podíamos renunciar a la oportunidad de aniquilarlo y de extraer todo su poder. —Darius frunció el ceño—. La tentación era demasiado fuerte.

¿Cómo escapar? ¿Qué hacer? Las preguntas crecían y se retorcían en su cabeza como una gran espiral conforme iban acercándose a la mansión.

—... Y entonces, llegaste tú. —Darius levantaba las manos apuntándolas hacia el cielo.

Cindy se preguntó si Darius apelaba a dioses malignos.

—Descubrimos que eras la hija de Darach Mackenzie. La posibilidad de adquirir ese poder dependía de un solo mordisco. Y ya está. Sin peligros. —Darius mostraba un gesto obsceno de auto-estimulación—. Ahora mismo estoy inmovilizando tus cuerdas vocales para impedirte pronunciar palabras de réplica. Me encanta ver cómo las víctimas suplican ayuda. ¿A vosotros no, chicos? —Se volvió hacia los demás, que asentían entusiasmados—. Además, yo no gastaría mi energía gritando porque nadie te va a oír. Y lo único que conseguirás es cabrearnos y acelerar el proceso de succión. —Le dedicó una sonrisa llena de vicio e impaciencia.

Llegaron a la mansión de los Hart. Espeluznante es poco. Siempre la solía describir en las excursiones guiadas, pero esta vez se daba cuenta de que nunca había encontrado los calificativos adecuados. La casa rezumaba maldad. Se escondía detrás de viñedos pisoteados y árboles retorcidos, y mostraba unas ventanas ennegrecidas y abandonadas. Sólo faltaba una joven virgen caminando, ausente, en camisón. Siniestra y aberrante. Cindy estaba contentísima por haberla descrito con tal lujo de detalles en su mente, pues ahora su visión también la estaba aterrorizando. El exceso de adrenalina nunca es saludable.

Darius seguramente había pensado en llevarla dentro de la casa. Pues no. Eso no es lo que iba a ocurrir. Si pretendía dejarla seca, lo tendría que hacer fuera, no dentro de esa casa vieja, cochambrosa y tétrica.

Cindy no iba a ser una víctima fácil de aplacar. Su primer error fue dejarla hablar. No podía gritar, pero sí podía hablar hasta quedarse sin saliva. Y entonces, …

Se paró un momento a analizar si sus pensamientos provocaban alguna reacción en esos cuatro desalmados. Quizá sus otras víctimas tenían un cerebro de cordero a punto de ser degollado, pero ella no. No había sobrevivido a setecientos años siendo una mujer débil. No tenían ni idea de lo difícil que era acabar con ella. Y, lo más importante, todavía tenía que resolver algunos asuntos con Thrain. Si pudiese distraer a Darius…

—Mosquitos. ¿Te lo has planteado alguna vez? —Cindy fingía estar pensativa.

—¿Cómo? —La cara de autosatisfacción de Darius se convirtió en un gesto de sorpresa.

—En el Siniestro Hostal ha abierto todo el verano. Hemos acogido a docenas y docenas de vampiros. ¿Qué pasa cuando os pica un mosquito? Porque todo el mundo sabe que los mosquitos de Jersey están endemoniados. Pero, ¿también serán inmortales? Claro, a lo mejor estos chupasangres diminutos acaban invadiendo el estado entero. ¿Qué podemos hacer, entonces? ¿Tú crees que la marca Raid empezará a comercializar los palillos-estaca? Parece difícil de llevar a la práctica, ¿no?

Los cuatro vampiros la miraban perplejos. Madre mía. Su única salida era hablar como una descosida mientras intentaba organizar su mensaje de auxilio telepático. Sólo tenía tiempo de decir tres o cuatro palabras más antes de que Darius la hiciera callar, así que más le valía hacerlo bien.

—Estos palillos-estaca tienen que ser bien resistentes. No tenéis ni idea de lo duro que es el corazón de un mosquito. ¿Ya lo sabíais? Veo que no. Tengo una idea mejor, ¿por qué no ponerle un poco de agua bendita al insecticida? —Intentaba parecer muy concentrada en su monólogo de los mosquitos-vampiro mientras centraba su mente en Thrain, esperando que él oyera sus pensamientos—. Ya, no es una buena idea, ¿verdad? Sería un sacrilegio.

Darius rugió suavemente y se acercó a ella.

—Espera. Podríamos trocear ajo y esparcirlo por todo el hostal, aunque también es verdad que olería a restaurante italiano. Pero también podríamos utilizar un ambientador refrescante, aunque sería... —«LA MANSIÓN DE LOS HART»—. Sería autoproducente porque...

Los ojos de Darius se encendieron a modo de alarma al notar que el pensamiento de Cindy había burlado su control. ¡A quién podía haber ido dirigido! A lo mejor nadie le respondía. Pero Thrain sabría que Cindy estaba en un apuro, pues su pensamiento era un grito de socorro que anunciaba: «¡Tú, mueve tu culo perfecto y ven a ayudarme!».

—¡Puta! —Darius reaccionó.

Cindy lo miró, horrorizaba, mientras iba mutando en vampiro. Shhh. Desagradable.

—Despídete de tu inmortalidad, Darius. —La sentencia de Thrain no le reservaba ninguna amenaza o rabia. Era fría e imperturbable.

Cindy corrió hacia Thrain, que emergía de detrás de sus captores. Guau, qué rapidez. Su comunicación telepática había sido todo un éxito. Pero, ¿cómo le había dado tiempo de llegar, si le acababa de enviar el pensamiento? Estaba acabando de hacerse esa pregunta cuando Thrain se apartó la chaqueta, desenvainó la espada y se lanzó encima de los cazadores nocturnos en un único movimiento que Cindy no pudo evitar.

Cindy se quedó petrificada viendo como los vampiros rodeaban a Thrain sirviéndose de sus largas uñas, colmillos afilados y cuchillos amenazantes. Ella se lanzó a defenderlo. O, al menos, lo intentó. Un arma. No podía ayudar a Thrain si no llevaba arma.

Lo que hizo fue arrastrarse por el suelo en busca de un palo lo bastante contundente como para hacerles mucho daño.

Estaba tan obsesionada con su búsqueda que ni siquiera había oído el fuerte ruido de pasos cada vez más cercano. Era Sam Pierce, que había irrumpido en la escena con la cámara atada al cuello, el flash en una mano y una estaca de madera en la otra.

—¡¡Ahhhyyiiyuee!! —Con un chillido que helaría incluso la sangre de un vampiro, Sam se lanzó encima de Thrain y de los cazadores nocturnos.

Antes de que Cindy pudiese reaccionar, le clavó la estaca de madera en la espalda a Thrain.

—¡Para que te enteres! ¡Muerto viviente asesino y esmirriado!

—¡Nooo! —Demasiado tarde. Sam ya había hundido y arrancado la estaca del cuerpo de Thrain.

Thrain cayó al suelo y Sam se fue, decidido, hacia los cazadores. Se intentaban tapar los ojos de la luz del flash, cegados por su intensa potencia. Sam agitaba en el aire la estaca manchada de sangre.

—Ya he pedido ayuda. Voy a entretener a esos chupasangres desgraciados mientras vienen a ayudarnos.

Cindy empezó a oír gritos y pisadas frenéticas de seres que llegaban corriendo. Los vampiros estaban desconcertados. Les podía leer la mente: dos humanos enclenques eran fáciles de derrotar, pero ¿qué pasaba con la turba agitada que venía hacia ellos? ¿No había hombres lobo, brujas o magos entre esa masa? ¿Les daría tiempo a beneficiarse de lo que llevaban tanto tiempo buscando: Thrain?

«Por encima de mi cadáver inmortal de tía cabreada». Cindy fue en busca de Thrain y, poniéndose de rodillas, lo colocó suavemente en el suelo boca abajo y se acercó su espada. Si los vampiros salían corriendo antes de que llegaran los rescatadores, Darius ya no se vería respaldado por esa mancha negra de depredadores que le habían acompañado desde el hostal. Y esas cuatro criaturas con colmillos no iban a succionarle la yugular a Thrain mientras estuviera aparentemente indefenso. De todos modos, no iban a tocar al hombre a quien... Bueno, no iba a entrar en ese tema.

—Estás perdiendo mucha sangre. —Cindy tenía las manos llenas de sangre cuando ayudó a Thrain a darse la vuelta. No podía ver lo mucho que estaba sangrando debido a la oscuridad, pero se lo imaginaba. Tenía que parar la hemorragia. Y lo iba a llevar al médico para que le hicieran una transfusión con su sangre inmediatamente y sin atender réplicas. Pero, ¿a qué hospital podían ir?, no se le ocurría ninguno.

Bueno, Thrain podía colmar su falta de sangre en cualquier lugar, pero Cindy recordaba perfectamente cuáles eran las consecuencias terribles de tomar demasiada sangre humana. Necesitaba sangre de un miembro del clan. La sangre de Cindy constituía una mezcla de ambas, pero era, definitivamente, mucho más poderosa que la que le podrían transferir en el hospital.

Thrain había adquirido forma de vampiro en el enfrentamiento con los cazadores nocturnos y mostraba el mismo rostro que ella había contemplado en el recuerdo. Esta vez, sin embargo, su mirada no era de rabia e impotencia, sino que estaba profundamente desconcertado.

—No me puedo creer que me haya clavado una estaca. —Thrain giró la cabeza para ver cómo tenía la espalda—. Tengo que levantarme. Los cazadores le van a chupar toda la sangre hasta que sólo le queden los huesos.

Tenía que ser una broma.

—Déjame hacerme cargo de la situación. Te estás desangrando y, aún así, quieres saltar encima de los vampiros y aniquilarlos. Piénsatelo bien. Si lo intentas, te van a despellejar a ti y a Sam. —Cindy le tocó el pecho con la mano para darle todo su apoyo.

—No necesito sangre. Necesito levantarme y patearles el

culo. —Thrain hizo un gesto de dolor al intentar incorporar para ver quién venía a rescatarles. ¡Por el fuego de Loki! Una horda de bárbaros no habría hecho tanto escándalo como ese grupo de gente.

—No te muevas. —Sus ojos temblaban de miedo.

Todo lo hacía por él. ¿Cuándo había estado por última vez en la cuerda floja? Cuando Darach le salvó la vida. Thrain le hacía sentir... importante. Y, ¿él quería ser importante en su vida? Sí. Vaya revelación para una noche maldita de ataques vampíricos.

Cindy le apartó el pelo de la cara.

—¿Te duele mucho? Yo puedo...

No llegó a decirle lo que podía hacer porque emergió del bosque un millar de mujeres. Bueno, quizá no eran tantas. Lógicamente, Thrain las identificó como las amigas científicas de Cindy, pero el miedo paralizó su lógica. Hundió los dedos en la tierra como si, anclándose al suelo, pudiera olvidar su recuerdo terrorífico.

Pero no pudo evitar la ola del recuerdo. Desnudo, inmovilizado con sogas que le ataban rodillas y manos mientras luchaba por escapar. Cuchillos rajándole la piel. Mujeres montándose encima de él una y otra vez; rostros que se difuminaban en torno a imágenes demoníacas. Y el silencio de la mañana siguiente que le acompañaba en su amargura, en su soledad, en su humillación.

Entonces notó el tacto de Cindy. Le acariciaba la mandíbula y el brazo. La cogió de la mano, desenganchó la otra de la tierra y cerró bien el puño.

—Míralas, Thrain. Son mujeres que se están jugando la vida por nosotros. —Cindy deslizó la mano por debajo de su chaqueta y le acarició la espalda mientras dibujaba círculos. Cuando vengan corriendo hacia aquí, les gritaré para apoyarlas y, si tienen problemas con los cazadores, cogeré la espada y me enfrentaré a ellos. —Cindy le sonrió—. Y entonces ya formaré parte de la multitud. No me tendrás miedo, ¿verdad?

Thrain sería el único dispuesto a utilizar la espada para combatir a los vampiros, pero no se lo quería decir mientras observaban a las mujeres. Thrain seguía cogiéndola de la mano. Ella le daba fuerzas. Y, sin importar el poder o los años que tuviera, la necesitaba. Había luchado solo contra hechos terroríficos toda la vida, sin que la conciencia o la lógica mitigaran su miedo. Había acudido a profesionales, pero no le habían creído o lo habían tachado de loco. Se sentía ridículo y nunca le había explicado esta fobia a nadie. Sólo a Cindy.

Como confiaba en ella, hizo lo que ella le pidió. En lugar de percibir a las mujeres como a una masa amenazante, observó y estudió una sola a cada mujer por separado. La primera, una cuarentona, un poco gordita, gafas que se le escurrían todo el rato y pelo moreno y corto encrespado por la humedad. ¿Podía temer a esta mujer? No. Pasó a la siguiente.

Thrain se pudo tranquilizar un poco, pero todavía no había superado su fobia aunque Cindy le hubiera brindando una nueva herramienta. Él nunca había pensado en dividir a la masa en individuos por separado. Quizá con un poco más de tiempo y de recursos como este, acabaría combatiendo totalmente su miedo. Apretó la mano de Cindy para traspasarle todos sus sentimientos y agradecerle profundamente su ayuda y... a partir de ese momento todo fue oscuro.

Las mujeres cargaron contra los vampiros. Cuando pasaron por delante de ellos, Cindy levantó la espada aclamando su apoyo.

—¡La reservo para esos desgraciados!

Thrain sonrió. A lo mejor, al final, le acababa dejando su espada. Su sonrisa se desvaneció en cuanto observó las armas de alta tecnología que empuñaba ese ejército.

—¿Pero qué...? ¿Se han llevado la cubertería entera de sus casas?

Cindy y Thrain se quedaron mudos mientras veían el arsenal

de cuchillos, tenedores, cazuelas y otros enseres básicos volando por los aires.

—Ayayay, alguien ha cogido la escoba de la cocina. Eso no está bien. —Cindy miró tímidamente a su alrededor en busca de Katie—. Espero que podamos devolver todos estos cacharros antes de que se dé cuenta.

Como estaba físicamente separado de la pelea, Thrain intentaba liberar su poder de intromisión mental y aplicarlo a esos vampiros incautos cuando Prada llegó de dar un paseo por el bosque. Llevaba a Troyano en brazos y no le llamaban mucho la atención los alaridos que salían del epicentro de la batalla.

—Escuchad, hombre. —Prada levantó una mano y, al darse cuenta de que necesitaba las dos para soportar al gato gordinflón, lo dejó en el suelo. No aterrizó con mucha destreza—. Vamos a ver, se ha acabado el espectáculo. Vengo para imponer el orden.

Prada no había alzado la voz en ningún momento y la pelea paró. Thrain pensó que, en realidad, se habían detenido porque estaban sobrecogidos por su capacidad de aguantar todo el camino por el bosque subida en esos tacones.

Sam, clavador de estacas, estaba consternado.

—No se ofenda, pero esto es para hombres. Mujeres, apártense de mi camino. —Hinchó el pecho y le ofreció a Prada su sonrisa de superhéroe—. Con ese cuerpo espectacular, ¡cómo iba a meterse en la pelea! Venga, siéntese y déjeme acabar la faena.

Una carcajada llamó la atención de Thrain, quien, al darse la vuelta, vio a Troyano detrás de él contemplando la escena.

—¡Cuerpo espectacular! Qué payaso. ¿De dónde habéis sacado a este tío? —Echó un vistazo a Thrain—.

—¿Qué, chupasangre? Jodido, ¿no? No te preocupes, ya me encargo yo de esos cuatro patanes. ¿No sabías que ya puedo decir tacos? El Gran Jefe empieza a ser más condescendiente conmigo.

«¿El Gran Jefe?». Thrain volvió a fijarse en la pelea. Jane le atizó un sartenazo en la cabeza a Darius de tal magnitud que hasta a Thrain le dolió. Los cuatro cazadores nocturnos no podían concentrarse en sus poderes mentales con los golpes que estaban recibiendo.

—El jefazo. El que corta el bacalao. El alma de la fiesta. El tío cachondo —Troyano frunció el ceño—. Espero que el dios del tacto no haya oído esto. —Miró al tumulto enfervorizado con cara de gato aburrido—. Como yo no puedo hablar, Prada se encargará de esto. Qué asco, siempre igual.

Thrain miró a Prada. Había levantado los brazos, dejando el vestido a una altura peligrosa, y lanzó un grito.

—¡Fuera de aquí, bichos inmundos y malignos! ¡Desapareced de mi vista! Ojalá nunca…

—Sí, sí, ¡muy bien!, ¡para que se enteren! —Troyano se levantó, se estiró y saltó al estómago de Thrain. Dio varias vueltas y se estiró encima—. No puedo tumbarme en el suelo húmedo. Me produce reuma en el culo.

—… que los vientos de la noche se os lleven… —Prada continuaba con su verborrea.

—¿Es que nunca se va a callar? —Troyano bostezó—. Claro, como la audiencia la escucha, no se callará hasta que amanezca. Voy a darle su merecido a Darius y a sus amigotes antes que todo el mundo se caiga de aburrimiento y ellos aprovechen para escapar.

Thrain miró a Cindy. Estaba observando, atónita, a Prada. Thrain era el único que podía oír a Troyano.

Troyano estaba bien cómodo encima del estómago de Thrain y, de repente, el aire arrastró ondas brillantes que alcanzaron a los vampiros. Desaparecieron. Sin gritos, sin luz, sin el resonar de un trueno. Se fueron.

El silencio invadió el paraje y les obligó a reflexionar sobre lo que había pasado. En ese momento, las mujeres y Sam recuperaron la compostura y se fueron corriendo. Jane y sus compañeras eran mujeres muy listas y sabían cuándo esquivar un problema. Más tarde, podrían argumentar que los vampiros eran hombres cubiertos con máscaras, pero esa vez la verdad era despiadada. Su fervor científico de encontrarle un motivo a todo les sobrevendría más tarde, pero en ese momento tenían miedo.

Todo el mundo dio media vuelta y empezó a caminar hacia el hostal. Prada se quedó sola mirándose los zapatos.

—Alguien con pie de elefante me ha pisado los zapatos. Espero que ninguna mujer me haya despreciado los zapatos exclusivos Jimmy Choo.

—¿Qué ha pasado con los vampiros? —Cindy estaba aturdida.

Sin moverse del estómago de Thrain, Troyano se sentó y se limpió la cara.

—Les he enviado al zoo de donde se habían escapado. Ahora están bailando con pingüinos. —Interrumpió su limpieza e hizo un gesto de decepción—. En un principio, quería convertirlos en fogata para quemar un poco de malvavisco y contar historias alrededor del fuego, pero el Gran Jefe está dispuesto a aniquilarme si me cargo a alguien. No tiene sentido del humor, seguro que está pasado por la crisis del lustro.

La expresión perpleja de Cindy le anunciaba a Thrain que estaba escuchando a Troyano.

Prada fue a coger a Troyano. Sonrió a Cindy.

—Tienes muy buenas amigas, guapetona. Cuando estábamos en el salón y les dije que te había secuestrado un grupo de bicharracos con pinta de vampiros, salieron en seguida a rescatarte. —Se agachó, recogió al gato y dio media vuelta para mirar el camino que tenían que recorrer para llegar al hostal—. Venga, vamos a mover el culo. Estoy desando sentarme delante de la chimenea, aquí me estoy helando.

—Espera. —Fue gateando hacia sus pies—. Thrain está herido. Está perdiendo mucha sangre.

Prada hizo una pausa y bajó la mirada.

—Es un vampiro. La herida ya está cicatrizando. —Se encogió de hombros—. Si necesita sangre, dale de la tuya. No lo lleves al médico; le van a interrogar. —En cuanto soltó su último consejo instantáneo, desapareció.

Thrain observaba sus ramificaciones nerviosas, excitadas por sus pensamientos, y pudo percibir el momento exacto en que llegaba a la última reflexión. Este último pensamiento, este último impulso eléctrico era el que concernía a su mayor miedo.

Antes de que pudiera decirle que estaba bien y que no le hacía falta beber de su sangre, Thrain notó una presencia: legendaria, peligrosa, familiar.

Se logró incorporar, gruñendo de dolor, y se pudo arrastrar hasta apoyarse en un árbol. Thrain pensaba que podía levantarse, pero Cindy tenía razón: había perdido mucha sangre.

Ignorando la expresión de dolor de Cindy, Thrain giró la cabeza y observó a un hombre que venía caminando desde el bosque.

Cindy también le siguió con la mirada. Uhhhg. Instintivamente, fue a coger la espada de Thrain sabiendo que no podría hacer gran cosa con ella si el hombre la atacaba.

Tenía que ser del clan de Thrain, de su clan. Era un hombre grande, de hombros anchos (como Thrain) y con unos ojos azules e impresionantes. Era un salvaje depredador de aspecto físico inesperado. Sus greñas negras eran demasiado rebeldes y su rostro robusto, demasiado salvaje para el mundo civilizado. Debía vivir en una jungla, perseguir a las víctimas a nado y cazar con sus fauces. Fauces. Le entró un escalofrío.

Si se le juzgaba por su chaqueta de piel, tejanos desgastados y botas camperas, era otro hombre atractivo entre muchos. Por supuesto, los chicos atractivos normales no llevaban una espada en la mano con su misma destreza, aunque la espada no era ni la mitad de amenazante que sus ojos: fríos, letales e intimidatorios. No sonrió cuando ella le miró.

—¿Qué pasa, Reinn? Hace unos minutos, tu ayuda me habría servido de mucho. —Thrain cogió la mano de Cindy y la empujó hacia él.

Cindy reconoció este gesto posesivo y no ocultó su placer.

—¿Quién es usted? —Tuvo que levantar mucho la cabeza para mirar al extraño a la cara.

—Reinn Mackenzie. —La ignoró y miró a Thrain—. Mira que he visto pelas torpes en mi vida, pero nunca he llegado a presenciar a un grupo de mujeres aporreando a cuatro vampiros con cazuelas y sartenes. ¿Y este gato qué hace aquí?

—¿Has estado viendo la pelea? Gracias por ayudar, hombre. —La voz de Thrain desprendía rabia.

El pasotismo de Reinn aplacó el enfado de Thrain.

—No me necesitabas.

Cindy era incapaz de contenerse.

—Oye, a lo mejor no te has enterado, pero le han apuñalado. ¿Es que no ves la sangre? ¿No sabes que se puede morir? ¿Qué le tiene que pasar, para que le ayudes? —Cindy liberó todo su sarcasmo.

Reinn la escrutó con la mirada sin dejar asomar ni un ápice de arrepentimiento.

—Si el enemigo está a punto de degollar a mi compañero de clan, actuaré. Pero no me gusta meterme en los problemas de los demás. —Su expresión le sugería a Cindy que hiciera lo mismo—. Y yo no tengo amigos.

Este último comentario le heló la sangre a Cindy, pero no iba a dejar que él la intimidara.

—¿Qué haces aquí, si no quieres ayudar?

Thrain se sentía muy complacido por su enfado. Cindy sospechaba que su actitud tenía mucho que ver con la competitividad masculina y le perdonó.

A Reinn le importaba un bledo cómo se sentía Cindy.

—Soy el piloto que os llevará a Escocia. Me pensaba hospedar en el hostal hasta que partiéramos. Entonces oí a los cazadores nocturnos y vine para ver qué estaba pasando. —Él la aguijoneaba con su intensa mirada—. Ha merecido la pena el paseo porque me he partido de risa todo el rato. —No tenía cara de haberse reído en la vida. Cindy dudaba de su capacidad de sonreír.

—Mira, pues ya que estás aquí, necesito que me ayudes a llevar a Thrain al hostal. —Respiró intensamente, preparándose para la segunda parte—. Tienes que dejarle que te muerda. Necesita sangre.

—No puede, Cindy. —La tranquila respuesta de Thrain le hizo enfadarse más aún con Reinn.

—Entonces, ¡qué hacemos, ostia! ¿Quedarnos aquí, diciendo tonterías? —Bueno, era importante calmarse y tampoco era conveniente hacer enfurecer a Reinn porque se podrían quedar en tierra.

De repente, le pareció ver un atisbo de humor en sus ojos. No, se lo había imaginado.

—Thrain es tu hombre; que te muerda a ti. Si te muerde, recuperará fuerzas y podrá volver por sí mismo al hostal. —Y, sin decir media palabra, se dio la vuelta y se esfumó en medio del bosque—.

—¡A este le han dado el premio al tío más borde! Estoy segura de que también se dedica a robar los regalos de navidad de los niños y el dinero del Ratoncito Pérez. Menudo imbécil. —Intentaba contener su indignación y no recordar lo que Reinn le había dicho antes de irse.

Thrain se reía entre dientes. Nadie diría que se estaba desangrando. Cindy se arrodilló a su lado y le metió la mano debajo de la chaqueta para tocar su espalda. Seguía sangrando. Había un charco negro de sangre en el lugar donde había estado acostado antes. Obviamente, estaba delirando y no sabía cuán gravemente le habían herido.

—Reinn es un tipo muy solitario y autosuficiente, aunque

habría saltado a ayudarme si la cosa se hubiese puesto muy fea. —Thrain frunció el ceño—. Eso creo, vamos. Con él nunca se sabe, pero tiene razón respecto a eso de que yo no le puedo morder. Ya te he explicado que morder a un compañero de clan va contra las leyes. Si yo le mordiera, tendría que matarme.

Cindy lo miraba, boquiabierta.

—No lo entiendo. Oye, no llevo el móvil encima. Voy al hostal y vuelvo con un par de hombres que nos puedan ayudar. —Quizá podría traerse a Stan, un vampiro que no era del clan Mackenzie. Su sangre no sería tan buena como…

—No vayas.

Fue a abrir la boca para decir algo cuando Thrain se levantó y la abrazó. La besó apasionadamente y ella no pudo menos que olvidar todas sus palabras. Las lenguas se entrelazaron mientras ella saboreaba toda la esencia viril de la posesión del hombre. El deseo de Thrain se impuso a la sangre. Cindy se sentía débil. Otra vez. Maldita sea.

—No quiero que nadie me lleve al hostal. Puedo caminar solo.

Su cálido susurro pegado a sus labios la hizo estremecer de goce, pero una ráfaga helada de miedo recorrió toda su espina dorsal.

—¿Solo? Ni hablar. Has perdido mucha sangre, estás débil y creo que sigues sangrando. Me ayudarán a meterte en la cama y…

—No. —Su decisión era firme. Deslizó la lengua por su labio inferior para enfatizar la respuesta—. Ya se me ha cicatrizado la herida; estoy débil porque he perdido sangre. Si no tuviera nada de sangre, tendría que estar tres días acostado como mínimo y ya no podríamos ir al castillo. No puedo ir al hospital porque me harán la pregunta de mi tipo de sangre y, si fuera, me inyectarían demasiada sangre humana de golpe.

—¿No puedes alimentarte de un humano y borrarle el recuerdo después? Parece factible. —Cindy sabía que se topaba con ciertas limitaciones morales, pero el pánico solía congelar las ideas coherentes de su mente.

—¿Sacrificar a un ser humano y chuparle la sangre hasta convertirme en un monstruo, Cindy? —Sacudió la cabeza—. No funcionaria. Mi organismo se viciaría y querría más sangre. Si pierdo el control y bebo demasiada sangre, despídete del humano y de mí.

Ahora su miedo se estaba convirtiendo en ira. Bueno, quizá funcionaba la técnica del puchero.

—¿Y de mí sí que puedes beber sangre, no? Pues yo no soy tu paletilla de cordero, ¿vale? A mí no me puedes rellenar, yo me quedo vacía. —Él se podría indignar con ella y decirle que nunca la mordería ni aunque se lo rogara. Se podía quedar tranquila. ¿Eso le hacía sentirse mejor? Pues, no.

Pero Thrain no se enfadó. Su mirada era dulce.

—Hay pocas cosas más intensas que la gula. Una de ellas es lo que siento por ti. —Thrain le sonrió poco a poco con esa curva provocadora y maliciosa de su boca, una sonrisa capaz de fundir el metal más duro—. No sé muy bien qué significa este sentimiento, pero disfruto de ti incluso cuando me gritas. Esto no es muy normal.

—Yo no grito. —Estaba gritando y estaba, además, muerta de miedo. Él la había arrinconado y ella intentaba pisotear unas emociones evidentes.

Su sonrisa se desvaneció.

—Tiene que salir de ti. Si este no es el momento ni el lugar para ti, lo entenderé. —Apretó con fuerza los labios como si estuviera tomando una decisión—. Y vas a ver a Darach igualmente. Si me puedes hacer el favor de conseguirme... —Su rostro anunciaba que estaba a punto de decir algo muy duro— ...sangre de vaca, así me repondré un poco. Aunque flaquee un poco, no pienso perderme el viaje. Cuando lleguemos a Escocia, Reinn nos llevará en coche y tendré más controlada el hambre, así que estaré más fuerte para cazar sin matar.

Le estaba ofreciendo una solución. ¿Por qué no parecía más aliviada?

En un gesto inaudito, desvió sus ojos de ella.

—También te estaría mintiendo si te dijera que ahora mismo no tengo ganas de alimentarme. —Volvió a mirarla con unos ojos llenos de emoción; una emoción extraña que a ella le costaba identificar—. Todo es una cuestión de confianza. Si me ofreces tu vida, tienes que saber que nunca te haría daño. —Sus ojos le suplicaban que su confianza era muy importante para él—. Tienes que saber que, por mucha hambre que tenga, nunca haría daño a la mujer a quien… —Su voz se quebró, pero Cindy quería arrancar esas últimas palabras de él.

¿Seguro? A veces era mejor mantener cierto misterio hasta que ella pudiese controlar totalmente sus emociones.

Thrain sacudió la cabeza como si así pudiese aclarar sus pensamientos.

—Es igual. Si quieres ir, date prisa antes de que abandonen el hostal los huéspedes humanos. O, peor aún, podría volver el clavador de estacas y cumplir, de nuevo, con su misión.

Así estaban las cosas. Cindy tenía que encarar su miedo o hacer lo que se le daba tan bien: huir. Evitar a los perros durante setecientos años no había constituido un gran gesto de valentía por su parte. Y en ese momento estaban en juego los colmillos del hombre que deseaba más en la vida.

Cindy tomó aliento y lo miró a los ojos.

—¿Me va a doler?

Él no quería engañarla.

—Es como notar un aguijón.

—¿Pararás cuando yo te lo pida? —Sabía que la pregunta podía herirle, pero tenía que preguntárselo.

Los ojos de Thrain le confesaban que le habría resultado

muy duro aguantar el hambre, pero que lo habría hecho por ella.

—Sí.

¿Confiaba en su respuesta? Menos de dos semanas era tiempo insuficiente para conocer bien a alguien, pero justo en ese punto entraba la confianza. Sí, confiaba en él. Y, si se equivocaba, acarrearía con las consecuencias.

Cindy no se sentía valiente. No sabía si podría ser capaz de hacerlo y nunca se lo había planteado. Pero sus emergentes e intensos sentimientos hacia Thrain le empujaban a pronunciar las palabras:

—Muérdeme.

## Capítulo 14

Thrain la miraba con sus ojos oscuros de vampiro. Hace una semana, habría dicho que esos ojos eran de depredador, pero ahora reconocía al hombre detrás de esa mirada: un hombre vulnerable pero tan fuerte como para expresarle su vulnerabilidad. Un hombre que se preocupaba por ella; tanto como para confesarle sus miedos con el fin de que ella pudiera combatir sus pesadillas nocturnas.

Thrain le sonrió. Sus colmillos empezaban a crecer. Cindy sintió un escalofrío, pero en ese momento se concentró en su bella sonrisa. No podía hacerlo. La sonrisa de Thrain era tranquilizadora y ella sabía que esos colmillos no tenían nada que ver con su personalidad, pero no podía dejar de mirarlos.

—Así no adelantaremos, cariño. —Su voz estaba teñida de decepción—. Tengo que mantenerme en mi forma de vampiro para... —Titubeó con la palabra hasta que al final usó la menos conveniente— ...alimentarme, pero estás poniendo unos ojos como platos. No te puedo hacer esto. Vuelve al hostal y tráeme a alguien que me pueda ayudar.

De repente, sacó fuerzas de la nada.

—No. Puedo hacerlo y tengo que hacerlo. Mi amor está por encima del miedo. —Ya había sobrepasado la línea del afecto.

Cindy esperaba una réplica, pero él le sorprendió.

—Ayúdame a quitarme la chaqueta y la camisa.

—¿Cómo? —A Cindy se le ocurrían las réplicas—. Tienes

que... —Cindy no podía pronunciar la palabra «morder»—. Venga, hazlo antes de que me flaqueen las fuerzas.

—Primero me tengo que quitar la chaqueta y la camisa. —Se sentó y se intentó quitar las prendas por sí mismo, pero el dolor se lo impedía.

Cindy le reprendió y le ayudó a quitarse la ropa.

—¿Por qué tienes que quedarte con el torso desnudo? Hace mucho frío, no es bueno para la salud.

—Tendrías que tocar una parte humana de mi cuerpo y verías si es buena para la salud. —Agotado por el esfuerzo, dejó caer la espalda contra el tronco.

Su declaración de humanidad la inquietó.

—Oye, no tengo que tocar tu fantástico pecho para saber que eres humano. Que te quede clarito, mi vampiro, que sigues siendo el mismo con independencia de la cara que pongas. —Intentó sonreír, pero se dio cuenta de que no era el momento—. Además, no necesito excusas para tocar tu espléndido cuerpo.

—¿Espléndido cuerpo? —Thrain hizo un gesto de extrañeza.

Increíble. Los machos siempre reaccionaban igual fuese cual fuese su aspecto. Obviamente, «espléndido» no era un adjetivo muy acertado. Cindy le dedicó una sonrisa certera. Esta vez, sí. Era una sonrisa que no canalizaba su miedo, sino que lo contemplaba con sosiego. O eso parecía. Cindy no sabía si podría enfrentarse a esta experiencia terrible hasta que no lo intentara.

Thrain se acercó a ella, le besó la frente y hundió sus dedos en su cabello.

—Nuestros miedos parten de una única experiencia que nos marcó hace mucho tiempo y, aún así, seguimos dejándoles que condicionen nuestras vidas.

Llegados a ese punto, Cindy se sentía bastante tonta. Thrain mordió suavemente su oreja y la estiró un poco. Casi no notó sus dientes al descender de su oreja. Casi.

Para sobrellevar el impacto de este «casi», colocó sus manos sobre su pecho. Su piel era fría y eso le recordaba que su miedo no era lo único que importaba. Su miedo respondía a siglos de existencia, era duro de pelar. Se abalanzaron sobre ella temores que no tenían nada que ver con la frialdad y todo que ver con el pánico y se abrazó a la cintura de Thrain.

—Piensa en todo lo que te has perdido por culpa del miedo. Menos mal que nunca has visto *Jurassic Park*. Vaya efectos especiales. —Deslizó la lengua por su cuello.

Cindy estaba tan ocupada pensando en los dientes del tiranosaurus rex que casi no se dio cuenta. Casi.

—... ¿Y setecientos años sin tener un perrito? Es increíble. —Su aliento le calentaba el cuello—. Un perrito mimoso y muy mono. Pero bueno, ahora me tienes a mí.

No lo pudo evitar; se echó a reír ignorando la precipitación de su boca encima del pulso de su cuello que anunciaba rítmicamente tanta excitación como miedo.

—Hombre, puedes ser muchas cosas. Pero mimoso y mono son rasgos que no te acaban de pegar.

Thrain no le dio tiempo a reaccionar. Tipo listo. Cindy tenía demasiada imaginación. La abrazó fuertemente hacia él. Cindy sintió el rápido reflejo de unos colmillos rozándola y un fuerte pinchazo.

Abrió la boca para chillar pero en seguida la cerró al notar una ola de calor y placer en su cuerpo. El deseo viajó a su bajo vientre mientras una sensación de confort y humedad la empujaba a abrir las piernas, imaginándose que Thrain la penetraba sin mayor dilación. La excitación arrasaba todo su cuerpo, desbancando el miedo junto a los demás sentimientos que frustraban su hambre de sexo.

Lo abrazó aún más fuerte; lo agarró de los hombros desnudos y gimió de placer mientras le seguían recorriendo sensaciones de gozo. Ascendió con las manos y enterró sus dedos en su pelo enredado de vikingo, empujando su cuello contra su boca.

Con el poco raciocinio que le quedaba, se dio cuenta de que él la había manipulado, sustituyendo su miedo por esta increíble sensación de placer. ¿Acaso le importaba? No. Tenía que estar loca para rechazar esto... ohhhg.

Sus sentidos se exaltaron como cuando hicieron el amor en el cementerio. El bosque respiraba al unísono con ella. Ella sentía el susurro de su frío aliento de vampiro penetrando en su cuerpo ardiente. De repente, el viento también gimió encima de las copas de los árboles, sacudiendo una ráfaga de hojas doradas para expresar, también, su placer. Cindy supo, desde ese momento, que el aroma de pino siempre le traería ese mágico recuerdo.

Justo cuando estaba a punto de alcanzar algo inconcebible, el orgasmo inducido por mordisco, Thrain se apartó de ella. ¡Noo! Su cuerpo se aferraba fuertemente al de él y a Thrain le rechinaban los dientes.

—No me puedes hacer esto. —Llámala infantil o exagerada, pero la estaban privando de su orgasmo y tenía derecho a protestar. Se examinó el cuello, absorta. Ni una marca. No había herida ni puntos de sutura. Cindy intentó bajar el ritmo de su respiración y calmar todo su cuerpo, un cuerpo que Thrain había engañado para arrebatarle el clímax.

Cindy se volvió para mirar al bosque. Cuando volvió a mirar, ya tenía forma humana.

—¿Cómo te sientes después de tu primer mordisco en más de setecientos años? —Thrain le mostraba una sonrisa relajada que no ocultaba cierto atisbo de preocupación.

Cindy suspiró profundamente. Qué hombre. Era su única preocupación sensual y emocional (sí, lo admitía) y pensaba que Cindy se iba a quejar. Era un hombre en mayúsculas.

—Te he dicho que no me podías hacer esto porque has separado los dientes justo antes de mi momento cumbre. Espero no ser una mujer insatisfecha, por tu bien.

Thrain le acariciaba el pelo.

—Tenía que parar. He tomado incluso más sangre de la necesaria y ya sabes lo que pasa si bebo demasiada. —Seguía preocupado—. ¿Has notado mucho mis dientes? ¿Qué sensación tienes ahora?

Aaah, claro que los había notado. Reteniendo su emoción, le sonrió antes de consolarlo.

—No te preocupes, me llevo bien con tus colmillos. —Para demostrárselo, se acercó a su cara y deslizó la lengua por su labio inferior. Al abrir los labios, acarició la punta de su diente incisivo con la lengua—. Bueno, está claro que no son los dientes largos y despiadados de hace un momento, pero están bastante bien. Tampoco voy a dejar de tener miedo de golpe a las criaturas con colmillos; me fijaré en cada una por separado para calcular su peligro. Pero ya he dado el primer paso. —Le besó apasionadamente y se separó de él—. Y nunca volveré a tenerte miedo. —Una sentencia de la que se arrepentiría.

Cindy percibía su alivio y se preguntaba si él sabría lo agradecida que estaba. Intentaba mantener la calma, pero no podía dejar de sentir una tremenda emoción por este hecho que había dado un vuelco a su vida. Por primera vez en todos sus siglos de vida, le había plantado cara a sus miedos y había salido, si no victoriosa, al menos muy recuperada.

—Ya rebuscarás en mi mente si quieres enterarte de todo eso. Pero, si lo haces, ya sabes que tendría que matarte por no acabar lo que has empezado. Tengo un orgasmo pendiente.

—Si no quieres que esté en tu mente, no estaré. —Thrain intentó sonreír y parecer sereno, pero no podía esconder al depredador que llevaba dentro. No cuando la quería capturar—. Pero no para siempre.

—Muy bien, gracias. —Frunció el ceño y miró la chaqueta tirada en el suelo—. Y ahora, ¿qué hacemos?

—No pienses más en eso. —Thrain se puso la camisa, sintiendo menos dolor que antes, y le puso su chaqueta en los hombros. Se levantó, recogió la espada y la volvió a envainar—. No vamos a hacerlo aquí, con el frío que hace. —Sabía exactamente dónde iba a hacer el amor con ella y lo mejor era ir rápidamente antes de que su cuerpo decidiera que era mejor hacerlo allí, en pleno bosque.

Cindy nunca llegaría a conocer la magnitud de su lucha interna contra su naturaleza de vampiro, contra la parte de él que reclamaba poseer y alimentarse de esa mujer al mismo tiempo. Curiosamente, no había experimentado la sensación que más temía: el deseo insaciable de alimento. Era evidente que se había quedado con más ganas, pero su sentimiento protector pisoteaba sus ansias de beber sangre.

Su excitación sexual constituía un deseo completamente diferente. Al reprimir la salida de su bestia sexual, se había quedado trastocada su férrea voluntad. Su deseo impetuoso hacia Cindy revolucionaba todo su cuerpo. De joven, no se creía a los miembros adultos del clan cuando hablaban de lo intenso que era su goce emocional y físico con la pareja. Para él, el sexo era sólo sexo. ¿Y ahora? No sabía lo que le estaba pasando, pero Cindy le empezaba a reportar mucho placer a nivel personal. ¿Era su pareja? Tampoco lo sabía.

Thrain la ayudó a levantarse y ella se sacudió la tierra.

—Todavía no entiendo por qué, con un poquito de mi sangre, has pasado de ser un ser moribundo al tío arrogante de siempre. Y sé que no me has absorbido mucha sangre porque no estoy mareada. —Caminó con él de vuelta al hostal.

Thrain la cogió de la cintura y la atrajo hacia él.

—No me estaba muriendo y tú tienes sangre del clan. Mucho más potente. Por eso los vampiros te querían hincar... —Quizá no hacía falta recordarle el episodio con los cazadores nocturnos—. Bueno, que tu sangre tiene muchas propiedades curativas.

Cindy levantó la vista para mirarle: el pelo enredado en la

noche; la boca, dulce y sensual y los ojos, llenos de preguntas y emoción. Los sentimientos de Thrain estaban a punto de emerger y necesitaba tiempo para analizarlos. «Analiza lo que quieras, idiota. Yo no cambiaría ni un ápice».

—Por cierto, ¿cómo tardaste tan poco en llegar cuando te envié el mensaje telepático de socorro? Me has impresionado, vampiro. —Le quitó suavemente las hojas de pino de la cabeza.

—¿Mensaje de socorro? —Frunció el ceño—. No recibí ninguno. Prada me dijo que te habías ido con los vampiros y pensé que necesitabas ayuda.

Cindy entornó los ojos.

—Yo no vi a Prada cuando salí con Darius. Espera. —Se mordió el labio mientras pensaba—. La última vez que la vi, estaba hablando con los vampiros. —Volvió a entornar los ojos hasta mostrar una mirada gatuna—. ¿Sabes en qué estoy pensando?

Thrain asintió.

—Tenemos que hablar con Sam y Jane.

Llegaron al hostal y Thrain le sostuvo la puerta mientras ella entraba. Cindy estaba encendida en ira y él no dudaba en vengarse. Si lo que sospechaban era cierto, Prada era mucho más influyente de lo que habían pensado.

Sam estaba hablando en voz alta delante de un grupo que escuchaba su colección de historias. Desvió la mirada y vio a Thrain apresurándose hacia él y el rostro se le ponía lívido por momentos.

—Vamos a hablar, Pierce. Ahora. Y solos. —Thrain debía de mostrar una expresión terrorífica, pues la multitud congregada desapareció inmediatamente.

—¿Pero cómo puedes seguir vivo? —Miró con ojos temerosos a Thrain, mezclando angustia con pavor—. Quiero decir, muerto. Es que... no lo entiendo. Prada me dio la estaca para que te la clavara en el pecho. Me dijo que te la clavara en el lado izquierdo, que es donde tienes el corazón. ¿No se mata así a los vampiros? —Los ojos le salían de las cuencas y las palabras no se coordinaban con su pensamiento. Le caían gotas de sudor de la frente—. No es nada personal. Sólo quería salvar a la señorita.

Thrain esbozó su sonrisa más maligna ante el escritor horrorizado.

—No. A los vampiros les falta el corazón. —Se acercó a Sam y le envió a la cabeza toda una serie de imágenes de cómo actúa un vampiro movido por la ira contra un humano torpe, que es lo que le estaba a punto de suceder a él—. ¿Por qué me has querido matar?

Sam cogió aire con la nuez trémula como un corcho en medio de la inmensidad del océano.

—Prada me dijo que ibas a hacer daño a Cindy. Vale, sin medias tintas: que la ibas a dejar seca. Y todo hombre debe proteger a las mujeres. —Su expresión anunciaba que se estaba replanteando su papel de superhéroe y desvió la mirada hacia Cindy, que estaba a un lado, con los brazos en jarras y con gesto de contención pese a estar echando humo por la cabeza—. Supongo que Prada se ha equivocado. —Su voz temblorosa indicaba que era consciente de que Thrain no se iba a tragar su discurso sobre el respeto a las mujeres.

Thrain creía a Sam. Este tipo había demostrado mucha valentía al adentrarse en el bosque para luchar con un grupo de vampiros. Era valiente, pero no inteligente. Thrain le dejó escapar por esa vez.

—Sólo querías defender a Cindy; no te voy a hacer nada. Pero dentro de muy poco la cosa se puede poner fea, así que te aconsejo que te encierres en tu habitación. —Se apartó bruscamente de Sam y le sonrió mientras el escritor recuperaba la respiración y se iba.

—Me voy. Ya no me mezclo más con vampiros; que conviertan Nueva Jersey en un centro comercial de chupasangres. —Sam corrió hacia su habitación.

Cindy interrumpió el silencio.

—Vamos a buscar a Jane. Seguramente estará por aquí. Le voy a decir que se deje de descubrimientos científicos y que se vaya.

Entraron en la cocina y la vieron volcada en una tarrina de Ben & Jerry sabor cereza. Había otra tarrina vacía a su lado. Thrain miró hacia abajo. Estaba vacía porque Troyano se la había engullido y ahora se estaba ocupando de otra tarrina. Seguro que la había engañado diciéndole que iban a compartir helado.

Cindy se sentó delante de Jane. Thrain estaba de pie, detrás de ella. Se agarraba al respaldo de madera de la silla para reprimir las ganas de darle una patada a Troyano y que le saltaran los dientes volando, pero se reservó el cabreo para Prada.

Cindy le tocó las manos a Jane, impidiéndole que comiera otra cucharada de helado.

—Tenemos que hablar.

Jane suspiró al tener que dejar la cuchara.

—Sí, ya me imagino. —Contempló con anhelo el resto de helado—. Pienso mejor cuando como. —Miró alrededor de la cocina y, después, a Thrain—. No llevabais máscaras, ¿no?

—No. —Thrain tensó los músculos, preparado para retener a Jane si intentaba huir.

Ella asintió.

—Es lo que temía. Puede parecer muy excitante desde el punto de vista científico, pero es personalmente aterrador. —Jane bajó la vista y vio a Troyano lamiendo con esmero las paredes de la tarrina—. Esta noche ha sido muy extraña. Primero, Prada nos dice que tenemos que ir corriendo a coger armas para salir al bosque a salvarte de unos vampiros enmascarados que estaban fuera de sí. Después me siento a comer helado y oigo una voz que me dice que me convertiré en una foca si me lo como todo sola y que debo compartirlo con el pobre gatito hambriento. Pero, coño, yo no lo veo hambriento, sino más bien bastante seboso. En fin, que le he dado helado.

Cindy le sonrió y le dio un golpecito en la mano.

—Uy, es la primera vez que te oigo decir un taco. Tienes que estar muy cabreada.

Jane intentó dibujar una sonrisa.

—¡¿En serio! —Miró fijamente a Thrain—. Cuando me tranquilice un poco, me gustaría saber más cosas de ti. —Bajó la vista hacia Troyano—. Y también de ti, gato. Nunca oigo voces en la cabeza y me parece que me tienes que explicar algo.

Cindy se levantó.

—Acábate el helado; ya me has dicho lo que necesitaba saber. ¿Sabes dónde está Prada?

Jane sacudió la cabeza.

—No la he visto desde que he vuelto.

—Está en la biblioteca invent… hjjmm, buscando información. No le digas que me he chivado; cuando se cabrea, me puede pegar una buena somanta de palos. Me voy a esconder por ahí.

Thrain decidió que Troyano se estaba pasando de gracioso para ser un gato cuya vida pendía de un hilo y esperaba que no confiase en sus siete vidas cuando lo tirase por la ventana. Thrain miró a Cindy y esta asintió. Sí, había oído al gato.

Corrieron hacia la biblioteca. Troyano correteaba detrás de ellos graciosamente. Thrain se detuvo al llegar a la puerta, pero Cindy no podía controlar los nervios. Thrain le volvió a colocar su chaqueta encima de los hombros; Cindy entró como una exhalación y se fue directa hacia Prada, que estaba sentada en una silla acolchada.

—Oye, diosa del sexo manipuladora de mortales. Levántate ahora mismo y demuéstrame ahora tu valentía a la cara.

Prada levantó la mirada, arqueó una ceja perfectamente perfilada y apartó el libro suavemente.

—Este libro es interesantísimo. ¿Sabías que cada año se accidentan once mil norteamericanos por probar posturas nuevas y extrañas en la cama? Yo creo que ninguna postura es extraña si da placer.

Cindy pestañeó varias veces, controlando por un momento su ira.

—En mi biblioteca no hay libros de ese tema.

Prada le brindó una sonrisa felina.

—Ahora sí, guapa.

Thrain se puso al lado de Cindy. Necesitaba apoyo moral e inmoral si quería machacar a Prada.

—Has planificado la escenita con los cazadores nocturnos. Podrían haber matado a Cindy y no intentes negarlo.

Prada lanzó un suspiro al aire haciendo alarde de su gran paciencia.

—¿Por qué lo tengo que negar? Cuando un plan sale tan bien, hay que celebrarlo. —Frunció el ceño—. Y bastante he padecido para todo saliera bien. Me he roto tres uñas y me he cargado mis zapatos preferidos.

Thrain rugía de furia y se acercó a Prada. Empezó a notar el crecimiento de sus colmillos e intentó retenerse.

—Ehh, relájate, chupasangre; es una fémina. —Troyano caminó pausadamente desde la puerta y saltó al respaldo de la silla de Prada—. ¿Quieres que peleemos? —El tono de Troyano le suplicaba que no.

Cindy entornó los ojos con furia.

—¿Quieres que te rompa las otras siete uñas para que no te desentonen? Luego te puedo patear y machacar los zapatos.

Prada se quedó boquiabierta. Thrain estaba seguro de que la rotura de uñas le afectaría mucho más que el apaleamiento.

Cindy todavía no había acabado.

—Sam ha apuñalado a Thrain y mucha gente inocente ha corrido peligro. No hay nada que justifique lo que has hecho.

—Hoy en día ya no se aprecian los actos heroicos. —Prada hundía gentilmente las manos en el cojín de la silla mientras pensaba. No quería exponer las uñas a ningún tipo de peligro—. Lo he calculado todo al milímetro. Thrain no ha corrido peligro en ningún momento. Yo sabía que los cazadores nocturnos no podían hacerle nada y una puñaladita en la espalda no puede matar a un vampiro tan poderoso como él. Madre mía, esperaba más gratitud después de haber hecho tanto por vosotros. —Prada ensayó un gesto de dolor, pero su arrogancia lo tiñó de falsedad.

Cindy retrocedió su paso para mirarla con cierta distancia.

—Dime por qué lo has hecho, lista.

Prada ya podía bajar la guardia con sus uñas. Sus ojos brillaban de goce.

—La última vez que vi a Thrain, estaba palidísimo. Tenía fuerza, pero necesitaba su ración de sangre. Un momento. ¡Anda! Pero si ahora lo veo perfectamente. ¿Cómo ha podido ser? —Desvió la mirada hacia Thrain, que permanecía inmóvil—. Bueno, malhumorado, pero sano. Alguien tiene que haber compartido su sangre con él. —Prada miró al techo y apoyó la barbilla sobre la mano con gesto de ironía y mofa—. Y me pregunto si esa misma persona que temía morir bajo sus dientes sintió, en su momento, una sensación clara de pureza.

Cindy sintió el puñal en el estómago que Prada le acababa de clavar.

—¿Has montado todo esto para que pudiera superar mi miedo a ser mordida por Thrain?

Prada le guiñó el ojo.

—Claro. Tengo que cumplir con mis obligaciones. El destino me obliga a unir a las personas. Los colmillos de Thrain no me dejaban continuar con los planes, así que, o los hacía desaparecer o te obligaba a enfrentarte a ellos. Y ya te has enfrentado. —Se le iluminó la cara—. Y, en lugar de subirte por las paredes, piensa en soluciones. ¿Le querrías igual si masticara los alimentos?

Cindy torció el labio para titubear. Thrain no sabía si ese movimiento de labio era una reacción a la imagen mental de él mismo masticando alimentos o consecuencia natural del uso del verbo «querer». ¿Le incumbía en algo? Por supuesto que sí.

—... Perfecto. —Prada le sacudió la mano para que se fuera—. No necesito ninguna declaración jurada. Ahora ve a fornicar en mi honor.

Thrain estaba desconcertado y se movía entre las ganas de descargar su violencia sobre la cabeza de Prada y la incapacidad de pegar a una mujer. En lugar de ello, canalizó su rabia en Troyano.

—¿Por qué no la detuviste?

Troyano abrió sus ojos gatunos.

—¿Qué te piensas, que soy tonto? Prada siempre deja clara una norma: si te entrometes en su camino, sufrirás las consecuencias durante miles de años. No, no me meto en sus historias. —Posó su mirada en Prada y compartieron un mensaje telepático privado—. Además, cuando nos vayamos de aquí nos espera un mes de aventuras sexuales en algún lugar soleado. Si la hago enfadar, se truncarán los planes. Sí, soy un egoísta asqueroso; siempre pienso en mí. —Los ojos de Troyano presumían de este rasgo de «egoísta asqueroso» como buen perturbador cósmico.

Cindy respiró profundamente.

—Mira Prada, lo que has hecho es odioso, pero ha funcionado. Pero, ¿no podías haber encontrado una forma menos dramática de llegar a lo mismo?

Prada parecía herida en su orgullo.

—¿Cómo? Cualquier cosa que implique que Thrain te muerda es dramática. ¿Qué hubieras preferido, calma y lentitud? Pues no. Tenía que crear una situación de vida o muerte para que reaccionases de una vez. Además, el exceso de emoción conduce a una gran liberación sexual posterior. ¿Algo más?

Asumiendo con realismo todo lo que acababa de decir, Prada desvió su atención hacia la espada de Thrain.

—¿Te he comentado lo mucho que me gusta tu espada, Thrain? Es tan larga, tan dura, tan... simbólica.

—Ffff, ¿no puedes dejar de pensar en sexo ni un segundo? —Troyano rugió suavemente.

Prada le guiñó el ojo.

—Pues no. A eso me dedico.

Thrain seguía pensando que debía romper algún que otro hueso, pero Cindy le agarró de la manga.

—Vamos a detener, por hoy, la guerra en el Siniestro Hostal. Ya no puedo perder más clientes. Mañana la agarraré del pescuezo. Tú y Troyano ya os batiréis en duelo al amanecer. Ups, queda poco para que amanezca. —Cindy se lo llevó de la biblioteca—. Vamos a mi piso a descansar un par de horas.

Prada se despidió de ellos con la mano y se puso a Troyano en el regazo.

—Uuuy. Tendrás que volver al gimnasio cuando recuperes la forma humana. Con este culo gordo, no eres un perturbador cósmico muy atractivo.

—Déjate de gorduras. Vamos a hablar sobre… —Miró el reloj de Prada. Madrugada— … sobre esta noche. Se arrellanó en su regazo. No me puedo creer que se hayan tragado todo lo que les has dicho cuando lo único que querías era crear problemas que acabaran en líos de cama.

—Qué bien nos entendemos, bolita. —Prada le acariciaba detrás de la oreja—. Y ha funcionado. Estoy segura de que ahora Cindy y Thrain están yendo para el apartamento para gozar de un sexo increíble. —Se estremeció de júbilo ante este pensamiento—. Me estoy imaginando el momento-alfombra.

—Sí, sí, así. —Levantaba la cabeza para que le rascara en ese preciso punto detrás de la oreja izquierda—. ¿Está todo preparado para la invocación?

—Preparadísimo. Estaba implantando el último extracto de información que todo el mundo necesitará cuando Thrain y Cindy han entrado.

Ahora recorría los dedos por su espalda. Resistió el ímpetu

de mutar a cuerpo humano para retozar con ella en el suelo. Prada era tal dulce, tan sensual. Pero un cambio repentino lo trastocaría todo. Contuvo su excitación sexual.

—En este libro he escrito la última parte de la invocación. —Prada asentía delante del libro que había leído antes—. Se titula *La última fase de una invocación efectiva*. Lo voy a dejar encima de una mesa y en seguida lo cogerá cualquier humano fácilmente manipulable.

—Perfecto, fantástico. Vamos a hacerla en el jardín de la entrada y recemos para que no llueva. —Se quedó pensativo un momento—. Olvida eso de rezar: el Gran Jefe no va a atender mi llamada si le llamo yo. Y, si llueve, pararemos la lluvia.

Prada asintió.

—De acuerdo. Entonces, el lugar ya está preparado. ¿Y qué hacemos con el Diablo de Jersey? Los humanos estarán haciendo sus actividades de cada día mientras tú haces la invocación. ¿Estás seguro de que vendrá? Espero que no me pidas ayuda porque sabes que yo no tengo ese poder.

—Tranquila, nena. Todo bajo control. —Se restregó contra su pecho con ganas de jugar. Un pecho fantástico con el que restregarse. Muy generoso—. Y no hay nadie, excepto Thrain, que tenga el suficiente poder para detenerme una vez haya empezado. El brujo y la bruja podrían ralentizar el proceso, pero están muy ocupados hundiendo en la bancarrota a todos los casinos de Atlantic City. Enviaré a Cindy y a Thrain a comprar más helado para mí para tener provisiones para la noche y para que nos dejen trabajar tranquilos. Estarán bien entretenidos mientras nos divertimos. Y al resto de proyecto de seres sobrenaturales les importa un huevo lo que les pase a los humanos, así que no se van a meter.

Prada frunció el ceño.

—Una vez haya actuado el Diablo de Jersey, ¿estás seguro de que sabrás librarte de él?

Troyano le lanzó una mirada escrutadora y tiró las orejas para atrás.

—Se te da muy bien herirme el orgullo, ¡eh! Vamos a ver, ¿te acuerdas de quién soy, nena? El poderoso; el que es capaz de derrumbar un edificio en un segundo. Tu bolita, tu perturbador cósmico que puede hacer saltar por los aires el planeta de un plumazo. —Sacudía la cola, irritado—. Bueno, entonces, cuando el Diablo de Jersey haya arrancado unos cuantos árboles, haya tirado por el barranco unos cuantos coches y haya atemorizado a los capullos de los humanos, lo voy a enviar muy lejos antes de que les haga daño. No quiero hacer enfadar más de lo necesario al Gran Jefe.

—¡Auu! —Prada sacudió el muslo—. Oye, aleja tus zarpas de mí.

Troyano intentó relajarse.

—Perdona. Me he emocionado pensando en todo este caos y destrucción. Como en los viejos tiempos. —Se dejó llevar por la nostalgia de esos días. Días en los que el Gran Jefe no había impuesto su ley sobre el bien y la luz—. Si sale bien, habrá que brindar. ¿Qué te parece?

Troyano intentaba poner cara de ilusionado. Los gatos malvados no ejercitaban mucho los músculos de la cara y su expresión carecía del brillo de la emoción.

Prada le sonrió y hundió su cabeza en su pelo.

—Eres como un niño travieso, ¿a que sí? En cuanto abran las tiendas, nos vamos al pueblo a comprar un pastel. Y voy a preparar un ponche como lo hacía mi abuela.

Si la gama de ruidos gatunos fuese más amplia, Troyano habría suspirado.

—Ni yo soy un niño ni tú has tenido nunca abuela. Siempre he sido un perturbador cósmico, aunque antes me lo pasaba muchísimo mejor que ahora. Desde que el Gran Jefe ha llegado con sus prohibiciones, ya no disfruto tanto ni mucho menos.

Prada arremetió con su labio inferior y dejó entrever ese destello malicioso en sus ojos anaranjados que solía anunciar: «peligro inminente. No se atreva a hablarme».

—¿Y qué pasa si nunca he tenido abuela? Si la hubiera tenido, igualmente me habría pasado la receta del ponche. Y, ¿cómo puedes decir que ya no te diviertes? No te lo crees ni tú. —Descruzó las piernas y Thrain sabía que las abriría para dejarle caer si seguía metiendo la pata. En ese caso, no le encontraría mucha diversión al hecho de caerse de cabeza.

Prada era fantástica cuando estaba enfadada, pero ya había sentido demasiadas emociones en una misma noche.

—Sí, tienes razón. En esa isla exótica, voy a disfrutar tanto como si se deshicieran los polos. —Y, si alguien le llevaba helado y ponche, sería como estar en el templo de los dioses. Por un momento, pensó que no era muy adecuado volver a mencionar el tema del ponche.

La expresión de sus ojos se endulzó.

—Sé que me has dicho lo que yo quería oír. Eres un bicho perverso y manipulador. —Lo cogió y lo apretó contra su pecho—. Eso es lo que me gusta de ti, bolita.

—Mmm, a mí también. —Ahora se mostraba un poco tímido—. Bueno, está todo preparado. A medianoche, reuniré a todos los humanos en el jardín de la entrada, invocaré al Diablo de Jersey y el infierno se desatará sobre sus cabezas.

# Capítulo 15

Cindy observó a Thrain mientras este entraba en su comedor. Cerró la puerta y se apoyó contra ella, dejando fuera toda la locura que les había acompañado.

Thrain miraba la alfombra de Prada.

—Bueno, esta noche he luchado contra cuatro vampiros, me han clavado una estaca en la espalda y he sobrevivido a todo esto con la ayuda de una recepcionista bellísima que se quiere cargar a un par de personas. Un hombre necesita un gran final para una noche como esta.

Se desprendió de la vaina, que era larga y dura como… .shhhh. Empezaba a pensar siempre en lo mismo, como Prada. Se descargó de su espada y la dejó al lado de la alfombra roja.

Cindy se incorporó y se movió, pero Thrain no dejaba de mirar la alfombra.

—Me parece que Prada nos ha brindado un final feliz para esta noche. Nos lo merecemos. —Finalmente, se volvió hacia Cindy y la miró—. Quiero hacerte el amor en la alfombra.

—Su gesto era firme, pero sus ojos brillaban—.

«Este es mi hombre; el que no se desvía nunca de sus objetivos. Uuy, ¿de dónde había salido eso de «mi hombre»?». Aunque Cindy se hiciese esa pregunta, ya le había encontrado respuesta. Todo venía de la primera vez en que apareció en el Siniestro Hostal y la dejó sin respiración. Todavía no se había recobrado.

Tenía las características de cualquier hombre normal (valentía, lealtad, humor, arrogancia... y sí, vulnerabilidad). Pero no podía dejar de pensar en sus extraordinarias virtudes. Su facilidad para manipular los recuerdos la seguía impresionando. Y no quería examinar a fondo lo que le había despertado a nivel sexual.

Su «pelo abultado» era... todo suyo. Quizá el amor no tenía gran secreto; sencillamente, había que disfrutar de él y reconocerlo a nivel celular.

«¿Amor?». ¿Estaba preparada? «Escucha, cerebro: has tenido setecientos años para prepararte». Muy bien, se lo estaba planteando. A corto plazo. Le dedicó una mirada de embelesamiento. Quizá no tan a corto plazo. Y, compartiendo la longevidad, él podría ser su amor eterno. Era asombroso.

Cindy apartó todos estos pensamientos del pasado y el futuro y volvió a pensar en el presente.

—Amor en la alfombra. Podría ser un sabor nuevo de helado. Sería igual de placentero. —Su actitud desinhibida contrastaba con los latidos angustiosos de su corazón.

—¿Prada te ha explicado exactamente cuál es la función de la alfombra? —Su mirada provocadora le anunciaba que, fuese cual fuese su función, su virilidad la superaba.

Cindy sacudió la cabeza.

—Sólo me dijo que ensalzaba la experiencia sexual. —Confiaba en no haber mostrado una sonrisa insegura—. Ensalzar nuestros actos sexuales más aún me podría matar.

—Hmmm. —Su gesto amenazaba con que no estaría mal—.

—Déjame que la pruebe. —Se estiró en la densa alfombra boca arriba y colocó las manos detrás de la nuca—. Es... Rara. Los comerciantes de colchones nos venden la moto con sus productos maravillosos, pero esta alfombra los supera. Es tan blanda y calentita y... ¡dios!

Su ropa se había deshecho. Tan pronto notó la sensación de un chorro de agua fresca recorriendo su pecho, la blusa y el sujetador desaparecieron, dejándole con un hormigueo en el cuerpo que fue el causante de la rigidez de sus pezones.

—¿Lo has hecho tú?

Sacudió la cabeza.

Cindy bajó la mirada.

—¿La alfombra? ¿Es que ya no se puede llevar ropa pasada de moda?

Escrutó la alfombra con los ojos y le dedicó una sonrisa tierna.

—No puedo tolerar que una alfombra desnude a mi chica. Si te da miedo, enróllala. —Se acercó a ella todo lo que pudo sin tocar la alfombra—. Pero me excita tanto ver cómo se desprende la ropa de tu cuerpo y desaparece... —Se puso de cuclillas para ver mejor cómo le desaparecía el cinturón—. Estoy seguro de que Prada ha diseñado esta alfombra para que sea de lo más estimulante; deberías dejarla realizar sus funciones. —Su voz se redujo a un susurro penetrante. Por Freyja te digo que esto me excita mucho.

En un gesto de deliberada provocación, Thrain se mordió impetuosamente el labio inferior y lo liberó. Tal y como había calculado, Cindy no podía apartar su mirada de ese labio mojado y brillante y empezó a imaginar la textura y el tacto de esa boca mientras ascendía con el pensamiento hacia imágenes sexuales de lo más embriagadoras. De hecho, eran tantas las imágenes sexuales que le era imposible concentrarse en la ropa.

Podía empezar con ese desnudo para alcanzar su objetivo: llevar a Thrain al frenesí sexual. Para ser honesta, pensaba que ya lo había llevado. Pero nunca se podía deducir por su rostro; había que mirarlo a los ojos. Estaban hambrientos e impacientes. Cindy estaba segura de que eran dos espejos en los que ella se reflejaba.

Cindy arqueó la espalda en un gesto de apatía incluso cuando también se le escurrieron los pantalones y los calcetines de media. Tenía los pies desnudos y no recordaba cuándo se había descalzado. Es igual. No importaba. Contorneó los pies mientras suspiraba de gozo al tocarse los pechos y pellizcarse suavemente los pezones con la punta del dedo índice, probando su termómetro de sensibilidad. Era como chuparse el dedo para comprobar la dirección del viento.

—Vas a acabar conmigo, mujer. —Thrain parecía disfrutar con este sufrimiento.

Deslizó sus dedos de mujer sobre los muslos desnudos mientras los últimos restos de agua invisible empujaban lo que quedaba de pantalón y de calcetines. El hormigueo de su cuerpo se compenetraba con el aroma de una brisa de mar refrescante, tentándola a abrir las piernas para que él rozara su calor y su presión sanguínea. El juicio ya no tenía cabida, pero, ¿qué podía hacer el raciocinio cuando se habían impuesto los impulsos viajando como un escuadrón hacia regiones mucho más bajas que el cerebro?

—Mmmm. —Rindiéndose ante la tentación, Cindy separó las piernas y levantó las caderas a modo de invitación al juego—. Esta alfombra es brutal. Ven a probarla conmigo. «Pruébame».

Cindy arrugó el entrecejo al haberse colado un pensamiento racional: «Ojalá Fray Luis de León hubiera utilizado esta alfombra».

La carcajada de Thrain no demostraba mucha seguridad. Bien. Cindy esperaba haber sido la causa de esta inseguridad. Lo miró con deseo. No, con deseo no. Salía humo de sus ojos porque su paciencia se estaba consumiendo.

—Bueno, te lo voy a decir de una manera un pelín más directa. Trae tu precioso culo aquí y no te escapes porque correré detrás de ti. —Sus pensamientos se divirtieron por un instante con los diversos significados del verbo «correr».

Thrain aprovechó un descuido de ella para enderezarse y alejarse de la alfombra. Y de ella. Cindy destilaba desesperación. Vale, había perdido el orgullo.

—Uhhh. —Le dedicó una sonrisa juguetona mientras sus

ojos se convertían en dos llamas azules—. Si voy a la alfombra, no voy a durar ni tres minutos. Y te deseo demasiado. Quiero hacerlo durar: que sea lento y espectacular.

Complacida al sentirse deseada, Cindy admitió que, esta vez, tenían que prolongar el placer. Vale, con seis minutos podrían alargar el goce una eternidad. Le dio golpecitos a la alfombra.

—Ven aquí. Me voy a contener para no saltar encima de ti y abusar de tu cuerpo. —Tampoco quería ser muy agresiva, por otro lado.

Thrain estiró los brazos, levantando un poco su camisa ceñida en un gesto peligroso y enseñando una superficie musculosa que era el recreo para las manos de cualquier mujer. Le sonrió y la miró con la seguridad serena de un cazador experimentado.

—No es una buena idea. El espacio que nos separa está tan cargado de tensión sexual que el aire está vibrando. Creo que me voy a desnudar aquí. —Estiró los labios para sonreír, sometiéndola a eones de padecimiento—. Y, mientras me voy quitando la ropa, podemos hablar de sexo.

Cindy frunció el ceño. Eso no le gustaba nada. Iba a desbancar sus seis minutos de límite. De hecho, la sola contemplación de su desnudo progresivo como el de una fruta exótica la hacía explotar internamente antes de haber emitido el primer gemido y sin que él la tocara. Tenía la opción de abandonar la alfombra e ir a por él, pero el hormigueo que le generaba era tan mágico que lo quería compartir con Thrain. Suspirando, cayó en las palabras fáciles.

—Bueno, desnúdate ya si no quieres ser recordado por las futuras generaciones como «el bromista incauto asesinado».

Su sonrisa se volvió irónica.

—Podría soportarlo.

Empezó a desabrocharse la camisa. Para cada botón, se esmeraba demasiado. Cada trozo de su piel era un cristal deslumbrante de la gran bóveda de su torso. Cindy apretaba los dientes, preguntándose si viviría lo suficiente para acabar de ver su pecho.

Finalmente, se deshizo de la maldita camisa y la arrojó al suelo. Se tocó el cinturón con el dedo gordo y se paró a pensar qué podría hacer con él.

¡¡Arrrgh!!

—Ya me avisarás cuando estés en algún momento del siglo, vampiro. —Cindy odiaba recurrir al sarcasmo. La alfombra está acelerando el motor de sus ensalzadores sexuales y se había levantando formando ondas que acariciaban sus tensos músculos. Se sentía tan bien, pero tan sola en esa alfombra... —. Quítate ya el puñetero cinturón.

—No. Espera. Lo estoy visualizando. —Se empezó a quitar el cinturón. El movimiento era milimétrico y el tiempo se había congelado—. Casi puedo sentir el calor de tu piel, la suave presión de tus pechos contra mi cuerpo. —En el caso de que no supiera a qué parte de su cuerpo se refería, él recorrió su mano por el pecho y descendió por el camino duro de su torso masculino.

Cindy estaba apabullada. Al ver cómo se tocaba, se le aceleraba la respiración y se multiplicaba el pulso cardíaco. Tenía que dejar de recrearse en el cinturón y de jugar con ella, porque empezaba a cabrearse. Así, no estaba consiguiendo nada.

—El cinturón, Davis. —Sin recaer en ello, se acarició los pechos y el estómago. Su piel seguía estando húmeda y, al levantar la vista hacia Thrain, le atravesó con la mirada—. ¿Quieres que sea una mujer insatisfecha? —Cargó su sonrisa de goce malicioso.

Thrain le devolvió la sonrisa. Le encantaba ser malo.

—De momento, sí. Pero lo compensaré cuando hagamos el amor. —Por fin, abrió la hebilla y se quitó el cinturón.

Respirando ya con dificultad, Cindy esperaba a que se desabotonara los tejanos y que los tirara al aire junto con los calzoncillos volando por encima de sus potentes muslos y piernas. Y eso fue exactamente lo que hizo. Les dio una patada y caminó, gloriosamente desnudo, hacia la mesa del comedor.

—Holaaa, no estoy debajo de la mesa. Soy el retrato de una mujer desnuda estirada en una alfombra roja. —Estaba acabado con los últimos minutos de su límite sexual. Así, llegaría al orgasmo—.

Thrain la ignoraba. Se inclinó para encender con delicadeza la vela de aroma a vainilla de encima de la mesa. A Cindy no le extrañó que la hubiera encendido sin mechero, pues el calor que desprendía era insólito.

Nalgas de hombre perfectas, una especie en peligro de extinción que era difícil de cazar. Redondas y firmes. Sin surcos, porque ningún vampiro tenía surcos. Levantó la vela y la dirigió hacia ella.

—¿En qué piensas? —Se acercó.

—En que el olor a vainilla es el más sensual de todos.

Sin contar, por supuesto, su olor a hombre, su hombre particular. Estaba claro que esta observación era muy superficial y tenía una larga lista de pensamientos mucho más profundos como la certera comparación entre su herramienta sexual y los monumentos de patrimonio nacional de la UNESCO.

—Te mueres por mi cuerpo. —Su voz destilaba arrogancia masculina.

Ella le dedicó la mirada más feroz a su erección.

—Sí, y te gusta, ¿eh?

—Porque no me has mirado a los ojos desde que me he quitado los tejanos. —Se cubrió la gran erección con los dedos—. Basta ya, el interés es mutuo. Yo también quiero arrodillarme ante tus muslos, tocarte con mi boca y enterrarme dentro de ti.

Fascinada, miraba su miembro, mucho más grande y erecto que cuando empezó con su juego de perversión. —Eh, no te reprimas. Dime todo lo que quieres hacer—. Inspiró oxígeno. Cada vez era más difícil mantener su actitud contenida ante la gran rigidez de su ímpetu sexual y los deseos lujuriosos de Cindy.

Pero no era sólo lujuria. Esta revelación emergía con el poder de la verdad. Su necesidad por él era tan intensa que no le encontraba explicación. Sin darse cuenta, esta necesidad se había enredado en su ser y ya ni siquiera quería desatarla. Tampoco le iría bien para su bienestar si él decidiese alejarse de ella.

—Te has quedado muy seria. —Su voz era más dulce y su tono jocoso había desaparecido—. Mírame a los ojos, Cindy.

Ella levantó la vista.

—Contigo es diferente. Quiero decir, que he tenido muchas relaciones cortas durante setecientos años y tengo mucha práctica con los preliminares. Pero ahora es diferente. Creo que ya no hacen falta más bromitas de experto.

Manteniendo la mirada, se puso de cuclillas delante de la alfombra.

—Perfecto, porque yo también me estoy poniendo serio. —Thrain alargó la mano y le acarició la mandíbula.

El tacto de su mano relajó su rostro, aunque su cuerpo permanecía igual de tenso. Cindy esperaba que el cuerpo de Thrain no se relajara.

—... contigo me siento diferente. Mira, si estuviera desnudo y atado de pies y manos en una cama y una docena de mujeres golpearan la puerta para entrar en tropel, me sentiría resguardado y seguro porque sé que estoy contigo. —Una nube roja de rubor ascendía por su cuello—. Madre mía, qué vergüenza me da decir esto.

Cindy se dio cuenta de que ella era la única que podía recibir este gran regalo de mano de Thrain. Había vuelto a demostrar su confianza en ella explicándole, de nuevo, su mayor miedo. Antes nunca había reconocido sus temores. Ambos habían nacido en una época en la que los cobardes no tenían sitio. Y Thrain siempre había sido un hombre fuerte en todos los sentidos.

—Gracias. —Le cogió de la mano y lo atrajo hacia ella—. Ven aquí. La alfombra se está poniendo nerviosa.

Él se arrodilló en la alfombra, que zumbaba de gozo. Cindy intentó ignorar la imagen de Venus cerniéndose sobre ellos.

Thrain se inclinó sobre Cindy y dejó caer sus labios encima de los de ella, que abría la boca para encontrarse con su pasión. Al entrelazar las lenguas, ella empezó a notar su mutación mientras los colmillos le crecían y los músculos del cuerpo se hinchaban entre sus dedos al agarrarlo tan fuerte.

Con los ojos cerrados, Cindy exploraba su boca, memorizando su sabor y el gran impacto en sus emociones. Tenía el sabor del ahora; ni dulce ni amargo: era una mezcla de penas pasadas y esperanza futura. Tenía un sabor particularmente propio; Cindy nunca lo confundiría.

Pero lo que más recordaría Cindy era la calidez de su cuerpo. Todos los rincones del cuerpo acogían su tierna temperatura, relajando los músculos que habían estado sometidos a tanta tensión y agitando las olas de calor anticipatorio al movimiento.

Con cuidado, Cindy estudiaba sus colmillos con la lengua y esperaba al estremecimiento habitual. Pero no llegó. Suspirando, sintió una gran felicidad. Su cuerpo recordaba el regocijo de su mordedura y lo aceptaba y celebraba.

Él interrumpió el beso. Cindy notaba su aliento sofocado y sentía el ímpetu de su deseo atravesando su cuerpo.

Abrió los ojos y se encontró con la mirada oscura de su vampiro.

—¿Por qué se te oscurecen tanto los ojos cuando cambias?

Muy ocurrente, Harper. En medio de la pasión y la entrega, te viene a la cabeza una pregunta científica.

—Para verte mejor, cariño.

La miró lascivamente, desnudando los dientes en un gesto que la habría llevado corriendo al psiquiatra semanas antes. Ahora le devolvía la sonrisa.

Thrain le apartó el pelo de la cara con dedos firmes, clara prueba de que habría preliminares aunque llegase a la locura. Le podía haber dicho que no se preocupara, que ya quería enredarse en sus piernas y notar su embestida, pero él quería hacerlo para darle más placer, así que no rechistó.

—Cuando cambio, las pupilas se dilatan hasta tal punto que veo en la oscuridad. Los vampiros tienen muy buena visión nocturna. —Se inclinó otra vez hacia ella y deslizó la lengua por su cuello, besando el punto en el que su pulso latía con fuerza y acarició sus pechos—. No seríamos cazadores nocturnos ni sembraríamos el miedo si estuviésemos tropezando todo el rato por la noche, ¿no crees?

—Ah, ya conozco tu truco. La intimidación es importante. —Cindy sentenció las últimas palabras mientras él bordeaba con los labios uno de sus pezones, probándolo también con la lengua y mordisqueándolo con los dientes.

Cindy estaba decidida a abandonarse a sus caricias como una esponja rosa que absorbiese todo el deleite que Thrain le iba imprimiendo. Sin embargo, todavía le funcionaban algunas neuronas y se dio cuenta de que, si ella también lo tocaba, los dos gozarían. Y quería engullir el máximo placer que pudiera soportar su cuerpo.

Por suerte, Cindy se arrodilló a la altura de su cabeza, así que no tuvo que enderezarse demasiado para buscar entre sus muslos. Sostuvo suavemente sus testículos y los apretó un poco. Acordándose de sus sentidos agudizados, dejó que la sensación de su tacto invadiera todo su cuerpo: la piel aterciopelada y suave apretada y tensa bajo esa voluminosa masculinidad.

Era extraño, pero, más allá del placer de tocarlo, a Cindy le excitó muchísimo su manera de abrirse a ella. Esa sensación se incrementaba al saber que él no solía confiar mucho en las féminas humanas.

Apartó la mano de sus pechos y lanzó un suspiro largo y contenido. Su reacción la excitó. Más. Deslizó su dedo por toda su erección y acarició el glande con la punta del dedo. Su suave gemido le enardeció los sentidos y encendió su búsqueda de placer en su cuerpo masculino.

—Si no sacas las manos de mi verga, esto va a ser corto e intenso. —Lanzaba esta advertencia entre dientes—.

Ella le dedicó una sonrisa tórrida llena de peligros dentados y de profundidad como un charco de lodo.

—Es mucho mejor corto e intenso que largo y torturador. Si no supiera que eres un macho alfa, supondría que quieres hacerlo durar, digamos, unos diez minutos al menos. ¿No puede ser?

En un único movimiento, se arrodilló entre sus piernas estiradas.

—Me parece que es demasiado. —La miró y la sonrió con un aire salvaje—. Ya tendremos tiempo para eso cuando seamos viejos y decrépitos; bueno, ya sé que nunca seremos viejos, pero es que nunca va a pasar. ¡Qué lastima, tengo setecientos años de experimentos sexuales a la espalda para probar contigo!

—«¿Experimentos sexuales?». ¿Setecientos años?

«¿Cuándo seamos viejos?». Eso implicaba una posibilidad de unión, pero no le dejaba concentrarse en besarle los abdominales. ¡Y que alguien apagara ya la música!

¿Música? Intentó ignorar su embelesamiento sexual y recordar si había puesto algún disco. No. Y entonces, qué...

—Ignórala. La alfombra nos intenta serenar con música inapropiada. —Sus manos se abrieron paso hasta su culo y le levantó las caderas con el atrevimiento de probarlo con la boca.

Si hubiese tenido valor, habría gritado de placer, pero sintió tal cosquilleo al notar que se lo probaba con la lengua y la hundía en su hueco abismal que su euforia se redujo a un quejido sofocado. Estaba húmeda, estaba hambrienta y, si seguía trabajando mucho rato más con la lengua, empezaría a producir lava.

Ya, ya, ya.

—Para, por favor. Ven, muérdeme, hazme tuya. —Hablaba en jadeos y daba órdenes. No se daba cuenta de que la alfombra había acelerado su movimiento en torno a olas de frenesí que acompañaban los toques de tambor de la música sensual. Se dispersaron en el aire varios aromas que no pudo identificar. La alfombra se lo estaba pasando la mar de bien.

La vista se le nubló y los sentidos se le revolcaron al ir a por él. Sin dejar de palparle el culo, se subió encima de ella, apagando la luz del espacio al mirarla con su destello. Un mechón de cabello largo y lacio acariciaba su pulcro hombro y las líneas salvajes de su rostro se endurecían aún más. Volvía a ser el guerrero vikingo que había arrojado terror sobre los años de la antigüedad. Pero él era su vikingo y ella…

No le dio tiempo a adornar este pensamiento porque en seguida notó la cabeza de su miembro escurriéndose dentro de su bajo vientre. Sin bloquear en ningún momento las puertas del castillo, le dejó entrar libremente y, una vez hubo recuperado su hilo de voz, gritó de placer enterrando los dedos en su cabello para que la empujara más fuerte.

Lo abrazaba con las piernas y tensaba los músculos alrededor de su erección, abandonando el juicio al doblarse más sobre él, intentando poseerlo con más fuerza. Nadie en el mundo la podía satisfacer tanto como Thrain. Nadie en el mundo la podía hacer sentir tan bien.

Un goce tan intenso la estaba llevando al extremo de la salud; podía llegar a chillar hasta que se le reventaran las cuerdas vocales y hasta convertirse en una criatura maliciosa de ruidos estridentes. Y no le importaba. No le importaba nada más allá de la exquisita fricción de Thrain contra sus paredes ardientes y lubricadas y el retroceso de su embestida para volver a penetrarla siguiendo el ritmo del sexo.

Alcanzaron juntos el momento, escalando hacia el clímax para saborear el abotargamiento de sus mentes y para descender, en seguida, hacia la tierra con alaridos de triunfo y placer.

Cindy se quedó un largo rato aferrada a su cuerpo sudoroso

y brillante mientras escuchaba su propio latido y sus jadeos ahogados. Cuando todo volvió a recobrar sentido, se habían alejado un kilómetro de la alfombra y, maldita sea, no le había mordido.

—¿Cómo hemos llegado aquí? —Cindy no recordaba haber llegado hasta allí girando con los cuerpos.

Thrain se estiró boca arriba, luciendo el tono muscular después de un movimiento tan agitado. El mejor ejercicio de todos, desde luego.

—No lo sé, pero al menos sabemos que no ha sido la alfombra la que ha causado este espectacular final.

—No me has mordido. — ¿Era decepción lo que se desprendía de su tono? Estaba claro que sí.

Thrain se volvió para mirarla y ella vio que había retomando la forma humana. No le sonrió.

—Esto lo hemos sentido nosotros; nada de recurrir a mordiscos o a alfombras. Gozamos de nuestros cuerpos y siempre gozaremos.

Y ahora tocaba abordar el típico cliché del sentimentalismo. ¿Había sido sólo sexo?

—No, Cindy. Ha sido mucho más que simple sexo.

Casi no se pudo oír su leve susurro. Al pasear, distraída, su mirada sobre toda esa belleza masculina y concentrada, Cindy supo que le había dicho la verdad.

Por mucho que se hubiera introducido en su mente, no había encontrado su secreto más importante. Bueno, de hecho ella lo acababa de descubrir. No en su mente, sino en su corazón.

# Capítulo 16

—Ya es medianoche. Todo el mundo está en el jardín. Es el momento de invocar al Diablo de Jersey. Y saca tus bigotes del ponche, ¡ya! —Prada le lanzó la más mortífera de sus miradas.

Troyano levantó la cabeza de la vasija del ponche y pestañeó mientras el ponche Muerte de Mango le resbalaba por su cara de peluche.

—¿Qué?

Prada levantó las manos con gesto de exasperación.

—Yo transformada en diosa sexual (pantalones negros de cuero, top de seda sexy y negro y zapatos de tacón de fulana) y tú sólo piensas en comer. No me puedo creer que te hayas puesto a beber de la vasija; aunque seas un gato, no hace falta que te comportes como un animal. —Se dio la vuelta, y, escampando su indignación, caminó hacia la recepción del hostal mientras dejaba claro su cabreo soberano con el repiqueteo de sus tacones.

Troyano abandonó el ponche con cierta apatía y la siguió.

—Perdóname, oh bella humana con dos manos y diez dedos. Todavía no puedo servirme un vasito de ponche ¡no ves que tengo patas! —Refunfuñó mientras atravesaba corriendo la puerta, se enredaba con la alfombra de la entrada y se caía de morros.

Prada lo miró, preocupada.

—¿Te has hecho daño?

—¡No! —Troyano se enderezó y se volvió a poner de pie

mientras salía del hostal con una cautela tan serena como exagerada.

Prada lo miró mientras caminaba hacia los humanos reunidos en el jardín. Estaba haciendo eses. De manera descarada. Se apresuró a alcanzarlo.

—¿No le habrás puesto alcohol al ponche?

—Sssí. El ponche no vale nada si no se le echa una pizquita de alcohol. —Emitió un eructo sonoro.

Prada miró a los humanos, que habían empezado con su hechizo inútil. Habían encendido una pequeña hoguera en medio del jardín y Cindy se cabrearía como una mona en cuanto la viera.

—Has cogido una buena curda, ¿y ahora cómo vas a hacer la invocación del Diablo de Jersey?

Troyano pestañeó como una lechuza.

—¿Eh? No. Estoy ferfecta... perfectamente. —Miró a los humanos con angustia. Se estaban moviendo en círculo y obedecían a una especie de ritmo ancestral. Increíble. Ninguno había cuestionado la veracidad del libro que Prada se había inventado, ni siquiera la ridiculez de tener que cantar «Susanita tiene un ratón» con coreografía de pies y manos, tal y como les indicaba el manual.

—Será mejor que empieces con el hechizo. Están a punto de cumplir con la última parte: sacrificar un frasco de brócoli para apaciguar a los dioses del bosque.

—¡¿Brócoli?! —Troyano la exhortó con la mirada—. ¿Y me llamas borracho?

Ya no le importaba romperse una uña si tenía que coger en brazos a Troyano y gritarle en una de sus orejas escurridizas:

—¡¡Haz la invocación de una vez!!

—Vale, vale. Déjame en el suelo para que pueda preparar el hechizo para patanes más impresionante que hayas visto nunca. —De repente, le entró un hipo absurdo que le restó credibilidad a su supuesta actitud responsable.

Aliviada, lo dejó en medio de la explanada y se sentó en las escaleras de la entrada hasta que acabara. Ya no tenía ganas ni de comunicarse telepáticamente con él. Si de algo estaba segura era de que, aunque estuviese medio pedo, tenía unos poderes inmensos y podía hacer lo que quisiese con ellos.

Troyano se alzaba bien erguido sobre sus patas, mirando hacia el bosque. Los humanos se habían tranquilizado aunque seguían moviéndose, inquietos, por el jardín.

Prada se percató de esta tranquilidad. Si pudiese comparar esa atmósfera con alguna visión, sería con una nube negra y maligna. El ambiente estaba viciado. Contuvo la respiración mientras avanzaba la niebla nocturna del bosque y se enroscaba entre los humanos dividiéndose en serpientes fantasmales. Los humanos estaban congregados en medio del jardín, pero esta vez no se iban a salvar por ser más.

De repente, un alarido abominable retumbó en todo el bosque. Prada se quedó boquiabierta, como todos los demás. Menos Troyano, que seguía trabajando.

Y entonces Prada oyó el sonido de unas alas monstruosas batiéndose en el aire. Cualquier cosa que fuera a aterrizar tenía que ser enorme para hacer ese tipo de ruido. Los quejidos y lamentos del público daban a entender que no había sido buena idea del todo. Prada sonrió. «Pero ya es demasiado tarde. Que empiece el desfile de terror».

El Diablo de Jersey descendió agitando unas alas cuya sombra sobrepasaba, en dimensión, a todo el grupo de humanos indefensos y escupió toda su furia contra ellos. Las ramas de los árboles se torcieron desde el mismo momento en que la criatura cayó del cielo y agitó las copas. Prada entornó los ojos. ¡Madre mía! Troyano no le había dicho lo grande que era... o lo enormes y malignos que tenía los ojos. Los dioses debían de haber estado tan ebrios como Troyano cuando crearon a este mamón. Este ser era una mezcla terrorífica entre un murciélago, un caballo y un tiranosaurus rex. No cabía duda de que estaba enfadado. Si ella se mirara cada día al espejo y se viera esa cara, también estaría de malos humos todo el día.

Los humanos rompieron su silencio en cuanto el Diablo de Jersey dio el primer paso hacia ellos. Echaron a correr en todas las direcciones mientras los gritos de pánico aumentaban en volumen y la criatura iba volcando coches y arrancando árboles. Se acercó al hostal y rompió tres ventanas para proseguir con la persecución de humanos desesperados.

—Nena, ve para dentro. Ahora mismo voy. —Troyano tenía una mirada enfurecida.

Prada arrugó el entrecejo.

—Mmm, tendrías que devolver ya a este hombretón a su guarida. Lo está poniendo todo patas arriba. El seguro de Cindy no va a cubrir todo esto y… —Su voz enmudeció cuando la bonita criatura volcó su flamante coche. Se olvidó de Troyano.

—¡Puto cabrón! ¡Saca tu asqueroso culo de aquí o te muerdo la cabeza! —Ella le amenazaba con el puño, pero el diablo la ignoraba y prefería disfrutar amenazando a un agente inmobiliario que constituía un manjar exquisito para su paladar—. El seguro va a contabilizar todo esto y nunca me llegará el dinero para pagarlo. —Al diablo no le importaba demasiado.

Tenían que detener a ese pazguato neardental antes de que se comiera a todos los huéspedes del Siniestro Hostal. A Cindy no le haría mucha gracia volver con Thrain y las reservas de helado para Troyano y comprobar que su negocio se había hundido. ¿Y los juicios? Se celebraría una lista interminable de pleitos y Cindy iría a por ellos. Prada no quería que la echara del hostal antes de finalizar con éxito su misión entre ellos dos.

Tenía que conseguir que Troyano echase al Diablo de Jersey y, entonces, sólo tenía que calmar a los huéspedes y recoger un poco todo eso antes de que llegara Cindy. Miró el escenario de destrucción. Bueno, no sólo tenía que recoger un poco todo eso. Como última alternativa, podía ofrecerles ponche y emborracharlos a todos para que cayeran en un ebrio estupor y se olvidaran del Diablo de Jersey.

Prada miró a su alrededor. Ni rastro de Troyano. Profundamente irritada, vio cómo el diablo arrancaba un roble gigante para cazar a la pequeña y anciana bibliotecaria que se escondía detrás de él. El agente inmobiliario se le había escurrido. Lo de siempre: tan grande como tonto.

Prada subió las escaleras de la entrada como una exhalación y abrió la puerta de un golpe despreciando al diseñador de sus zapatos. La bibliotecaria salió corriendo detrás de ella e, ignorando sus gritos de histeria, empezó a buscar a Troyano. Se lo encontró amorrado a la vasija de ponche y no le dio tiempo a decir nada porque de golpe Prada sumergió su cara en la bebida. Prada ya sabía lo que iba a hacer. Troyano se despertaría un día sin pelotas a la mínima siesta.

Prada lo sacó a rastras de la vasija y le dejó esconderse debajo de la mesa. Hizo una pausa para oír los gritos ascendentes de horror que provenían del exterior.

—Tenemos problemas y ¡¿va y el capullo de mi compañero cósmico desaparece?! —El capullo de su compañero eructó para que ella no pudiera perder su rastro.

¿Qué podía hacer? La mayoría de clientes no iban a escapar corriendo porque el bosque era muy grande y el diablo los atraparía. Lo mejor era que contaran con la dudosa protección de los árboles y arbustos.

Prada no tenía el suficiente poder para derrotar al Diablo de Jersey. El único que podía salvar al hostal de la aniquilación masiva era Thrain. Decidida, fue hacia el salón de reuniones donde estaba escrito el teléfono móvil de Cindy al lado del fijo. Marcó el teléfono sin pensárselo.

Cindy conducía mientras Thrain permanecía callado en el asiento del acompañante. Era normal, pues la noche anterior había constituido un punto de inflexión para ambos y Thrain necesitaba pensar.

El silencio de la bestia meditabunda que se sentaba detrás la inquietaba bastante. Reinn estaba muy callado y ella se sentía incómoda.

—¿Cómo es que te has animado a venir con nosotros, Reinn? —Cindy sabía que sólo las preguntas directas conseguían arrancarle algún tipo de respuesta.

—Pasta de dientes. —Reinn era un vampiro de pocas palabras; menos es más.

Cindy le sonrió.

—Ah, sí. Seguro que sueles utilizar blanqueador. Te gusta tener los colmillos blancos e impolutos, ¿no? —Cindy quería desatar algún tipo de reacción en él. Imposible. Estaba segura de que nunca en su vida se había preocupado por nada ni por nadie y que, por supuesto, esos ojos imperturbables jamás habían derramado una sola lágrima.

—Es la primera vez, señorita. Si uno no se preocupa de uno mismo, los enemigos le atacarán más fácilmente. —Su susurro tosco no transpiraba ninguna emoción—. Y, si uno se aleja mucho de los demás, tampoco siente la necesidad de cuidarse.

Cindy pensó en decirle que se fuera de su mente, pero tampoco merecía la pena. Estaba desconcertada. Nunca se había topado con alguien tan frío en la vida.

—Ah, pues nada, entonces.

Su risa hueca no proyectaba ningún tipo de humor.

—No se preocupe, me gusta como soy. Ser así de cabrón también me permite ser conocido. —Por primera vez, reconoció un atisbo de emoción en sus ojos, aunque su rastro de burla la indignó—. Durante miles de años me he preocupado de estar lejos de todo el mundo y, aún así, no me dejaban en paz. Me buscaron y me nombraron Guardián de la Sangre.

—¿Guardián de la Sangre? ¿Qué título es ese? Y, ¿quién te buscaba? —No le sorprendió su silencio.

Fue Thrain quien contestó.

—El consejo del clan nombra al miembro más viejo y cualificado para sustituir al Guardián de la Sangre que muere. Como somos inmortales, eso pasa cada novecientos años, pero se ha producido el cambio de nombramiento hace sólo dos meses.

Cindy lamentó la muerte del último Guardián, pero no pudo reprimir su curiosidad morbosa.

—¿Por qué murió este último Guardián? ¿Bebió demasiada sangre humana y tuvo que regresar al castillo de Escocia y fue capturado por uno de los vigilantes de la fortaleza?

Qué cruel. No se acababa de sentir identificada con las tradiciones de los Mackenzie.

Thrain le lanzó una mirada evaluadora.

—No. Le mató el amor. El Guardián de la Sangre debe cumplir con ciertos requisitos. Tiene que tener, al menos, mil años para demostrar que sobrevive a las épocas. No puede tener lazos emocionales con nadie, pues eso le volvería vulnerable. Y tiene que ser frío y despiadado. —Thrain volvió a mirar a la carretera—. El último Guardián se enamoró de una fémina humana. Cuando la capturaron un grupo de cazadores nocturnos, fue a por ellos. —Thrain se encogió de hombros—. El amor le hizo descuidar otras cosas. Los cazadores nocturnos usaron hojas de mirto para debilitarlo, se alimentaron de él y lo degollaron.

Era una historia tan horripilante como su experiencia con esos cuatro hematófagos. Cindy no se quería plantear el nivel de vulnerabilidad de Thrain. Como hizo el Guardián, Thrain se lanzó a defenderla ante esos vampiros aunque posteriormente fuese herido en un descuido por parte de Sam. Se le revolvió el estómago y empezó a sentir náuseas ante la perspectiva de perder a Thrain. Se juró a sí misma que siempre estaría alerta para protegerlo. Muy bien. ¿Y cómo lo harás?

Tras un profundo suspiro, intentó desviar sus pensamientos hacia caminos más agradables.

—¿Y a qué se dedica un Guardián de la Sangre? —Creyó que era una buena salida a sus angustias.

—Nuestra sangre constituye la potencia del clan. Pero la misma sangre que nos da el poder nos puede destrozar. Hay dos leyes básicas en el clan que jamás se deben quebrantar. En primer lugar, los miembros del clan no se pueden morder entre ellos a no ser que sean marido y mujer. Las parejas pueden compartir su fuerza vital porque forma parte de la cópula.

—No lo entiendo. «Forma parte de la cópula».

Ella no tenía unos incisivos preparados para darle el placer que le podría dar cualquier otra fémina del clan. Este pensamiento la entristeció.

—Hay algo en nuestra sangre que, tras un período de tiempo, causa adicción. Tu padre me salvó la vida con su sangre, pero esquivó la ley haciéndome una transfusión. Y, como recibí una sola dosis de su sangre, no me causó adicción. —Su voz era llana y fría—. Al ser medio humana, tu sangre no es totalmente pura y no te afecta la ley.

—¿Y qué pasa si se casan dos miembros del clan y, digamos, que la mujer es asesinada? —Le daba miedo oír la respuesta.

Thrain se encogió de hombros.

—La adicción es irreversible. El marido enferma y, o bien se destruye a sí mismo o se alimenta de los otros miembros del clan.

—Amar a un Mackenzie exige mucho esfuerzo.

Cindy no temía a la adicción a la sangre, había adicciones peores. Una mujer tenía que pensárselo mucho y amar a Thrain profundamente si quería casarse con él.

—Pero vale la pena. —Su comentario jocoso relajó la tensión.

—Estoy segura. —Intentó mantener el mismo tono animado—. Explícame la otra ley.

—La segunda ley prohíbe cualquier acto que altere nuestra sangre. —Thrain se esforzaba por ver la niebla a través del parabrisas—. No sé cómo has querido salir con este tiempo para comprarle helado al gato.

—Bah, dejemos al gato. ¿Qué pasa cuando alguien no cumple estas leyes? —Miró a Reinn por el retrovisor. Esos ojos azules que la escrutaban eran como los de Thrain, pero su mirada era más recia, más agresiva. Era la mirada de alguien que podría matar con una cruel eficiencia. Thrain le volvió a responder.

—El Guardián de la Sangre lo aniquilaría.

Por primera vez, Cindy se planteó seriamente si quería ingresar en su nueva familia.

—A ver si lo he entendido bien: hay un vampiro que está siempre en el castillo esperando a matar a cualquier miembro del clan que enloquezca por beber demasiada sangre equivocada y cometer el error de volver a casa. Y, si un miembro del clan viola una de las leyes de la sangre y es lo bastante listo como para no regresar al castillo, entonces el Guardián de la Sangre lo caza y lo mata. No hay mucho amor y paz en la familia, ¿no?

La risa burlona de ese ser demoníaco del asiento de atrás confirmaba sus sospechas sobre el clan de los Mackenzie.

Thrain desvió su atención de la niebla y la miró.

—Las leyes del clan han permanecido intactas durante miles de años. El consejo ha intentado modificar algunas, pero, hasta que no haya ningún cambio efectivo, tenemos que acatarlas. Las leyes nos mantienen unidos.

Cindy frunció el entrecejo, expresando su opinión sobre estas leyes.

—Vaya. Explícame más cosas sobre esta segunda ley. ¿Qué puede justificar que Reinn el Recto degüelle a un miembro del clan? —Cindy no pudo evitar cierto desprecio.

—Tu mujer no respeta el poder de los inmortales, Thrain.

Si Thrain no lo conociera, pensaría que le estaba tomando el pelo. Imposible. El humor negro de Reinn no contemplaba la burla ajena. Lo ignoró.

—Hay especies concretas con las que no es aconsejable unirse, pues el acto sexual exige alimentarse. Los humanos están a salvo porque su sangre es débil y, como les succionamos muy poca sangre, no sufren. La sangre humana nunca será lo bastante poderosa para hacernos daño. Pero no podemos unirnos con seres metamorfos o con demonios. La sangre de hombre lobo o de félido es tan potente que dañaría nuestra esencia y el clan no puede perder su esencia.

—Ahá, ya lo entiendo. Nada de mestizaje. —Frunció el ceño—. Pero yo soy mestiza. ¿Eso significa que tengo que conseguir vuestra «nacionalidad» para poder unirme con uno de sangre pura? —Desvió un instante la vista de la carretera y miró a Thrain—. Menos mal que me gustas, porque vuestras leyes son un coñazo. «Mentirosa. No sólo te gusta». —Y, cuando conozca a papá, ¿me tengo que referir a él como a «Darach el destructor»?

Thrain exhaló una fuerte bocanada de aire. Era mejor no discutir con ella sobre las leyes del clan, porque seguía encontrándolas absurdas. En cualquier caso, el consejo estaba investigando sobre las causas de la adicción a la sangre y, si encontraban una manera de curarla, no tendrían que aniquilarse entre ellos y la cópula con otras parejas no conduciría a la muerte. —Durante todos sus siglos de existencia, el clan sólo ha tenido a tres Guardianes de la Sangre, así que no creo que tengas que preocuparte de que Darach sea el cuarto.

—Sí. Darach está a salvo. —Reinn había abandonado la mofa y había vuelto a recurrir a la crudeza—. Yo sé sobrevivir perfectamente, guardaré el cargo durante muchos siglos. Y la amistad no me lo impide porque no tengo amigos. El amor y la amistad hacen vulnerable al hombre. —Pronunció la palabra «vulnerable» como si se tratara de una enfermedad terminal.

De repente, el coche se vio invadido por un gran silencio.

¿Había alguna respuesta posible? Thrain permanecía pensativo. Era verdad, el amor nos hace vulnerables, pero también nos hace fuertes; eso era algo que jamás Reinn se imaginaría. Sin ir más lejos, desde que había conocido a Cindy…

«Óyete a ti mismo. ¿Pero qué estás diciendo?».

Thrain sonrió. Sí, sabía lo que estaba diciendo internamente. Amaba a Cindy Harper. Aceptar esta verdad le permitía sentir un gran júbilo. Y no quería renunciar al júbilo. Tenía que vivir el presente.

Thrain volvió a mirar a Reinn.

—Gracias, tío.

Si, algún día, convencía a Cindy de que se casara con él, ya nunca más estarían solos en el mundo.

Reinn lo miró resentido como si la palabra «tío» fuese una picada vengativa de mosquito. Thrain sonrió.

De repente, le sonó el móvil a Cindy. Thrain rebuscó en su bolso, lo sacó y se lo dio. Vio como su expresión cambiaba de la sorpresa al espanto mientras escuchaba. Cuando le devolvió el móvil, estaba pálida.

—¿Qué ha pasado? —Maldita sea. Esta nueva fase de enamoramiento le hacía sobresaltarse ante cualquier hecho.

Cindy lo miró con ojos atemorizados.

—Era Prada. Un grupo de huéspedes se ha reunido para invocar al Diablo de Jersey. Está destrozándolo todo y atacando a los humanos. —Cindy aceleró—. Dice que tú eres el único que lo puede detener.

Thrain frunció el ceño.

—¿Y Troyano? Tiene el poder suficiente como para controlar la situación.

Cindy sacudió la cabeza.

—Está borracho. Se ha caído al lado de la vasija de ponche.

La carcajada oscura de Reinn les sorprendió a todos; a él el primero.

—Me encanta este sitio.

Thrain y Cindy lo ignoraban mientras ella tomaba las curvas salvajemente. Al doblar la última curva, empezaron a ver las consecuencias del desastre.

El coche frenó con un ruido estridente, salieron disparados del coche y corrieron hacia las escaleras de la entrada, donde los esperaba Prada. El Diablo de Jersey no se percató de su presencia, estaba intentado agarrar a Clark y a los falsos hombres lobos de una pequeña y estrecha despensa situada en uno de los laterales de hostal. Al batir las alas con fiereza, se sacudieron los cimientos del edificio y los «hombres lobo» gritaron horrorizados.

Thrain cerró los ojos un instante. Fantástico, genial. Miró a Prada.

—Entra ahora mismo en el hostal y di a todo el mundo que salga. Ya.

Prada no se entretuvo a mirarle y entró veloz.

Reinn observaba todo ese caos y sacudía la cabeza.

—Me voy a lavar los dientes y voy a pensar, de paso, en lo miserable que soy. —Siguió a Prada.

Cindy le agarraba a Thrain del brazo y gritaba para intentar imponerse por encima del ruido.

—¿Qué vas a hacer?

—Voy a controlar los daños, cariño.

Se dio la vuelta y vio al grupo de huéspedes indefensos y asustados que Prada estaba empujando hacia fuera.

—... antes de que me lo preguntes: sí, necesito que esta gente esté aquí afuera para solucionar el problema.

Una sensación de bienestar y alegría le alcanzó al ver cómo Cindy asentía y le sonreía.

—Confío en ti, vampiro.

Thrain caminó al centro del jardín, levantó las manos llamando al diablo y gritó:

—¡Eh, olvídate de los hombres lobo! No son muy nutritivos.

¡Ven a comerte un tentempié que no huye de ti! —Tan pronto como captó la atención del Diablo de Jersey, se contagió de su propio poder, lo proyectó y tejió una enorme telaraña de recuerdos sobre la criatura y todos los humanos. Pero no sobre Cindy. Quería que ella viera lo que estaba haciendo. Un hombre quiere que le admire la mujer a quien ama. Sí, estaba, de alguna manera, haciendo una exhibición.

El Diablo de Jersey dejó a los hombres lobo y batió las alas. Se alzó por encima de Thrain, preparado para abatirse sobre él y aniquilarlo. Thrain siguió concentrándose en los recuerdos.

De repente, se percató de que Cindy había abandonado una posición secundaria para retar al monstruo a su lado. La valentía corría por sus venas. Vivía en la era moderna, pero, en el fondo, seguía siendo un guerrero de las Tierras Altas de Escocia. Y el alma salvaje de este hombre exultaba las agallas de esta mujer.

Sin perder la concentración, le tendió la mano a Cindy.

—Cógeme la mano y pásame tu fuerza. —El sudor recorría su cara y su respiración era cada vez más intensa al acercarse al momento crítico que le reportaría la muerte o la victoria. Porque, desde el primer momento, supo que el Diablo de Jersey había notado su poder y quería matarlo con más ahínco.

Los ojos de Cindy temblaban de terror, pero no quiso correr a resguardarse.

—No tengo fuerza para pasarte. No tengo nada.

Una bocanada de poder lo invadió al sentir el agarre de su mano. No la miraba; concentraba su mirada en la criatura que sobrevolaba por encima de sus cabezas.

—Una mujer siempre le da mucha fuerza al hombre a quien ama.

La energía salió despedida de su cuerpo de vampiro, deslizándose en forma de olas que capturaban los viejos recuerdos y los reemplazaban por nuevos. El viento silbaba y las chispas de luz azul iluminaban por momentos la oscuridad. Todo había terminado. La debilidad cayó encima de sus hombros mientras veía cómo el Diablo de Jersey daba media vuelta, inseguro, y desaparecía entre la oscuridad.

Los humanos caminaban, absortos, por toda la superficie del jardín. Cindy caminó a su encuentro sacudiendo la cabeza.

—¿Has visto ese tornado? Nos podía haber matado a todos. Que suerte que no se te llevara el hostal, Cindy.

Cindy no hizo ningún comentario. Se retiró.

—¿Qué le has hecho al Diablo de Jersey? —Su voz era serena y tranquila. Parecía estar urdiendo algo en su mente.

—A partir de ahora, temerá a los humanos por su fuerza y su astucia y saldrá huyendo en cuanto vea a alguno. —Thrain no ocultaba su cansancio. No tenía fuerzas ni para darle un sopapo a algún que otro perturbador cósmico. Los clientes de Cindy no tenían el poder de invocar al Diablo de Jersey. Había huellas de gato por todas partes.

—Y has creado el recuerdo de que ha pasado un tornado por aquí para que los humanos piensen que por eso ha desistido el diablo. ¡Y ni siquiera les parece raro que haya un tornado en pleno mes de octubre! Qué astuto eres. Bueno, al menos, todo ha acabado en morados o rasguños. —Miró al bosque y al descampado de coches—. Voy a tener que replantar algunos árboles y reparar algunos coches y ventanas.

Su estado de cansancio era, ya, desesperación. Cindy ya no lo quería. Ella había ignorado su declaración, porque era imposible que no la hubiese escuchado.

—Vamos para adentro. —Ya no quedaba nada más que decir. Tenía que llevarla a conocer a Darach y desaparecería del mapa. ¿Lo podría superar? Seguro. ¡Si había sobrevivido a más de setecientos años! ¿Volvería a ser el mismo? No. Siempre llevaría a Cindy en el pensamiento, formaba parte de su nueva identidad.

Cindy entró en el hostal detrás de él y se detuvo un momento.

—Estás agotado. Ven a dormir conmigo, mi vampiro. —No le sonrió, aunque los ojos le brillaban de emoción—. Porque una mujer le da fuerzas al hombre al que ama.

«Al hombre al que ama». Él sintió un escalofrío y dejó que el poder de estas palabras le llenase de alegría y despejase su sentimiento de soledad almacenado durante tantos siglos. Es extraño, pero, de repente, habló en el idioma de aquellas tierras que había abandonado hacía más de doscientos años.

—Nunca me han dicho nada tan bonito. *Tha gaol agam ort.*

—*¿«Tha gaol agam ort»?* —Se acercó a él para acariciarle el pecho—. Espero que no signifique «estoy casado y tengo cinco hijos».

La abrazó con toda la fuerza y la emoción que pudo albergar.

—Significa que te quiero.

Cindy le acarició la mandíbula con la mano un poco temblorosa.

—Me aprenderé una frase bonita en gaélico escocés para decírtela.

—Tienes tiempo. Tenemos toda la vida para decirnos frases bonitas. Ahora toca experimentar. Vamos a la cama a explorar los sentidos. ¿Te acuerdas de esos experimentos sexuales de los que te hablé? —Bajó la cabeza y le dio un mordisquito en el cuello.

Ella se rió y levantó la cabeza.

—Pensaba que estabas cansado.

Él le dedicó un gesto de sorpresa burlona.

—No te imaginas lo que me acaba de pasar. He ganado un poder nuevo. Me he dado cuenta de que tengo energía sexual superhumana. Increíble.

Él acercó sus labios a su cara y ella murmuró.

—Quítate la capa de vampiro y vamos a la cama.

## Capítulo 17

Era el último capítulo de su fascinante viaje. Estaba segura de que se iniciarían nuevas historias en su vida, pero ese día cerraba el último episodio. Ese día iba a conocer a su padre.

Cindy se paró un momento y observó, al lado de Thrain, el puente de piedra que unía la isla del castillo de los Mackenzie con el resto de la geografía escocesa. Exento del ajetreo turístico, el castillo era una sombra negra y descarnada en la noche de las Tierras Altas. Tan sólo algunas ventanas altas e iluminadas advertían que la construcción no era un recuerdo en el imaginario del pasado.

—Vamos. —Thrain la cogió de la cintura y la empujó suavemente.

Su seguridad y arrojo le daban fuerzas. Thrain quería llevar la misma ropa que llevaba cuando se marchó de su hogar. Por supuesto, era tradición que los miembros del clan llevaran falda escocesa durante su estancia en el castillo. Cindy estaba muy de acuerdo. Un hombre atractivo con falda era de lo más sensual.

—¿Mi padre sabe que vamos a llegar?

Atravesaron juntos el puente. Cuando se detuvieron ante las puertas macizas, Cindy sintió el primer latigazo de miedo y nervios. ¿Y si Darach no se creía que Cindy era su hija? ¿Y si no quería saber nada relacionado con su primera mujer? ¿Y si su dulce madrastra la odiaba desde el primer momento? ¿Y si se encontraba con que él no la quería? Qué tontería. Claro que no la quería; no la conocía de nada. Pero, quizá, con el paso del tiempo...

—No. Quiero que sea una sorpresa. —Thrain llamó a la puerta. Parecía muy tranquilo. Era una puerta tan gruesa que dudaba de si habían oído el golpe—. El castillo sigue sin tener timbre ni aparatos modernos, como la última vez que estuve aquí.

Thrain frunció el ceño y Cindy en seguida se acordó de todo aquello que le había traído de vuelta al castillo la última vez (dolor, desesperación, humillación). Ella sabía que, sólo con la ayuda de su amor, podía enfrentarse a sus fantasmas.

—Gracias por acompañarme. —Se puso de puntillas y lo besó.

Él le sonrió, si bien mostraba un gesto sombrío en la cara.

—El amor es la mayor motivación de todas. Durante doscientos años, he evitado pasar aquí un mes tal y como me toca por ser miembro del clan. Tenía que dar este paso. Además, no es aquí donde ocurrió. No sé si habría sido capaz de volver a visitar ese lugar, aunque tampoco me hacía falta visitarlo para acordarme.

La conversación se interrumpió de golpe en cuanto las puertas empezaron a crujir y a abrirse lentamente. Y allí, de pie, en el pasillo, iluminados por las luces del enorme recibidor estaban...

—¿Prada? ¿Troyano? —¿Qué hacían allí? La última conversación que había tenido con ellos se había basado en un cruce de acusaciones y de amenazas. Thrain había sido el autor de la última gran frase, al amenazar a Troyano con poner un cepo al lado de la nevera. Prada había llamado a un taxi y se habían ido, indignados. Cindy no quería volver a verlos nunca más.

—¿Cómo habéis podido llegar antes que nosotros? —Los ojos encendidos de Thrain traspasaban a Prada.

Prada hizo caso omiso a su mirada y le dedicó la sonrisa de lo más provocadora.

—Guau, me pones cachonda cuando te enfadas. No hemos usado medios de transporte... convencionales. —Bajó la mirada hacia Troyano, que estaba sentado a su lado—. Hemos llegado poco antes que vosotros, ¡si no le ha dado tiempo a mi bolita de mutar en cuerpo humano! —Frunció el entrecejo—. Ah, y, antes de que empecéis a gritarnos, tenemos todo el derecho a estar aquí. Darach y Felicia son nuestros amigos. —No quiso ocultar una sombra de orgullo—. Además, tenemos un regalo de boda para vosotros. Porque, ¿estamos invitados a la boda, no? —Su expresión anunciaba que, invitados o no, irían.

—¿Y lo llamas «bolita»? Lo encuentro un calificativo flojo. —Thrain miró a Troyano y sonrió.

—Calla, chupasangre. —Troyano no perdió la ocasión de arremeter contra él—. Y ya no necesitamos pseudónimos. Somos Ganímedes y Chispa de Estrellas.

Cindy sonrió con gesto irónico. Ya le parecía extraño oír esa potente voz masculina procedente de un gato.

—¿Y qué hacéis aquí? Habéis desaparecido del hostal con vuestro gran sentido de la amistad y la lealtad.

Chispa ensayó un puchero y pestañeó varias veces para producir llanto. No pudo. No se sentía fácilmente herida.

Ganímedes hizo un ruido grosero.

—No, no lo intentes. No eres sensible ni sentimental. Eres manipuladora, fría y maliciosa. Por eso me gustas tanto, nena.

Chispa se sumió en un profundo suspiro e hizo un gesto de conformismo.

—Hemos venido porque creemos en vosotros. Estuvimos aquí cuando Darach le salvó la vida a Thrain. Ayudamos a Darach a escapar de las mismas mujeres que capturaron a Thrain. Queremos estar presentes en todos los acontecimientos. —Puso un gesto serio—. Nos lo merecemos.

Thrain optó por no discutir.

—¿Dónde está Darach?

—Darach y Felicia están en el salón grande. ¡Vamos a darles una sorpresa! —Ganímedes contempló a Thrain con ojos grandes y brillantes.

Cindy se empezaba a poner nerviosa de verdad. Se secó las manos sudorosas en la chaqueta del traje. ¿Era un traje-chaqueta adecuado para la ocasión? ¿Qué es lo que hay que llevar para conocer a un padre? Cindy caminó a trompicones y entró en el salón acompañada de Chispa.

Thrain y Ganímedes las seguían justo por detrás. Charlaban tranquilamente, pero Cindy no podía oír lo que decían y tenía toda la atención puesta en el hombre que veía sentado al borde de la gran mesa alargada situada al lado de la chimenea. Se emocionó ante el encuentro inminente.

Después de setecientos años, miraba de frente a un hombre tan joven que parecía su hermano. Pero era su padre. Alto y fuerte, Darach Mackenzie tenía el mismo pelo negro y los mismos ojos azules que ella. Cindy también se percató de la presencia de esa mujer de cabello rubio que estaba a su lado.

—Thrain, mío pariente et amigo, un muy grande omne et mucho honrado. ¡Seméjame muy grand onra! Et plázeme mucho conocer a tu muger.

Su padre hablaba con Thrain, usando la lengua de los antepasados, sin dejar de mirarla. Empezaba a reconocerla.

—¿Quién es usted? —Esta vez le hablaba directamente a ella. A diferencia de Thrain, había vivido toda la vida en Escocia porque tenía un acento muy arraigado.

Thrain avanzó un paso y Cindy supo que estaba a punto de explicarle toda la historia a Darach. Cindy le detuvo con la mano. Era su padre y era ella quien tenía que hablar.

—Soy Elina, pero he dejado de utilizar este nombre. Mi madre era Aesa. Sólo me habló una vez de mi padre biológico. Me contó que estaban a punto de casarse cuando ella se quedó embarazada y que él la abandonó y toda su familia la deshonró por este agravio. Al explicarme esto, nunca quise ir a buscarte. —Cindy miró fijamente a Thrain, agradeciéndole su apoyo con los ojos—. Pero Thrain me explicó la verdadera historia y he querido venir a conocerte. —Dios, ¿había acertado con las palabras? ¿o había sonado demasiado fría y contundente? ¿Se esperaría mayor emoción por su parte? ¿La rechazaría?

Darach no vaciló ni un momento en levantarse y colocarse delante de ella. Felicia seguía al borde de la mesa y observaba la escena con sorpresa y preocupación.

Él exhortaba a Thrain aunque seguía mirando fijamente Cindy.

—Te voy a rajar el cráneo por no decirme que tenía una hija.

Cindy notó el gesto sumiso de Thrain.

—Tenía que asegurarme y no quería decepcionarte. Ya tuviste suficiente con perderla una vez.

Darach le acarició las mejillas y Cindy pudo ver cómo se le humedecían los ojos.

—Te llamó como a su hermana. Aesa nunca supo el daño que me había hecho. Si hubiese sabido que vivías, habría ido a buscarte. Supongo que eso era lo que ella temía. —Bajó el tono de voz—. Yo te habría querido tanto... pero supongo que nunca es tarde para querer a alguien. Bienvenida a casa, Elina Mackenzie. —La atrajo hacia él con ímpetu y la abrazó fuertemente—. Bienvenida a casa, hija mía.

Corrieron lágrimas. Cuando Darach la soltó, Cindy se secó las lágrimas.

—No reprimas el llanto, Elina. Siéntelo. La vida nunca suele dar segundas oportunidades, pero esta vez os ha tocado a ti y a tu padre. —La mujer rubia entrelazó las manos—. Darach está demasiado ocupado aguantándose las ganas de llorar y no nos ha presentado. Soy Felicia, la madrastra mala del cuento. Y, aunque fueras la hijastra más despreciable, te querría igual por haber querido recuperar a tu padre. Siempre ha lamentado tu pérdida.

—Felicia le dedicó una amplia sonrisa—. ¿Cómo quieres que te llamemos, Elina o Cindy?

—Cindy. —No lo dudó ni un instante. Elina le traía recuerdos de una época triste. Ella era Cindy, la mujer que amaba a Thrain.

Y, como si lo hubiesen ensayado, todos se sentaron en la mesa. Los nervios se le habían contagiado a Thrain.

—He buscado a Cindy todos estos años porque estaba claro que, si no hubiese ayudado a Aesa a huir, no habrías perdido a tu hija.

Darach le dio un golpecito cordial en la espalda pero no podía dejar de examinar a Cindy.

—No estamos aquí para culparnos de nada.

Cindy sabía, por el brillo de sus ojos, que Thrain estaba a punto de decirle a su padre que querían casarse. Chispa se acercó a la escena con un brillo especial en los ojos. Ganímedes saltó a la mesa.

—Amo a Cindy y ella me ama a mí. Nos vamos a casar.

Cindy pestañeó varias veces. Guau, qué poético.

Darach se levantó, exhibiendo su porte de vampiro.

—¿Has oído eso, Felicia? Acabo de recuperar a mi hija y este rufián me la pretende arrebatar otra vez. —Torció el labio dejando salir cierto rugido—. Vamos al patio y hablamos de este robo filial.

Felicia le puso la mano en el brazo y Darach volvió a sentarse, interiorizando su rugido. Felicia les sonrió a Cindy y a Thrain.

—Darach os desea toda la felicidad del mundo. —Felicia se volvió hacia su marido y le sonrió—. ¿Verdad que sí, cariño?

—Hmmsí. —Darach seguía con la mirada clavada en Thrain—. Ya hablaremos de esto más tarde.

Felicia le guiñó el ojo y Cindy sintió una gran sensación de alivio. Esta mujer iba a ser muy especial para ella.

Ganímedes dejó caer sus michelines delante de Cindy.

—Jolín, qué coñazo de escenita. Mira, toda esta cursilería me resbala, pero me lo he pasado francamente bien en el hostal.

Y me encanta volver al castillo. Todos esos malos recuerdos (la locura de los vampiros, la depravación de los escoceses y esas zorras que casi matan a Darach). Aunque no me gusta tener malos recuerdos y... —Se vio atrapado en su propio discurso.

—... Chispa y yo tenemos un regalo de bodas para vosotros. —Escrutó a Chispa con esos ojos anaranjados—. Ella os quería regalar alguno de esos juguetitos sexuales que tanto os gustan. —Ganímedes ignoraba la expresión atónita de todos—. Pero yo le dije, ¡nena, déjate de chorradas! Tenemos que hacerles un regalo que les dure mucho tiempo. Venga, nena, ve a buscarlo.

Chispa le dedicó una mirada rabiosa que le advertía que también le duraría mucho el dolor cuando le diera una patada en ciertas partes. Se levantó y abandonó el salón.

Todos se quedaron en silencio hasta que llegó. Cindy sabía que todos desconfiaban de cualquier regalo que le pudiera dar Ganímedes. Tenía que estar en la línea entre lo temible y lo espectacular. Si se le ocurría regalarle un huevo del Diablo de Jersey, se lo rompería en la cara.

Ya no le quedaba tiempo para especular con el regalo. Chispa se le acercó, meció el regalo entre los brazos y se lo dejó encima de la mesa.

Cindy se quedó patidifusa ante la visión de un cachorrito de color canela. El cachorrito bostezó, enseñando unos dientes inofensivos.

Por un instante, pensó en saltar de la mesa y marcar las distancias con ese animalito dentado y carnívoro, pero Thrain le acarició la mano, recordándole que los seres con colmillos tienen mucho que dar, también.

—Cuando crezca, te querrá y te protegerá mucho, Cindy. —La voz de Thrain se redujo a un susurro dulce y reconfortante—. Míralo, te va a querer por muchos años. —El cachorrito demostró su amor eterno mojando la mesa.

Cindy soltó una carcajada. No lo pudo evitar. Cogió al cachorrito en brazos y se acercó a Ganímedes y Chispa, que esperaban ansiosos su reacción.

—Gracias. Bueno, se me ha olvidado en parte el destrozo de árboles y coches. Lo voy a llamar... —Barajó varios nombres— Brete. Así, cada vez que lo llame, me acordaré de... los buenos momentos que hemos pasado juntos.

Con gesto de satisfacción, Ganímedes y Chispa se fueron a su cuarto, donde Cindy estaba segura de que Ganímedes mutaría en cuerpo de hombre. Chispa mantenía su típico gesto de «devoro a los hombres».

Pero, justo antes de abandonar el gran salón, Ganímedes se detuvo y se dio la vuelta. Nadie se percató porque todos estaban hablando. Cindy notó que Ganímedes la miraba, pero en realidad estaba mirando a Brete. Le guiñó el ojo al cachorrito. Cindy miró a Brete y vio cómo le devolvía el guiño.

Hmmm. Ella examinó a su pequeño y nuevo compañero. Brete agitaba la cola y le ofreció una sonrisa simpática de cachorrito. Cindy se sentía relajada: sólo era una cría de perro muy bonita. Brete jugaba pletórico y se sabía contento.

Darach y Felicia no tardaron en abandonar, también, el salón, mientras el padre de Cindy seguía mascullando amenazas veladas que obligaban a Thrain a tratar a su hija como a una princesa. Felicia les indicó cuál era su habitación y se llevó al cachorrito para darle algo de comer.

Una vez a solas con Thrain, Cindy volvió a mostrarse sensual. ¿Cómo no iba a pensar todo el rato en sexo sentada al lado del guerrero irlandés más irresistible del mundo? Y el milagro de su amor nunca dejaría de maravillarla.

—Espero que sepas encontrar nuestra habitación porque te quiero desnudar y abusar de tu cuerpo. —Le provocó deliberadamente deslizando su mano entre sus piernas desnudas.

Sus ojos emitieron un destello azul en la luz parpadeante de la única vela que había encendida.

—Parece una proposición imposible de rechazar.

—Mmm. Ya me sé una frase en gaélico escocés. —Le acarició la melena de vikingo y le empujó la cabeza hacia atrás para que pudiera oír bien su susurro—. «*De th'ort fo d'fheileadh*».

Reclinó la cabeza y se rió con gran alborozo. La cogió de la mano suavemente y la condujo por los escalones empedrados de la escalera de caracol que conformaba la torre.

—Vamos a nuestro cuarto para que puedas comprobar lo que guardo para ti debajo de la falda escocesa.